SÉRIE NOIRE

Collection créée par Marcel Duhamel

GERTRUDE WALKER

À CONTRE-VOIE

TRADUCTION DE L'ANGLAIS (ÉTATS-UNIS) DE JACQUES PAPY,
RÉVISÉE PAR PROVIDENCE GARÇON-NSIMIRE
PRÉFACE INÉDITE DE BENOÎT TADIÉ

nrf

GALLIMARD

Titre original :
SO DEADLY FAIR

PRÉFACE

À contre-voie (*So Deadly Fair*), publié en 1950 dans la Série Noire, est le premier roman écrit par une femme à figurer dans cette collection. Marcel Duhamel, son fondateur et directeur, aiguillait à l'époque les autrices – et les lectrices – de polars vers la Série Blême, sa petite sœur théoriquement réservée aux « romans à suspense » ou aux « romans angoissants », où l'on retrouvait des noms comme Nancy Rutledge, Hilda Lawrence, Helen McCloy, Mildred Davis à côté de ceux de David Goodis, William Irish, Erle Stanley Gardner. Or, si Duhamel choisit en 1950 de publier Gertrude Walker en « Noire » plutôt qu'en « Blême », c'est sans doute qu'il lui reconnaissait une parenté avec des auteurs comme Dashiell Hammett, Horace McCoy, James M. Cain, Raymond Chandler ou James Hadley Chase, pères du polar viril et violent que la collection avait jusque-là mis à l'honneur.

Aux États-Unis, Walker avait également été saluée comme un phénomène – une autrice *hardboiled* – lors de la parution de son roman. Le critique du *New York Times* James MacBride affirmait ainsi, le 13 juin 1948 : « Miss Walker réussit l'histoire d'un type dur à cuire et d'une fille encore plus dure que lui, sans y mettre plus de nuances féminines qu'il n'y en a dans un ricanement de Bogart. » Plutôt que Bogart, *À contre-voie* rappelle James M. Cain, à qui on a parfois comparé Walker. Comme Frank Chambers, le héros-narrateur de *The Postman Always Rings Twice* (*Le facteur sonne toujours deux fois*, 1934), Walter Johnson, celui d'*À contre-voie*, est un vagabond que ses pérégrinations jettent à la première phrase du roman au milieu de nulle part, prêt à se faire ensorceler, comme le disait joliment le *Catalogue de la Série Noire* (1955), par « la grimace du démon derrière le sourire éblouissant d'une femme ». Et, comme chez Cain, tout va très vite. Le premier chapitre condense un roman à lui seul : Walter, descendu d'un train de marchandises, rencontre la femme fatale, Elizabeth ; celle-ci, qui vient de tuer son compagnon, accuse Walter du meurtre, mais Walter l'oblige à s'enfuir avec lui. Ainsi démarre, sur les chapeaux de roues, une étrange histoire de passion, de trahison et de haine, que le même MacBride qualifie de « *roller-coaster to hell* » : une virée vers l'enfer, sur des montagnes russes.

Mais, malgré cette filiation avec Cain, Walker est loin d'être un ersatz de son aîné. Frank Chambers est un être monolithique, sans passé ni épaisseur psychologique, s'engouffrant tête baissée dans une histoire linéaire qui le dépose cent vingt pages plus loin, pieds et poings liés, dans le couloir de la mort. Chez Walker, l'intrigue est tortueuse, le narrateur introspectif et tourmenté. Chaque événement rencontré ravive en lui des souvenirs, de vieilles blessures, des traumatismes, relance l'activité d'une conscience qui rumine son aventure pour en comprendre le sens, réfléchissant au rôle qu'y jouent la coïncidence et le destin – « ce mot qui peut servir d'excuse à toute une vie d'erreurs ». L'histoire du roman, c'est à la fois celle d'un homme obsédé par une femme qui le fait chuter dans un piège meurtrier, et celle d'un homme qui recherche son salut dans la boue. Au périple criminel qui pousse Walter à sillonner l'Amérique se superpose celui, introspectif, qu'il mène dans les ténèbres de sa propre conscience pour « découvrir comment vivre en moi-même, n'importe où, de façon à ce que le monde extérieur ne m'atteigne jamais plus ».

Le titre français est fidèle à l'esprit du roman, mais il est loin de l'original. L'expression *so deadly fair*, comme le rappelle l'épigraphe (coupée dans la première traduction en Série Noire), est empruntée au poème de Byron *Le Giaour* (1813), où elle signifie « si belle dans la mort », mais il faut aussi l'entendre comme « si dangereusement belle ». Ambivalence qui, comme on le verra, trouve sa résonance dans le roman. Au-delà, ce titre fait écho aux thèmes byroniens des amours illicites, de la trahison, de la vengeance et du vampirisme. Il suggère l'ambition littéraire de Gertrude Walker, à laquelle répond celle, frustrée, de son alter ego fictionnel Walter, qui rêvait enfant, nous dit-il, de « devenir quelqu'un », un poète ou un peintre, et se retrouve dans la peau d'un criminel. Il ne sera jamais poète ni peintre, mais il lui reste, comme à nombre de protagonistes-narrateurs de romans noirs, une voix expressive et le regard acéré qu'il porte sur le monde.

Or, ce monde est en train de changer. *À contre-voie* est publié en 1948, quand les États-Unis basculent dans la guerre froide et la peur rouge : une mauvaise période pour la gauche américaine, une bonne pour le polar. Comme *Nightfall* (*La nuit tombe*) de Goodis (1947) ou *Nothing More than Murder* (*Cent mètres de silence*) de Jim Thompson (1949), *So Deadly Fair* capte ce changement d'atmosphère. Même si la chronologie de l'histoire est floue, et se mesure moins facilement au décompte des années qu'à la trajectoire personnelle de Walter, elle commence pendant la Grande Dépression et finit après la guerre. Fidèle à l'esprit de certains romans militants des années 1930, comme *Les Raisins de la colère*, *À contre-voie* adopte le point de vue d'un homme nomade sur une Amérique en train de s'enfermer dans un conformisme mortifère. C'est de ce même point de vue en marge que naissent le roman et le film noirs de l'après-guerre, quand les énergies de gauche (Walker avait des sympathies pour ce mouvement, comme le montrent certaines digressions antiracistes et antifascistes du roman) prennent le maquis, renonçant aux espoirs proclamés d'émancipation collective pour se focaliser sur l'individu réfractaire à la nouvelle société docile, managériale et frustrée des cols blancs. Ceux-ci, « assis sur des tabourets pendant des années, occupés à additionner des colonnes de chiffres, à relever des erreurs et à vérifier les bilans », sont ironiquement célébrés par Walter parce qu'ils sont « capables de rester sur le même tabouret, une année après l'autre, de rentrer le soir dans la même maison mal tenue et lourdement hypothéquée, d'écouter la même voix de femme déblatérer, crier, gémir, raconter ses ennuis, de coucher dans le même lit froid et de rêver de liberté ». À l'inverse, les quelques personnages positifs dont on croise la route sont, comme Walter, marqués au sceau de la déviance, voire du crime. Et ils se caractérisent par un tempérament artistique qui peine à se frayer un chemin vers la lumière :

> J'ai vécu dans un petit hôtel miteux à New York. Mes meilleurs amis étaient une actrice alcoolique qui, après avoir connu un seul gros succès dans sa carrière, essayait de noyer dans la boisson les échecs qu'elle avait essuyés par la suite, et un mec qui [...] peignait d'abominables fresques sur les murs des restaurants : des paysages d'un bleu éclatant avec des gondoles voguant sur une eau qui ne ressemblait pas à de l'eau. Il se prenait pour le nouveau Rembrandt. Je savais qu'il avait tué, mais il ne me vint jamais à l'idée de le blâmer ou d'essayer de l'amender.

Gageons qu'il n'y a pas l'épaisseur d'une feuille de papier à cigarette entre les souvenirs de Walter, tels qu'ils sont ici rapportés, et ceux de Walker elle-même. Son roman condense, sous la surface de l'intrigue criminelle, une somme impressionnante d'expériences sociales vécues hors des sentiers battus. C'est ce qui captive le lecteur d'aujourd'hui, de même que cette voix étrange, tantôt froide, tantôt hallucinée, empreinte d'humour noir : « je suis un mécanicien de premier ordre. Si on alignait tous les numéros de série que j'ai fait disparaître au chalumeau sur des moteurs, on obtiendrait le numéro de Sécurité sociale du diable » ; « les mecs dans mon genre perdent toujours leur mère jeunes. C'est peut-être pour ça qu'ils deviennent des mecs dans mon genre » ; « Une troupe de femmes jacassantes et d'hommes au rire gras se précipita vers le bar comme une bande de fascistes s'emparant d'une brasserie à Munich», etc.

On aurait aimé connaître Gertrude Walker. D'autant qu'on ignore aujourd'hui à peu près tout d'elle. Grâce à des témoignages recueillis sur le site de Steve Lewis, *Mystery File*, et aux enquêtes de spécialistes, comme Sarah Weinman, qui a écrit sur elle et sur Marty Holland un article paru dans *Los Angeles Review of Books* («The Hollywood Ladies of Série Noire», 11 avril 2016)*, on sait que Walker est née à Uhrichsville, Ohio, vers 1910, qu'elle ne s'est jamais mariée et qu'elle est morte en décembre 1994 dans une résidence de Palm Springs, en Californie. On sait aussi qu'elle avait étudié le journalisme à Ohio State University (comme W. R. Burnett) et travaillé dans des théâtres et des night-clubs de New York, avant de s'installer en Californie (également comme Burnett). Son activité à Hollywood s'échelonne de 1943 à 1951. Elle est mentionnée au générique d'une dizaine de films, comme dialoguiste, scénariste ou autrice d'histoires originales. La majorité d'entre eux sont des polars de série B fabriqués à la chaîne par de petits studios comme Republic Pictures ou PRC, à l'exception de *The Damned Don't Cry* (1950), film plus ambitieux produit par la Warner et mis en scène par Vincent Sherman, avec Joan Crawford, qui deviendra son amie, dans le rôle principal. Le meilleur de ses films est

* L'enquête de Weinman et les témoignages cités montrent que la plupart des notices biographiques consacrées à Walker par les dictionnaires de polar et autres bases de données (comme IMDb) sont erronées. On l'a ainsi confondue avec une homonyme, mariée à l'acteur Charles Winninger ; on lui a également attribué plusieurs nouvelles alors qu'elle semble n'en avoir publié aucune.

sans doute *Railroaded!* (*L'Engrenage fatal*) d'Anthony Mann (1947), petit chef-d'œuvre de suspense et d'action violente construit autour du motif de l'innocent accusé, thème central chez Walker comme dans les premiers Goodis. Le film est dominé par l'interprétation magistrale de John Ireland en gangster psychopathe, particulièrement brutal avec les femmes, qui abat ses cibles avec des balles de revolver parfumées. Invention géniale d'une scénariste qui apportait là une ironique « nuance féminine » au film noir de son temps.

Après avoir quitté les studios, Walker écrira deux autres romans : *Diamonds Don't Burn* (1955, publié en Grande-Bretagne et non traduit en français), histoire d'une femme adultère mêlée à un meurtre et à un vol de diamants, et *The Suspect* (1978, traduit au Masque en 1981 sous le titre *L'Été de Californie*), qui réactualise dans la Californie post-hippie des années 1970 le thème – un homme soupçonné d'être un *serial killer* – d'un film dont elle avait autrefois écrit le scénario, *Whispering Footsteps* (1943). Deux romans qui, malgré d'évidentes qualités, sont passés largement inaperçus. Lors de la publication de *So Deadly Fair*, en 1948, le *Chicago Tribune* vantait le talent de Walker et lui prédisait un grand avenir. Cette prophétie ne s'est pas réalisée. Il nous reste à lire et relire *À contre-voie*, en méditant, comme Walter Johnson, sur ces personnes talentueuses qui auraient pu devenir « quelqu'un » mais sont restées n'importe qui, et que nous ne connaissons plus aujourd'hui que par le timbre unique de leur voix.

BENOÎT TADIÉ

À Walter Johnson,
qui m'a fourni les faits.

So coldly sweet, so deadly fair,
We start, for soul is wanting there.

Elle est froidement douce et belle en son trépas.
On frémit, dans ce corps l'âme n'existe pas.

LORD BYRON, *Le Giaour*

1

Lorsque le train de marchandises à destination de Minneapolis quitta la petite gare de Middletown, dans le Minnesota, il laissa derrière lui du matériel sans importance : quelques rouleaux de fil de fer barbelé, quelques caisses d'emballage, et moi. Et Dieu sait que je n'avais aucune espèce d'importance. Pour personne. Même pas pour moi.

Je ne me rendais pas à un endroit précis. En fait, si on me l'avait demandé, j'aurais été incapable de dire d'où je venais et où je me trouvais : je ne le savais pas et je me souciais fort peu de le savoir. J'étais descendu du wagon fermé parce que j'en avais assez de rouler là-dedans. Il y faisait froid, et sur le coup j'ignorais pourquoi, car je n'avais pas d'allumettes, mais, quand je sautai à terre, je constatai que j'avais voyagé dans un wagon frigorifique.

Une autre raison m'avait poussé à descendre : c'était justement le manque d'allumettes. J'avais envie de fumer, de me dérouiller et de manger un morceau : je crevais de faim. Je roulais depuis deux jours. Pas dans le même train, bien sûr.

Mais, une fois à terre, je ne me sentis guère mieux : il

pleuvait et, sous la pluie, j'avais plus froid que dans le wagon frigorifique. Je me blottis le long de la voie jusqu'à entendre le dernier coup de sifflet lointain, puis je me redressai pour me dégourdir les jambes, comme je me l'étais promis. Je m'étirai avec soin mais, en jetant un coup d'œil autour de moi, je me rendis compte que je n'avais pas besoin d'exercices d'assouplissement parce que j'avais un sacré bout de chemin à parcourir pour atteindre la ville. Il y avait quasiment un kilomètre jusqu'à la petite gare un peu plus loin. Je me demandai si les semelles de mes chaussures, minces comme une feuille de papier, tiendraient le coup sur les traverses. Et puis, au diable ces chaussures! Je me demandai si, moi, je tiendrais le coup.

Ma foi, je m'étais déjà trouvé dans pas mal de mauvaises passes. C'était la vie que j'avais choisie. Notez bien qu'on ne m'avait pas forcé à la choisir. C'était là le hic. Jamais on ne m'avait forcé à faire quoi que ce soit : c'est pourquoi je n'avais jamais rien fait. La barbe! Il serait toujours temps de philosopher plus tard. Beaucoup plus tard. Pour l'instant, j'avais un sacré bout de chemin à parcourir, et c'était tout ce qui comptait dans mon existence.

Quand je me mis en route sur la voie en direction de la gare, la pluie redoubla. Bien sûr, c'est toujours comme ça. Et je commençai à penser à tous les chemins que j'avais pris dans ma vie. Non pas ces chemins qui vous mènent là où il faut, mais ceux qu'on est obligé de prendre parce qu'on s'est toujours retrouvé là où il ne fallait pas.

Je me rappelai ce chemin que j'avais souvent parcouru jusqu'à la porte du proviseur, que j'avais parcouru pour la dernière fois le jour où j'avais quitté l'école. Je n'avais pas quitté l'école parce que je détestais les cours ou le proviseur, non ; je détestais seulement ce chemin. C'était si loin de la salle des quatrième : il fallait suivre cet interminable couloir, longer ces toilettes malpropres, grimper cet escalier, et passer devant ces visages stupides (d'autant plus stupides qu'on se savait en faute), pour atteindre enfin cette grande porte de chêne où on lisait : MR. MARQUAND, PROVISEUR.

Ce jour-là, naturellement, je n'étais pas arrivé à la porte de chêne, et je n'étais jamais rentré à la maison.

Il y avait aussi un autre chemin dont je me souvenais très bien. J'étais obligé de m'en souvenir. Je ne cessais d'en payer les conséquences. Ça avait commencé à New York, dans un de ces petits bars miteux de la Huitième Avenue. D'ailleurs, c'est toujours comme ça que ça commence, dans un petit bar de ce genre. J'y étais entré bien tranquillement pour boire un verre de bière. Tout est venu de là : j'y étais entré tranquillement. Si j'étais entré en vacillant ou en trébuchant, rien ne serait arrivé. Mais j'étais entré tranquillement. Sobre. Et je me suis toujours attiré des ennuis quand j'étais sobre. On dit qu'un type a les idées claires quand il n'a pas bu : je n'y ai jamais cru. Pendant vingt ans de ma vie, je n'ai pu avoir les idées claires qu'après avoir bu. Le soir où je suis entré dans ce petit bar, c'était ma vingt et unième année, l'année sobre.

Elle était assise au fond de la salle. C'est là qu'elles sont toujours assises : au fond. Et je l'ai vue avant même de commander la bière. D'habitude, on les voit au moment où on jette la pièce de dix cents sur le comptoir. Je ne sais comment, elles entendent toujours le tintement de l'argent, et elles s'arrangent pour se faire voir. C'est une espèce de pouvoir de suggestion ou peut-être une simple concentration de pensée parce que quand elles veulent quelque chose, à l'instant même (ou, mettons, une ou deux minutes plus tard), elles l'obtiennent. Après l'avoir vue, je ne me suis plus soucié de mon verre de bière. Je ne me suis plus soucié du fait que, pour la première fois de ma vie, je venais de décider d'entreprendre un travail honnête dès le lendemain matin. Je ne me suis pas soucié du type qui était avec elle. Je ne me suis même pas soucié de me soûler, en admettant que j'aie eu assez d'argent pour ça. Je suis simplement descendu de mon tabouret, j'ai traversé la salle, je me suis arrêté devant elle et je l'ai regardée fixement.

Elle essayait d'allumer une cigarette. Bien sûr, elle savait que je viendrais la trouver tôt ou tard, mais, sous mon regard, elle a commencé à s'énerver. Je n'ai pas ouvert la bouche, je ne lui ai pas dit : « Tu viens, poupée ? » Je ne lui ai pas dit : « Je peux vous offrir quelque chose ? » Je suis resté là, les yeux fixés sur elle. Finalement, à bout de nerfs, elle a laissé tomber l'allumette qui a fait un trou à sa robe. Je me rappelle aussi cette robe ! Je lui en ai acheté une autre, mais ça n'a pas compensé ce que j'ai perdu au bout du compte. Je ne l'ai connue que trois semaines. On ne les connaît jamais plus longtemps, ces femmes-là : trois semaines. On ne les connaît pas pour leur esprit déterminé mais pour une durée déterminée. Parfois, bien sûr, ça dure plus de trois semaines. Alors c'est mauvais ! Mais, voyez-vous, cette nuit-là a été ma nuit de déveine ; et ça aurait pu durer tout aussi bien trois ans, car ces trois semaines-là furent pires que tout ce qu'on peut imaginer.

Un soir, je rentrai à l'hôtel après une partie de poker enragée, où j'avais gagné trois cents dollars pour lui payer une nouvelle robe. Elle n'était pas là pour récupérer l'argent, mais il y avait un type à sa place qui les emporta. En même temps il emporta une partie de ma personne, une partie dont on se sert tous les jours quand on travaille (du moins si on a envie de travailler). Bien sûr, ce ne fut pas une grande perte pour moi : je n'ai jamais eu envie de travailler. Mais ce qui comptait, ce n'était pas la disparition d'une partie de mon moi physique. C'était, une fois de plus, le chemin bougrement long que je dus faire depuis ma chambre d'hôtel miteuse jusqu'à cette grande bâtisse blanche qui ressemblait à une église et exhalait une odeur de boucherie. J'ai toujours détesté les hôpitaux. Je n'y étais pas né et j'espérais bien ne pas y mourir. D'ailleurs, ça ne risque pas de m'arriver, car je suis déjà mort dans celui-là, au cours de la nuit en question. Personne ne m'aida à y entrer. Je pénétrai dans la salle d'opération sur mes jambes.

Oui, il y en avait quasiment pour un kilomètre jusqu'à la gare, et la pluie ne s'était pas arrêtée. Et je ne me sentis guère plus heureux en arrivant à destination, car je constatai qu'il me faudrait parcourir encore un bon kilomètre et demi avant d'atteindre la ville où j'essaierais de resquiller un repas.

Par une fenêtre, je vis le chef de gare, l'air satisfait, en train de composer des télégrammes qui ne seraient jamais envoyés… D'ailleurs, même s'ils l'avaient été, tout le monde s'en serait foutu. Ça n'aurait pas empêché le train de dérailler. Je fis quelques pas, et m'arrêtai devant une autre fenêtre. La salle d'attente ne ressemblait guère à celle de

Grand Central. Elle n'était pas bondée. En fait, il n'y avait personne. Pas même une pauvre petite femme grisonnante avec un panier à provisions sur les genoux. Ça devait pourtant exister, une pauvre petite femme grisonnante, dans une petite ville du Minnesota.

Bon. Je me dis que j'allais attendre quelques minutes et continuer à rouler dans ma tête des pensées qui ne me mèneraient nulle part ; après quoi, je me mettrais en route vers une nouvelle ville, peuplée des mêmes visages – Ohio, Indiana, Illinois, Minnesota.

Je relevai le col de mon pardessus. Ça ne me protégeait pas du froid, mais ça empêchait au moins la pluie de me dégouliner sur la nuque. Je fouillai dans ma poche, espérant de tout cœur y trouver une allumette prise dans la couture. Pas de veine. Ma foi, je n'aurais jamais de veine si je restais planté là. Je me mis à traverser les voies ferrées. Je regardai devant moi. Il y avait un immeuble de l'autre côté de la voie ferrée – un immeuble de trois étages. Ça, c'était bizarre. Voyez-vous, on peut très bien se tenir immobile à un endroit, regarder dans une seule direction, penser dans une seule direction, sans avoir conscience que, si on tournait très légèrement la tête, on pourrait apercevoir quelque chose dont on ignore la présence, quelque chose susceptible de résoudre le problème posé.

Donc, après avoir tourné la tête et vu l'immeuble, je songeai immédiatement à m'y rendre, à sonner, et à demander un morceau de pain.

Minute ! Je m'arrêtai. Qu'y avait-il à la fenêtre du troisième étage ? On aurait dit quelqu'un debout, en train de m'observer. De m'observer, moi… mais pourquoi ? Pas de doute, et c'était une femme! De l'endroit où je me trouvais, elle me parut jeune. Je la regardai fixement, et elle ne s'éloigna pas. Au contraire, elle semblait faire signe de la main. Sûrement pas à moi! Je regardai autour de moi, vers la gare, le long des voies. Elle ne faisait pas signe au chef de gare, car il ne pouvait pas la voir. Si le mécanicien du train de marchandises était de ses amis, elle l'avait bel et bien manqué. Il pleuvait tellement qu'il n'y avait même pas un chien dehors. Personne autour de moi. J'étais seul. C'était bien à moi qu'elle faisait signe, et je n'avais pas rencontré un visage familier depuis mon départ de Canton, dans l'Ohio, plusieurs jours auparavant.

Que faire? Agiter la main à mon tour? Est-ce que ce serait poli? Était-ce une femme comme il faut? Oh! Et puis, zut! Il y avait une cuisine dans son appartement... Ce qu'elle voulait ne pouvait pas être aussi important que ce que je voulais : me remplir l'estomac.

Je traversai les voies en courant et dégringolai la pente qui menait à l'immeuble. Je m'apprêtais à ouvrir la porte quand j'entendis l'interphone. Tiens! Le battant s'ouvrait devant moi. Le monde était une porte ouverte que personne ne pouvait fermer. Du moins pas pour trop longtemps.

J'entrai dans le vestibule. Il n'y avait pas d'ascenseur. Je l'entendis descendre l'escalier. Très vite. Elle était sacrément pressée, et peu de gens dans ma vie s'étaient hâtés de venir à ma rencontre. Je l'entendis s'attarder sur le dernier palier avant d'apparaître. Ce fut une belle entrée en scène. Cette femme me plaisait déjà. Inconsciemment, j'aime bien faire des entrées sensationnelles moi aussi. Je les néglige toujours, mais il me semble que j'ai un certain talent. Il me plaît de penser que c'est un talent dramatique , bien que je ne sache pas grand-chose de la partie insaisissable du jeu d'acteur, celle qui se joue en coulisses. Mais je pourrais si je le voulais.

Cette femme hésita trop longtemps. Elle ne me plut pas moins pour autant, comprenez-moi bien. Mais ça éveilla chez moi cette drôle de curiosité qui vous titille et vous pousse à mettre le doigt dessus. Peu importe depuis combien de temps vous fréquentez ceux qui vous inspirent ce sentiment, pour parler comme les romanciers, vous persistez à vouloir connaître leurs motivations.

Je n'ai jamais beaucoup lu d'histoires. Je n'en ai pas eu besoin : je me suis toujours trouvé au beau milieu d'une histoire. Or, on ne lit pas, on n'écrit pas d'histoires quand on est en plein dedans. On ne peut pas en écrire si on n'est pas en dehors du coup et, si on n'est pas écrivain, on n'en sort jamais. Moi, je n'étais pas écrivain parce que j'étais allé jusqu'au bureau du proviseur sans y entrer, et parce que j'étais allé jusqu'à l'hôpital et que j'y étais bel et bien entré. Et puis parce que, bon sang, je n'avais pas envie d'écrire! Mais j'avais sacrément envie de connaître cette femme.

Je montai une marche. Elle n'entendit pas mais le devina. Encore un truc de femmes : elles n'ont pas besoin d'entendre. Leur sixième sens les avertit toujours. Alors je la vis surgir à l'angle et descendre vers moi en souriant. Si j'avais possédé ce fameux sixième sens et non pas elle, j'aurais fait demi-tour et je serais sorti de la maison à toutes jambes. Mais je restai là à ouvrir de grands yeux, et comme elle me souriait ainsi, je demeurai là, immobile. Même après qu'elle m'a dit :

— Vous devez me trouver culottée de vous appeler comme ça.

Je ne répondis rien.

Elle descendit jusqu'à la première marche, tout près de moi, trop près de moi, sans me donner le temps de reprendre mes esprits. Puis elle fut trop proche de moi pour que je puisse les reprendre correctement. Je ne revins sur terre qu'après l'avoir entendue dire :

— Je me demande si vous pourriez me rendre un service.

Après tout, une question de ce genre ramènerait n'importe qui sur terre. C'était une question très intéressante : est-ce que, moi, je voudrais lui rendre service, à elle ?

Une femme, debout à une fenêtre, fait signe de la main à un inconnu. Une femme, vêtue d'un négligé gris perle, descend trois étages au pas de charge pour demander à un inconnu de lui rendre service. Un inconnu frissonnant de froid, trempé de pluie, épuisé, affamé, et toutes ces choses dont sont habituellement gratifiés les inconnus, se trouve au bas des marches, dans un vestibule chaud et bien éclairé, et contemple le visage d'une des plus belles femmes qu'il ait jamais vues. Elle a des yeux bleus qui, en réalité, sont gris, comme la mer qu'on voit pour la première fois, la mer quand elle est grise. Vous vous l'étiez imaginée bleue, comme sur ces tableaux accrochés dans votre vestibule, peints de couleurs trop vives, trop irréelles ; mais, à cette époque, vous ne connaissiez pas la mer. C'étaient des idées d'artistes, rien de plus. Quand vous allez regarder ce que vous avez vu représenté sur une toile, ça n'est jamais la même chose, car il existe peu de grands artistes. Du moins on ne retrouve aucune de leurs œuvres sur les murs de votre vestibule, d'autant plus que personne ne les regarde de toute façon, excepté vous, quand vous étiez petit.

Donc, ce premier regard sur la mer ne vous donne pas une impression de calme ni de grande beauté. Mais une impression de puissance, d'immensité, de force destructrice. Cette force destructrice à laquelle vous n'échapperiez pas si elle décidait de vous envelopper : sans le moindre avertissement, elle pourrait déborder et vous anéantir... Ce frisson d'inquiétude que vous donne la nature, je l'éprouvai en regardant les yeux de cette femme. Je n'avais pas besoin de regarder plus loin, mais, bien sûr, je n'en restai pas là. Tout ce qui me vint à l'esprit, c'est qu'elle n'était pas à sa place à Middletown, dans le Minnesota, et je sentis qu'elle ne s'y trouvait pas depuis longtemps. Je savais qu'elle n'avait pas acheté ce négligé à Middletown, qu'elle n'avait pas fait faire sa couleur chez le petit coiffeur du coin ou, plutôt, qu'elle n'avait pas appris à se coiffer ainsi à Middletown. Quant à son corps... je savais qu'il n'était à sa place que dans un lit!

Mais sa voix... Sa voix ne correspondait pas du tout à son physique. Elle aurait dû avoir une de ces voix qui résonnent comme des morceaux de charbon dégringolant le long d'une glissière de cuivre; ou encore une de ces voix qui vous réveillent à cinq heures du matin, quand vous avez du sommeil plein les yeux et du désir plein le cœur, pour vous dire : « De tous les hommes que j'ai connus, tu es le seul qui ait réussi à me faire oublier l'aurore. » Or sa voix était toute différente. Pour la deuxième fois j'aurais dû m'enfuir : après avoir entendu sa voix. Elle était dure, froide, odieuse, et démentait son sourire. Quand un sourire est chaud, la voix devrait être chaude. Ce devrait être une voix de gorge, vibrante, un peu rauque. Elle ne devrait pas distiller de la glace, de ces pointes de glace déchiquetée qu'on déteste trouver dans un verre de whisky. Elle avait dû s'en servir pour crier. Et pourtant, si elle avait beaucoup crié, elle serait certainement devenue rauque. C'était une voix étrange, qu'on ne pouvait situer nulle part sauf sur un disque rayé bon à jeter. Cependant, ça n'enlevait toujours rien au charme de cette femme. Elle avait aussi ce corps et ces longues mains fines qui semblaient vous toucher quand elle parlait, ces mains qui vous faisaient ressentir plus de choses encore parce qu'elles ne vous touchaient pas. Elles voulaient ou devaient le faire ; et vous souhaitiez ardemment qu'elles le fassent, mais vous les détestiez quand vous les sentiez.

Que dire à un visage pareil, à des yeux pareils ? Que répondre à une voix pareille quand elle vous demande : « Voulez-vous me rendre un service ? »

Vous répondez : « Bien sûr » et vous attendez qu'elle vous dise de quoi il s'agit.

Elle ouvrit sa main gauche qui contenait un billet d'un dollar tout froissé comme si elle l'avait serré trop fort en descendant l'escalier. Elle le déplia soigneusement, me le tendit, et reprit sur le même ton :

— Je sais que tout ça doit vous paraître drôle, mais, voyez-vous, je ne me sens pas très bien et je ne peux pas sortir, surtout avec cette pluie. Je ne peux pas sortir, et on dirait qu'il n'y a personne dans l'immeuble. Je suis allée frapper à la porte d'une de mes amies qui habite sur le même palier, mais elle n'était pas chez elle.

Elle s'arrêta pour respirer profondément, et j'eus envie de lui dire : « Allons, madame, venez-en au fait »; mais je compris que c'était une de ces femmes qui n'en viennent jamais au fait, sauf s'il s'agit d'un fait très dangereux, car alors elles y viennent immédiatement. Je m'en suis aperçu plus tard, mais je le savais déjà, tout au fond de moi, sans vouloir l'admettre.

Je gardai le silence et elle poursuivit :

— J'ai besoin de quelques articles d'épicerie. Bien sûr, je sais que vous n'êtes pas d'ici…

Elle s'arrêta un instant comme gênée d'avoir dit ce qu'il ne fallait pas dire, puis, comme si elle avait dit ce qu'il ne fallait pas dire, elle se lança dans des explications :

— Vous comprenez, je vous ai vu à la gare, et j'ai deviné que vous veniez de descendre d'un train; comme je me trouvais dans une situation embarrassante… ma foi, je vous ai fait signe de la main, voilà. Ça ne vous embêterait pas trop d'aller à l'épicerie pour moi? C'est à deux pas d'ici : vous descendez la rue, vous tournez à gauche, et c'est juste au coin.

Elle me tendit le billet. Je fis ce vieux geste familier : j'ôtai mon chapeau et me grattai la tête.

— L'épicerie est au coin, soit. Mais qu'est-ce que je dois acheter? Vous ne me l'avez pas dit.

Elle me regarda et éclata de rire. J'aurais préféré qu'elle n'ait pas ri! La voix était pire quand elle riait.

— Mais bien sûr! Je suis idiote! Je voudrais un pain

et une boîte de soupe aux légumes, n'importe laquelle, et aussi du gâteau s'il leur en reste; certains jours ils n'en ont plus si on y va tard. (J'approuvai de la tête comme si je savais qu'il ne restait plus de gâteau à Middletown après une certaine heure.) Et, voyons... Ma foi, je crois que c'est tout...

Elle hésita, sans doute parce qu'elle me voyait hésiter.

— Dites donc, commençai-je.

Elle s'était mise à battre des cils, un, deux, trois. Et, cette fois, je lus ses pensées que j'exprimai tout haut pour elle :

— Dites donc, vous alliez me demander de dîner avec vous, au cas où je n'aurais pas mangé, n'est-ce pas?

Mais elle ne me donna pas la réplique attendue : « Comment le savez-vous? » et j'en fus déconcerté. Elle se contenta de hocher la tête en souriant. Son sourire n'avait rien à envier à celui de la Joconde.

Je fis demi-tour et gagnai la porte en silence. J'aime bien effectuer une belle sortie. C'est pourquoi, en arrivant à la porte, je déclarai d'un ton ferme :

— Je reviens dans un instant. Au cas où votre mari rentrerait, vous feriez mieux de tout lui expliquer.

Elle me regarda pendant un bon moment, puis elle me dit une chose à laquelle je ne m'attendais pas :

— Je vais laisser la porte ouverte : quand vous reviendrez, vous n'aurez qu'à déposer le tout dans le vestibule... et gardez la monnaie!

Sur ce, elle fit demi-tour et remonta l'escalier en courant. Ce petit discours mettait fin à tout; du moins c'est ce que j'aurais pu croire si j'avais été un autre type, mais j'en avais entendu beaucoup trop au cours de ma vie, par ailleurs, j'avais assez faim pour manger la soupe sans même prendre la peine d'ouvrir la boîte.

À mon retour de l'épicerie, je trouvai effectivement la porte ouverte, mais je ne déposai pas les achats dans le vestibule. J'eus vite fait de monter l'escalier en courant, et de trouver son appartement. Là aussi la porte était ouverte ; je sentis une odeur de cuisine, la chaleur du radiateur à gaz et observai la pièce avant d'y pénétrer. Elle me parut confortable ; ce n'était sans doute pas cette femme qui l'avait décorée, mais il s'y trouvait un énorme fauteuil au coin d'une fausse cheminée et quelques tableaux accrochés aux murs.

Elle ne désirait pas que j'entre, oh, non ! Elle m'avait demandé de déposer mes achats dans le vestibule. Pourtant… Pourtant, il y avait une paire de pantoufles d'homme au pied du fauteuil, et un veston d'intérieur, du moins, je crois que c'est ainsi que ça s'appelle, jeté sur le dossier. Pantoufles et veston ne pouvaient être que pour moi, parce qu'ils étaient disposés avec une négligence étudiée. Je n'avais jamais porté de veston d'intérieur, mais je compris que je ne pourrais plus m'en vanter à l'avenir car, avant que j'aie fait un pas dans la pièce, elle me cria :

— Entrez donc. Mettez-vous à l'aise. J'arrive dans un instant.

Je m'apercevrais par la suite qu'elle avait des yeux derrière la tête. Dans le temps, j'ai eu une institutrice comme ça. Tout en écrivant au tableau, elle criait les noms des gamins du fond de la classe qui n'étaient pas assis à leur banc. Elle pouvait même voir à travers une porte fermée. Je ne l'aimais pas du tout parce que je me méfiais d'elle. Elle arrivait toujours à me faire faire des choses contre mon gré.

De même, quand cette femme m'eut appelé de la cuisine, j'entrai contre mon gré. Je ne voulais pas poser mes achats sur la table « d'un geste décisif » (comme on dit dans les livres). Je ne voulais pas ôter mon pardessus trempé pour endosser ce veston d'intérieur. Je ne voulais pas voir mes pieds fatigués, sales, mouillés se glisser dans ces pantoufles qu'elle avait placées sur le plancher. Pourtant, lorsqu'elle arriva, j'étais installé dans le fauteuil, comme si j'avais été là depuis des heures, comme si je venais de rentrer chez moi après une dure journée de travail, pour retrouver ma petite femme, lire le journal du soir et fumer paisiblement ma pipe – avant que les embêtements commencent.

Je n'ai jamais été marié, mais j'ai toujours imaginé sans peine les quelques minutes de tranquillité que l'on goûte avant d'avaler ce repas mal cuisiné qui vous pèsera lourd sur l'estomac ensuite, parce qu'on s'est cru obligé de mentir en disant qu'il était bon. Puis viennent les disputes sur des sujets insignifiants. Puis la conversation mortellement ennuyeuse : ce que votre femme a fait de sa journée et ce qu'elle n'a pas fait, ce qu'elle a dit et ce qu'elle n'a pas dit, ce à quoi elle a pensé et ce à quoi elle n'a pas pensé – surtout ce à quoi elle n'a pas pensé… Et moi j'étais là, assis dans le fauteuil, comme si tout ça allait arriver.

Cette situation me semblait irréelle. Je déteste ce qui est préparé longtemps à l'avance. Toute ma vie, chaque fois qu'on a préparé quelque chose pour moi, j'ai eu le sentiment que c'était irréel. Le réel est imprévisible. Et pourtant, les actions de cette foutue créature étaient imprévisibles. Tout cela n'avait ni queue ni tête.

Elle vint me faire face et baissa les yeux sur moi. Je levai les yeux vers elle, et quand je vis son léger sourire, son visage et la pièce disparurent, tout disparut à l'exception de ce sourire ; et je n'entendis plus rien que le murmure des broussailles, rythmé par les pas des grands fauves qui errent la nuit dans la jungle. Ils rôdent, et on n'entend pas leurs pattes que la nature a garnies de coussinets, mais ce rythme dans les broussailles qu'ils fouettent de leur queue. C'est ainsi qu'on s'aperçoit de leur approche… Sans même m'en rendre compte, je me trouvai debout, mes bras autour d'elle. J'avais reconnu ce rythme de la jungle, les pulsations des broussailles, les battements des tam-tams indigènes, ce rugissement qui vous rend sourd à toute autre chose qu'au rugissement lui-même.

Quand l'explosion se fut produite, je ne pus lâcher prise. C'est elle, naturellement, qui s'arracha à mon étreinte. J'aurais voulu que ses premiers mots fassent écho au ressenti procuré par ce baiser. J'attendais impatiemment ces premiers mots. En vérité, pourtant, il était inutile de les attendre, car ils ne furent jamais prononcés. Elle se contenta de gagner la table puis, telle une traînée déguisée en femme au foyer, elle prit ce que j'avais apporté et se dirigea vers la cuisine. Et voici les premiers mots qu'elle m'adressa, jetés par-dessus son épaule :

— Mettez-vous à l'aise. Je vais préparer le dîner. J'en ai pour cinq minutes.

Mettez-vous à l'aise ! Je me sentais aussi à l'aise qu'un naufragé tout nu dans le hall de l'hôtel Waldorf Astoria.

Je me rassis et saisis un journal qu'elle avait eu la délicate attention de placer sur la table à côté de moi. Mais je n'eus même pas le temps de regarder les titres (pourtant j'y tenais beaucoup, parce que j'ignorais ce qui se passait dans le monde et que je voulais le savoir). Avant que j'aie pu y jeter un coup d'œil, j'entendis sa voix, sa voix qui criait : je savais bien qu'elle pouvait crier comme ça, et j'avais souhaité du fond du cœur ne jamais l'entendre crier comme ça – hurler !

Elle se précipita si vite dans la pièce que son négligé gris perle s'accrocha au coin de la table : elle dut s'arrêter pour le dégager. C'était un très mauvais jeu de scène, non prévu à la répétition. Et je me le rappelai surtout par la suite : elle avait dû cesser de crier pour dégager son négligé. Je me le rappelai distinctement, parce qu'elle s'arrêta tout d'un coup, comme quand on enlève l'aiguille d'un tourne-disque et que la musique cesse, et puis on replace l'aiguille et le bruit revient. Mais lorsqu'elle remit son disque, elle hurla de plus belle.

Je l'empoignai juste au moment où elle se précipitait vers la fenêtre, mais elle m'échappa, exactement comme un chien furieux vous échappe après que vous l'avez jeté à terre et que vous lui avez cogné la tête contre le trottoir. Elle arriva à la fenêtre avant moi, et je perçus de nouveau ce battement, ce rythme indigène, non plus produit par des tam-tams cette fois, mais par ses longues mains aux doigts minces à présent crispés. Crispés au point que les ongles devaient pénétrer dans la chair. Crispés, et cognant contre les vitres : boum, boum, boum. Je ne compris ce qu'elle criait que lorsqu'elle se mit à cogner : le bruit des coups me fit l'effet d'une deuxième explosion assourdissante, puis le vacarme se dissipa et je distinguai enfin ce qu'elle hurlait.

C'étaient les mots les plus ordinaires, les plus sacrément banals qu'on puisse imaginer si on voulait écrire un mauvais mélodrame :

— Au secours ! Au secours ! À l'assassin !

Je la pris aux épaules et la fis pivoter vers moi. Alors, au milieu de cette folie furieuse complètement inattendue, le désir surgit à nouveau. Ce négligé, véritable costume de théâtre qu'elle avait choisi tout exprès pour cette représentation, glissa d'une de ses épaules, assez bas pour me permettre de voir ce que je n'avais pas remarqué jusqu'alors. Elle était nue sous l'étoffe mince ! Je n'avais pu m'en rendre compte auparavant, car – je le compris plus tard – elle s'était déshabillée tout exprès pour cette grande scène. Quand elle m'avait quitté sous prétexte d'aller à la cuisine, elle était allée se déshabiller dans sa chambre en vue du final.

Une deuxième fois, elle interrompit la représentation et m'adressa un léger sourire. Et comme la garce qu'elle était, elle attendait que je remonte le négligé sur son épaule, mais je n'y touchai pas. Je n'étendis pas la main pour saisir cette épaule admirable que je connaîtrais si bien par la suite, cette épaule que je contemplerais dans des positions diverses, que je verrais si souvent se hausser pour me signifier d'attendre plus tard.

Au lieu de la toucher comme elle le désirait, je me mis à la gifler sauvagement, une bonne dizaine de fois ; son visage conserva la même expression. Je la frappai comme on frappe un épileptique ou un fou (car elle était bel et bien folle à ce moment-là), mais j'aurais tout aussi bien pu cogner jusqu'au lendemain que ça ne l'aurait pas arrêtée. Elle savait parfaitement ce qu'elle faisait. Elle attendit que je sois fatigué, puis se remit à crier. Cette fois, elle ajouta le mot « Police ! ».

Je ne parle jamais beaucoup mais, d'habitude, je parle quand il faut. Étant donné la situation, j'aurais dû lui demander pourquoi diable elle braillait comme ça. N'importe qui à ma place aurait exigé des explications. Seulement, moi, j'étais incapable de dire un mot. Je ne pouvais penser qu'à une seule chose : à des cellules capitonnées et, enfermés dans ces cellules, des gens qui n'en sortiraient jamais parce qu'ils y avaient passé toute leur vie. J'avais l'impression d'être comme eux : condamné irrévocablement sans savoir pourquoi. J'ignorais de quoi il retournait, et je n'arrivais pas à formuler la question. D'ailleurs, n'aurais-je pas eu l'air stupide si je l'avais posée ? Si j'avais dit d'une voix calme : « Voyons, madame, de quoi s'agit-il ? »

En fait, je ne tardai pas à avoir une réponse. Dès qu'elle entendit les voisins accourir de partout et monter précipitamment l'escalier, elle se rua vers la porte. Je n'essayai pas de l'arrêter : mes pieds et ma langue refusaient de bouger. Quand elle ouvrit la porte, ils se trouvaient déjà sur le seuil.

Ils n'entrèrent pas. Ça non plus, ce n'était pas normal ; rien de ce qui se passait n'était normal. Ces gens stupides, aux yeux tristes, dont la curiosité s'étalait comme un foulard mouillé plaqué sur leurs visages, n'entrèrent pas dans la pièce.

Un jour, j'ai vu une vieille femme monter dans le métro.

Il pleuvait à pleins seaux. Elle avait la tête couverte d'un foulard gris, et elle avait dû perdre les épingles qui le maintenaient en place : il pendait d'une telle façon qu'on ne pouvait pas distinguer le visage du foulard. Quand on la regardait, on se sentait pris de curiosité, on voulait identifier le visage et le foulard, et puis savoir combien de temps cet ensemble confus allait rester en l'état. À présent, je voulais savoir combien de temps ces visages sur le seuil allaient rester comme ça, car lorsqu'elle se mit à leur crier les mêmes mots que ceux qu'elle m'avait criés, ils ne s'animèrent pas, ces visages, ils ne se mirent pas à courir dans la pièce la bave aux lèvres, ni hors de la pièce pour courir sans but dans tous les sens, comme on le fait d'habitude quand on est excité par quelque chose qu'on ne comprend pas.

Moi, je mourais d'envie de leur hurler dessus, comme elle le faisait, de leur demander pourquoi ils ne se comportaient pas comme le font habituellement les spectateurs d'un accident, ou les curieux qui attendent qu'on sorte un cadavre d'une maison. Je voulais leur demander pourquoi ils ne bondissaient pas dans les flammes pour aider l'agent de police à sauver un inconnu… Car, s'ils n'éprouvaient pas cette curiosité morbide, je l'éprouvais, moi ! Je la sentais enfler en moi comme une houle. Je commençai à revenir à la vie.

Je courus vers elle qui se tenait debout, sentinelle redoutable, devant tous ces gens. Elle montra une porte, puis, d'une voix qui, naturellement, ne ressemblait pas à la mienne, je prononçai ces mots stupides :

— De quoi s'agit-il ?

Elle devint très calme. Plus calme qu'elle ne l'avait jamais été, plus calme que je ne l'ai jamais vue par la suite, pendant tout le temps que nous avons vécu ensemble. Et c'est parce qu'elle était calme, peut-être pour la première fois de sa vie, qu'elle dit d'une voix plus basse, un peu moins grinçante, en me montrant du doigt :

— Cet homme a tué mon mari !

Alors les visages se mirent à bouger. Ils se rapprochèrent, mais, si j'avais pu mesurer, j'aurais constaté qu'ils s'étaient avancés de quelques centimètres à peine, juste assez pour franchir le seuil, parce qu'ils n'y croyaient pas encore. Pourtant ils voulaient y croire. Brusquement, ils prirent une expression avide. De toute évidence, ils voulaient y croire car ils regardaient autour d'eux à la recherche de traces de sang ; mais, anxieux d'y poser le pied, ils n'osaient pas s'aventurer trop loin dans la pièce.

Sans me laisser le temps de monter ma défense, elle courut à la porte qu'elle venait de désigner et l'ouvrit toute grande. Dans la chambre, sur le plancher, près du lit en laiton le plus hideux que j'aie jamais vu, un homme était étendu. Gras, flasque, laid, particulièrement laid à ce moment-là, parce que la mort gisait à ses côtés. Et cet homme si laid avait reçu deux coups de couteau dans le cœur, dans son grand cœur gras et généreux – car c'était le type qui lui avait payé son négligé gris perle.

Ce négligé, il aurait été d'un meilleur effet sur lui que sur elle. Il aurait caché le sang qui éclaboussait sa chemise blanche, et il aurait caché ce visage bleu et bouffi, car, si elle avait ôté son déshabillé pour en recouvrir le mort, elle aurait tout d'abord recouvert ce visage. Je ne pus le regarder plus d'une minute, et les curieux debout sur le seuil, le cou tendu pour mieux voir le mort, ne pouvaient pas le regarder davantage, eux non plus, je les entendis frissonner. Elle seule le pouvait. Elle avait dû le regarder tous les soirs pendant des semaines, le regarder, exultante, en attendant de pouvoir jouer cette scène.

Après tout, je crois que j'aurais dû être acteur. En effet, dès que j'eus surmonté ma nausée, je me tournai vers les spectateurs, et de cette nouvelle voix calme, empruntée pour ce rôle, je m'écriai :

— Je n'ai jamais vu cet homme !

Sans jouer davantage la comédie, sans crier, sans même bouger, elle déclara :

— Il ment ! Le couteau dont il s'est servi se trouve dans la poche de son veston.

Je mis la main dans ma poche, et ma main rencontra une lame ensanglantée !

Mais ce n'était que le début de la scène. Mon début. C'était mon tour à présent. Je sortis ma main d'un geste lent. Je m'arrêtai et regardai les spectateurs. Puis je la regardai, elle. Tous, ils attendaient de voir une main sanglante sortir de cette poche, et ils en eurent pour leur argent. Ils en eurent même beaucoup plus qu'ils n'avaient espéré en prenant leur billet. Bougrement plus. Ma main ne sortit pas seule. Le couteau sortit en même temps, la lame collée à ma paume ! Je levai le bras pour que tout le monde puisse bien voir. Je savais que, s'il y avait un Dieu, il était avec moi. Ou que, s'il y avait une loi de la pesanteur, elle était avec moi. Je savais que ma petite mise en scène allait réussir, et ce fut le cas !

Le couteau resta collé à ma main jusqu'à ce que j'aie levé

le bras assez haut à mon goût ; alors, j'agitai la main, et le couteau tomba au sol. Sans fracas. Il ne fit presque pas de bruit et ne gâcha pas la suite de ma représentation. Tous les yeux restèrent fixés sur ma main, cette main qui n'était pas ma main ; et ces gens gardaient les yeux fixés sur elle parce qu'ils avaient presque compris qu'elle n'était pas à moi. Ils l'avaient presque compris. Il allait falloir leur dire, leur expliquer clairement. Je pris mon temps. Je me tournai vers le visage bouffi, je m'obligeai à le regarder jusqu'à ce qu'ils le regardent, eux aussi, puis j'examinai la chemise couverte de sang, et je dis en souriant :

— J'ai vu pas mal de types victimes de coups de couteau, et je m'y connais en blessures de ce genre. Moi-même, j'en ai reçu quelques-unes. Je peux instantanément dire si elles ont été faites par un gaucher ou un droitier. Je ne sais pas qui est cet homme, mais je suis sûr qu'on l'a poignardé de la main droite.

C'était un long discours, que j'avais prononcé à tout hasard, mais ils étaient avec moi. Elle aussi. Le silence même qui l'entourait était avec moi. Elle avait blêmi mais n'avait pas encore commencé à trembler. Elle attendait mon discours final. Celui qui serait bref.

Je la regardai en le prononçant. Je la regardai et poursuivis :

— Voyez, moi, je n'ai pas de main droite. Cette main sanglante que vous regardez n'est pas la mienne. C'est un type de Détroit qui me l'a fabriquée. Pour vingt-cinq dollars. Je ne l'ai jamais payée, mais il m'a permis de la garder. On la croirait vraie, n'est-ce pas ? Mais tout ce qui vit bouge. Je ne peux pas bouger un seul doigt de cette main, parce que le bois ne bouge pas, et on ne peut pas assassiner quelqu'un de sa main droite quand elle est faite de bois.

J'ai dit que mon discours fut bref. Et c'est exact, car, dès que je commençai, ils surent que je disais vrai. Je terminai néanmoins. Je terminai le temps de réfléchir à ce que nous ferions ensuite. Je dis « nous » parce que, au moment où j'entamai mon discours, j'avais déjà pris une décision : j'allais lui faire comprendre qu'elle avait perdu, mais j'allais modifier ma ligne de conduite et la sauver afin de la garder pour moi tout seul.

Lorsque les visages se remirent à bouger, ils bougèrent très vite, mais je fus plus rapide qu'eux. Malgré ma main de bois. J'arrivai à la porte avant qu'ils n'aient pénétré trop loin dans la pièce et je les repoussai. Je les rassemblai comme on rassemble du bétail : toutefois, au lieu de me servir d'un cheval, je recourus à ma main ensanglantée, si bien qu'ils sortirent plus vite qu'ils n'étaient entrés. Quand le dernier d'entre eux fut sur le palier, je claquai la porte, que je fermai à clé ; puis je me retournai.

Elle était restée sur place. La main sanglante ne semblait pas l'épouvanter. Je crois qu'elle devait avoir deux paragraphes d'avance sur moi, car elle se mit en mouvement dès que je lui fis de nouveau face. Elle entra en courant dans la chambre où se trouvait le visage bouffi, et, cette fois, son négligé ne s'accrocha à rien : la bouche du mort étant fermée, il ne pouvait s'accrocher à ses dents et ne s'accrocha donc à rien. Il frôla simplement cet horrible visage bleu, et un peu de sang tacha le bas du vêtement.

Je l'observai assez longtemps pour la voir enjamber le cadavre et, quand elle l'enjamba, je compris immédiatement qu'elle avait oublié jusqu'à sa présence. Je compris qu'elle oubliait les choses dès qu'elles cessaient de lui être utiles.

Je la laissai faire ce qu'elle avait à faire dans la chambre. Je savais de quoi il s'agissait. Je l'entendis ouvrir un tiroir pendant que je me précipitais vers le placard du séjour. J'y pris un manteau qui appartenait au visage si laid. Et, sans même l'entendre, je devinai qu'elle récupérait de l'argent dans le tiroir.

À peine avais-je enfilé le pardessus que ses adieux au mort étaient terminés. Elle avait fermé la porte de la chambre et attendait que je prenne une décision.

— Où est votre voiture ? lui demandai-je.

Elle me regarda, mais sans dévoiler son sourire habituel. Elle n'avait plus le temps de jouer de son sex-appeal. On n'a pas le temps de songer à ça quand on essaie de sauver sa peau.

— Les clés sont dans la poche du pardessus que vous avez sur le dos. Et il y a un escalier de service dans la cuisine.

Je me dirigeai vers la cuisine au même moment qu'elle, et nous nous bousculâmes en franchissant le seuil. J'avais envie de rire. De crier. Mais je savais que mon cri aurait eu les sonorités du sien. J'étais à deux doigts de la crise de nerfs, moi, un grand bonhomme, un bon mètre quatre-vingts de haut, avec un cerveau au sommet, un cerveau dont je ne me servais jamais suffisamment – j'étais à deux doigts de la crise d'hystérie.

En vérité, je n'aurais guère eu le temps de rire, ou, plutôt, personne ne m'aurait entendu rire, car, à ce moment-là, on commença à cogner contre la porte d'entrée qui n'allait pas tarder à céder.

Nous traversâmes la cuisine et descendîmes l'escalier de service. Comment, je ne l'ai jamais su. Ça arrive si souvent de faire des choses dont on peut dire ensuite : comment, je ne l'ai jamais su.

En descendant l'escalier, je me cognai la tête plusieurs fois, et, aujourd'hui encore, j'ignore contre quoi. Le plafond était trop haut et il n'y avait pas de poutres. Elle se trouvait trop loin devant moi pour que j'aie pu la heurter. Peut-être que ma tête se heurtait à ma conscience. C'était en somme la seule façon de me rendre compte que j'avais une conscience, il fallait qu'elle me fasse mal, vraiment mal, physiquement mal.

Par la suite, j'allais souffrir bien davantage. J'allais mourir, et oublier d'ensevelir mon corps… Chercher ma tombe sans jamais la trouver parce que je ne me rappelais pas où je l'avais creusée. En fin de compte, j'allais faire ce que tout le monde avait fait avant moi : accrocher une petite note blanche au désespoir.

Dieu merci, la voiture n'était pas dans le garage ; elle l'avait garée dans la ruelle pour se barrer en vitesse, seule. Mais, voyez-vous, les choses ne se passent pas toujours comme prévu. Jamais plus elle ne serait seule. Jusqu'au dernier jour elle ne saurait plus ce qu'est la solitude. Elle ne saurait même pas que c'était le dernier jour.

Elle entra dans la voiture en premier. D'une poussée, je la chassai du siège du conducteur. Et, tout en la poussant, tout en faisant ces choses machinales qu'on fait très vite (des choses qu'on n'a jamais faites… je n'avais jamais conduit ce genre de voiture, et pourtant je trouvai immédiatement la clé de contact et le démarreur... sans un instant d'hésitation... j'allumai les phares et je vérifiai même le niveau d'essence et constatai que le réservoir était plein), pendant tout ce temps-là, je ne pensais à aucun de mes gestes. Je pensais à ce dernier jour, notre dernier jour. En mettant la clé de contact, en appuyant sur le démarreur, en allumant les phares, en vérifiant l'essence, j'aurais pu écrire la fin de notre histoire. Voilà à quoi je pensais en sortant de la ruelle, tandis qu'elle ne cessait de m'indiquer la direction à prendre. Mais je ne l'écoutais pas. Je laissais la voiture aller où elle voulait.

Finalement, quand je pris la parole, je lui lançai entre mes dents serrées :

— La ferme ! Cesse de japper ! S'il y a une autoroute dans les parages, je la trouverai. À ma façon. C'est moi qui commande à présent.

Elle la boucla docilement et je trouvai l'autoroute. Évidemment, à mon sens, c'était la bonne route, mais je me trompais une fois de plus.

Au moment où je pris la bretelle d'autoroute, je vis qu'elle voulait me parler, mais qu'elle n'osait pas. Elle fit un geste qui signifiait : « Ce n'est pas ça que j'avais combiné. Je ne devais pas aller de ce côté-là. Changez de direction. »

Elle ne dit rien de tout ça, à cause de l'expression de mon visage. Jamais, par la suite, je ne me suis montré si fort face à elle.

2

Tout le long de la route, je la maintins sous ma botte. Et la route fut sacrément longue, car de Middletown nous filâmes tout droit jusqu'à un petit trou paumé de Californie.

Dans le temps, j'ai traversé le Kansas et le Nebraska – une saloperie de bassin de poussière – sur une draisine et j'avais l'air d'un pauvre fermier figé à l'époque de la Grande Dépression en arrivant à l'endroit où je croyais aller, c'est-à-dire nulle part. Une autre fois, j'ai acheté un vieux bateau de pêche, sale et mal fichu, et j'ai navigué tout seul le long de la côte du Mexique. J'ai voyagé en train, en sous-marin, en avion, en autobus, en wagon à bestiaux, à bord de navires de guerre. J'ai été seul. J'ai été avec deux, trois, cent personnes. J'ai connu la faim et la fatigue, la nourriture en abondance et la richesse. J'ai couché avec des clochards, des tantouzes et avec une comtesse qui n'était pas une comtesse (elle n'avait rien fait pour le devenir). Mais ce voyage vers la Californie, ce long voyage qui semblait ne jamais devoir se terminer, en compagnie d'Elizabeth Frazer (eh oui, j'avais fini par découvrir son nom…

il fallait bien que je lui en donne un… elle ne me l'avait pas donné spontanément, mais il fallait bien que je puisse la nommer, c'est pourquoi je le lui avais demandé, et Elizabeth est un nom qui m'a toujours plu…), ce voyage-là était des plus étranges. Même comparé à d'autres étranges voyages, tels ceux d'Ichabod Crane et du Cavalier sans tête, du « Highwayman » d'Alfred Noyes ou de Paul Revere avec sa foutue lanterne à Charlestown. Oui, je me rappelais ces histoires que j'avais lues à l'école. C'est bien la seule chose qui m'en restait. Peut-être que je les déformais légèrement, quand je me les remémorais aux côtés d'Elizabeth, mais c'est bien le sentiment que j'éprouvais.

Il n'y avait pas de radio dans la voiture. Tout d'abord ça me mit en rogne. Je lui en voulais terriblement de n'en avoir jamais acheté une. Néanmoins, après quelques centaines de kilomètres, j'en fus bien content. Je fus bien content de ne pas entendre les communiqués de la police. Je savais que les flics devaient être à nos trousses, mais il valait mieux ne pas être renseigné. Il vaut mieux ne pas savoir que des gens vous recherchent. Ils vous trouvent toujours le moment venu.

Naturellement, je fis toutes ces choses qu'on lit dans les livres. J'avais toute ma tête. Je m'arrêtai assez longtemps pour voler des plaques d'immatriculation et changer celles de la voiture. J'évitai les grandes villes, et, quand nous avions faim, nous mangions dans de petits bouis-bouis plus ou moins propres.

Elle portait toujours ce foutu négligé taché de sang, mais elle avait pensé à jeter un manteau en poil de chameau à l'arrière de la voiture, en prévision de sa fuite, dans une direction ou une autre. Le manteau lui tenait chaud, et il cachait les vilaines taches sur le négligé qu'elle avait sans doute ajusté à l'aide d'épingles. De toute façon, je n'étais pas d'humeur à regarder ses jambes.

Dès que je le pus, je me débarrassai du beau veston d'intérieur à la poche tout encroûtée de sang. Je le brûlai au feu d'une vraie cheminée, dans un triste motel où nous nous arrêtâmes pour la nuit – ce fut la seule fois. Je sens encore cette odeur, une odeur très banale de laine en train de brûler qui, pourtant, me fit penser à de la chair grillée. Elizabeth ne sentit rien et ne vit rien. Il y avait déjà deux heures qu'elle dormait dans un des lits jumeaux.

À l'avenir, ceux qui écrivent des histoires dont les héroïnes appartiennent à ce type de femmes devront bien parler de leur sommeil. Ils devront décrire la façon dont elles dorment : comme un bébé. Leur expression : celle d'une enfant endormie. D'une enfant qui a oublié ses soucis quotidiens, ses jouets brisés, ses poupées. Tant d'innocence et de candeur. Elles ont cette expression parce qu'elles se voient ainsi. De leur point de vue, elles sont tout à fait candides. Entièrement dépourvues d'artifices. Pourtant, elles ignorent jusqu'au sens de ce mot.

À l'exception de ce seul arrêt, nous voyageâmes de nuit. Un jour, pendant que nous traversions une petite ville à la frontière du Texas, elle eut une idée géniale : elle voulut faire des achats. C'était un samedi soir, et elle prétendait que nous pouvions faire des courses en toute sécurité un samedi soir dans les rues pleines de monde. Je m'arrêtai devant un Sears, Roebuck & Co. Elle me demanda de revenir la chercher une heure plus tard. Je hochai la tête.

— Allons donc, Elizabeth, dis-je, je ne veux pas te quitter des yeux un seul instant. Tu serais capable de mettre la ville sens dessus dessous en une minute.

Je souris en disant ça, mais elle ne goûta pas la plaisanterie. Elle entra brusquement dans la boutique, moi sur ses talons. Elle avait toujours son manteau. La nuit était chaude, et je vis quelques dames du coin lui jeter de drôles de regards. Nous nous rendîmes du côté des vêtements pour femmes où elle acheta une robe en rayonne très bon marché, un pantalon, des souliers et un chemisier.

Pendant que j'attendais devant la cabine d'essayage, je l'entendis parler à la vendeuse ; elle lui expliquait pourquoi elle était en négligé :

— Je suis malade, et plus aucune de mes robes ne me va. Mon mari m'a amenée ici pour acheter certaines affaires indispensables. Je suis censée rester à la maison.

Puis j'entendis la voix de la vendeuse et mes mains devinrent moites :

— Vous n'êtes pas d'ici ?

Cette question était bien normale. Elizabeth n'avait rien d'une Texane de Westbrook, et la vendeuse était assez fine pour s'en apercevoir. Mais la réponse ?

J'attendis. Elle était capable de répondre n'importe quoi. Je ne maîtrisais pas encore toutes les réactions d'Elizabeth, mais j'en savais assez pour m'attendre à tout. Après un long silence, elle déclara :

— J'habite chez des amis. Je viens d'une ville thermale, non loin d'ici.

Je desserrai mes poings crispés et respirai profondément pour raffermir mes jambes. Elizabeth continuait à parler :

— Je vais bientôt partir pour Los Angeles. J'ai des amis là-bas, je pense que je vais m'y installer. C'est une région charmante, la Californie, vous connaissez ?

La vendeuse avait sans doute fait signe que non, car Elizabeth se mit à lui dépeindre les beautés de la Californie, juste avant qu'elle l'interrompe :

— C'est votre pays natal ? demanda-t-elle.

« Bon sang, pensai-je, qu'est-ce qu'elle attend donc, Elizabeth, pour enfiler sa saloperie de robe, pour la boucler, pour filer ? »

Après avoir consenti à ce que nous nous arrêtions pour acheter des vêtements, j'avais eu le pressentiment que c'était une très mauvaise idée.

Elizabeth répondit :

— Non, je viens du Middle West. Du moins, c'est là que mon mari et moi vivions ces derniers temps.

— Dans quel État ?

Je commençai à me demander pourquoi la vendeuse manifestait tant de curiosité.

Elizabeth toussota pour s'éclaircir la gorge, et j'en profitai pour intervenir. Je passai la tête à travers les rideaux de la cabine et dis d'un ton sec :

— Grouille-toi, Elizabeth. Le docteur t'a bien recommandé de ne pas rester debout trop longtemps. Tu peux te tenir sur la tête, à la rigueur, mais pas sur tes pieds.

Elizabeth me foudroya du regard, puis elle eut un léger rire, qui vint un peu tard :

— Walter, chéri, ne t'inquiète pas, répliqua-t-elle. Je sais ce que je fais.

— J'en doute, marmonnai-je en extirpant ma tête de la pièce étouffante.

Quelques minutes plus tard, elle sortit vêtue de la robe neuve, trop étroite pour elle, si généreusement décolletée qu'elle n'osait pas se pencher en avant. Je la regardai en souriant :

— Tu ne pourrais pas boire à une source, dis-je.

La vendeuse éclata de rire :

— Votre femme est si charmante qu'elle peut se permettre de porter ce genre de robe.

Pendant qu'elle allait chercher la monnaie, j'examinai Elizabeth avec attention. Malgré cette vilaine robe en rayonne, elle était vraiment très belle. Debout devant une glace, en train de se poudrer, elle ressemblait à une jeune mère de famille, fringante et heureuse, pure de tout péché, excepté l'originel, celui d'être femme. À une jeune fille à peine sortie de l'école qui vient d'acheter sa première robe de soirée en vue du prochain bal. À une élégante femme de carrière, aux ongles laqués de rouge et non pas du sang d'un homme assassiné. À une adolescente qui fleure bon l'eau de Cologne et l'air frais et non à une femme baignant dans une odeur de mort, dans des exhalaisons de pourriture. Elle se détourna du miroir et me sourit :

— Je n'ai jamais porté une telle camelote, dit-elle.

La vendeuse nous rapporta la monnaie avant de nous remercier. Je pris Elizabeth par le bras. Elle se dégagea et regarda ma main artificielle d'un air écœuré. Je passai de l'autre côté, et la saisis de ma main valide. Tout en descendant l'escalier, je lui murmurai à l'oreille :

— Tu ne devrais pas faire la dégoûtée, surtout à propos d'une main. Rappelle-toi d'où tu viens.

Elle me jeta un coup d'œil haineux et se précipita vers la porte. Je dus courir pour la rattraper.

J'avais garé la voiture sur le parking à côté du magasin. En arrivant nous vîmes des gens attroupés autour d'un véhicule. Je m'arrêtai net et tirai Elizabeth vers moi :

— Ne dis rien, fis-je, je crois que c'est notre voiture qu'ils regardent. As-tu ton permis de conduire ?

Elle opina de la tête calmement.

— Dans ce cas, donne-le-moi.

Elle fouilla pendant un bon moment dans la poche du manteau en poil de chameau qu'elle tenait sur son bras, et trouva enfin le permis. Je le pris et l'examinai à la lumière d'un réverbère. Il était au nom d'Elizabeth Frazer, et avait été délivré à Minneapolis, dans le Minnesota. Je revins près d'elle.

— Parfait, dis-je. En tout cas, Middletown ne figure pas dessus. Suis-moi, et, quoi qu'il arrive, laisse-moi parler.

Nous nous dirigeâmes vers la voiture. Je ne m'étais pas trompé, c'était bien la sienne, et elle avait une aile salement amochée. Je la regardai pendant quelques instants en simple spectateur. Puis Elizabeth s'aperçut du dégât, et je lus dans ses yeux furibonds tout le dépit du propriétaire lésé. Elle courut vers la voiture. Je compris qu'elle allait se mettre à pérorer comme une idiote sur sa belle voiture qui n'avait jamais eu une seule éraflure, sur le foutu imbécile qui avait eu la maladresse de l'emboutir et qu'elle allait faire arrêter immédiatement, bref, toutes les âneries que racontent les automobilistes en pareil cas. C'est pourquoi je pris les devants :

— Qui a embouti cette voiture ? demandai-je.

Un vieux type, du genre bon cul-terreux du Texas, prit la parole :

— Ben, voilà, quoi. J'faisais marche arrière pour partir, quand y a ma femme qui me dit d'arrêter pour qu'elle descende, vu qu'elle avait oublié d'acheter un fouet de cuisine. Moi, je tends la main pour freiner, et voilà qu'au lieu de ça, j'embraye, et ma foutue machine va se cogner en marche arrière contre la voiture qu'est là. J'attends le monsieur à qui elle est pour lui donner mon nom.

— Donnez-moi un coup de main, les gars, dis-je en saisissant l'aile, qui touchait le pneu.

Deux gamins qui se trouvaient là, en quête de distraction, vinrent se placer de chaque côté de moi, et nous décollâmes l'aile du pneu.

— Bien, ça fera l'affaire.

Je me tournai vers le vieux :

— À votre place, mon gars, je me contenterais de laisser un billet à ces gens avec votre nom et votre adresse. Peut-être bien qu'ils sont en ville en ce moment, et impossible de savoir quand ils reviendront.

Le vieux hésita :

— Ben, voilà. Je m'étais dit qu'il vaudrait mieux voir ça avec le shérif. Ça va coûter dans les vingt-cinq dollars à retaper. Le shérif est un ami, il sait que j'suis pas un chauffard.

En entendant parler du shérif, Elizabeth eut un hoquet de surprise.

— Ce n'est pas nécessaire, répliquai-je.

Je fouillai dans ma poche d'où je tirai un papier et un crayon que je tendis au vieux, avant de poursuivre :

— Voilà ce que vous allez faire. Écrivez votre nom là-dessus. Je placerai le papier sur le volant. Pour sûr, ces gens se mettront en rapport avec vous dès demain.

Le vieux prit le papier, l'examina soigneusement, et le retourna plusieurs fois entre ses doigts. J'ignorais totalement ce qu'il pouvait y avoir dessus. J'étais si pressé de foutre le camp sans avoir à comparaître devant le shérif que je le lui avais donné sans regarder. Finalement, il opina :

— Ouais, vous avez peut-être raison. D'ailleurs, faut que j'me rentre. J'dois soigner un de mes veaux qu'est malade. Allez, c'est bon.

Il mit ses lunettes et, mon dos faisant office d'écritoire, il inscrivit son nom et son adresse sur le papier. Ce fut assez laborieux. Je regardais le visage d'Elizabeth. Elle avait l'air plus malade que le veau du type.

Quand il eut terminé, il me tendit la carte que je jetai dans la voiture ; puis nous attendîmes qu'il soit monté dans sa Ford et qu'il ait démarré.

Les deux gamins traînaient encore autour de la voiture quand Elizabeth et moi nous y installâmes. Je mis le moteur en marche et ils me regardèrent comme si j'étais fou. Je vis le papier que j'avais donné au vieux : un prospectus pour une laiterie du Texas. Je le jetai par la portière en disant :

— Ne vous frappez pas, les gars, c'est ma voiture. Je n'ai pas voulu faire payer le grand-père, voilà tout.

Ils acquiescèrent, étonnés. Elizabeth et moi quittâmes le

parking. Les gamins, en rentrant chez eux, durent raconter l'histoire à leurs parents, leur dire que j'étais un type épatant, un vrai Américain : je n'avais pas engueulé le vieux qui venait d'esquinter mon aile, je ne lui avais même pas demandé de payer. C'était un accident. Qui paie en cas d'accident ?

Oui, mes petits, j'étais vraiment un type épatant, un type qui traversait le Texas en compagnie d'une meurtrière, un beau spécimen d'Américain, complice d'une tueuse.

Personne ne saura jamais combien de fois l'envie me prit de m'arrêter, de descendre de la voiture, et de m'enfuir, n'importe où, loin de cette femme. Et pourtant, je ne voulais pas m'éloigner d'elle. Le mal a une puissance d'attraction extraordinaire ! Je la détestais jusque dans la moelle de mes os, exactement comme à l'âge de huit ans quand, ignorant encore tout des émotions fortes, j'avais détesté la méchante de la série à suspense. Je l'avais détestée, sifflée, criblée de balles imaginaires ; mais elle me fascinait à tel point qu'elle avait hanté mes rêves jusqu'au dernier épisode. Jusqu'à ce que les personnages tombent aux oubliettes.

Je voulus savoir qui était Elizabeth, à quel milieu elle appartenait, d'où elle venait, où elle allait. Je la fis parler d'elle-même, espérant à chaque mot, à chaque phrase, qu'elle me dirait quelque chose qui me permettrait de la respecter.

Elle me raconta son enfance qui n'avait pas été très heureuse. Ses parents se disputaient beaucoup. Son père avait exercé divers métiers : jockey, boxeur poids mouche, artiste de music-hall, reporter et, en dernier lieu, directeur du service de diffusion d'un petit journal de province.

Sa mère descendait de ce qu'elle appelait une « assez bonne famille » ; c'était une femme fort bien élevée, mais adulée et gâtée – en somme, pas vraiment « digne de confiance ». Elizabeth détestait sa mère, mais elle « tolérait » son père. Elle aussi avait reçu une bonne éducation. Tout d'abord, elle avait fréquenté des écoles privées, mais on l'avait flanquée à la porte à cause des réceptions nocturnes qu'elle donnait dans sa chambre. Au lycée, le diplôme de fin d'études secondaires lui avait été refusé parce qu'une camarade l'avait accusée de vol dans un grand magasin. C'était exact. Elle avait barboté un poudrier et une paire de gants, mais son paternel avait arrangé l'affaire. Enfin, sa mère avait versé une somme généreuse pour la faire entrer dans une petite université du Missouri. Une nuit, on l'avait trouvée nue dans le dortoir des garçons, et elle avait été renvoyée… C'est toute goguenarde qu'elle me raconta cette histoire.

— Et vois-tu, Walter, conclut-elle, c'était complètement stupide, car je n'avais rien fait. En réalité, j'étais toujours vierge, et la plupart de mes camarades n'auraient pas pu en dire autant. Nous avions simplement joué au strip-poker, c'est tout. Je n'ai jamais su bien jouer aux cartes.

Finalement, elle avait suivi les cours d'une école de commerce avant de trouver un poste de secrétaire. Comme elle refusait de m'en dire davantage, je lui demandai ce qu'étaient devenus ses parents.

Elle haussa les épaules.

— Papa s'est mis à boire, et a été tué dans une rixe. Pour

ma mère, je ne sais pas. Je crois qu'elle est morte dans une maison de repos, je ne sais pas trop.

J'essayai de déceler une note de sympathie dans sa voix, une moue de tristesse sur son visage. En vain.

— Je ne te comprends pas, Elizabeth, dis-je. Moi, j'ai beaucoup aimé ma mère. Elle est morte quand j'étais petit, mais je l'ai beaucoup aimée. Je ne détestais pas mon père, pourtant il me battait. Quand j'ai appris qu'il avait eu une attaque, ça m'a fait de la peine. Comme on a de la peine en apprenant que le chien du voisin s'est fait écraser. Même si c'était un chien hargneux.

Elle pinça très fort ses lèvres qui ne formèrent plus qu'une ligne mince, tendue comme un élastique, et déclara d'un ton brutal :

— Ce n'est pas parce que deux personnes se trouvent être votre père et votre mère qu'il faut les respecter ! Ou les aimer ! Ils s'appelaient Jim et Eloise. C'étaient des gens. Que je n'aimais pas. Et qui ne m'aimaient pas non plus. Pas du tout.

Je gardai le silence et, pendant un moment, j'eus pitié d'elle. Je n'éprouvai pas le moindre respect à son égard, mais une pitié sincère. Je crois que je compris ce qu'elle voulait dire. Je m'étais fait une image assez précise de ses parents. Lorsqu'elle eut fini de parler, je reformai cette image dans mon esprit d'après les fragments qu'elle m'avait fait entrevoir. Sa mère, belle femme, gâtée et adulée, était allée un jour assister à une course de trot. Elle y avait vu un beau gars séduisant, qui montait une superbe jument. Grâce à ses relations, elle se l'était fait présenter. Puis elle avait mis le grappin dessus. Ils s'étaient mariés. Lui était alors le jockey en vogue, et son vieux père à elle avait du fric : en somme, ils étaient à égalité. Ils eurent vite fait d'épuiser la nouveauté de l'amour, mais restèrent ensemble pour diverses raisons. D'abord, en 1904, on ne divorçait pas comme ça ; ensuite, ils voulaient rester dans les bonnes grâces du paternel. Elizabeth était née peu après. Ensuite, la Grande Guerre avait éclaté : il était parti en héros et revenu en héros. Comme il avait gagné quelques matches de boxe amateur dans l'armée, il décida de s'entraîner dans la catégorie des poids mouches. Elizabeth fut confiée à une bonne pendant que papa faisait ses tournées en compagnie de maman. Il acquit une certaine réputation et on lui offrit d'exécuter un numéro dans une troupe de vaudeville. Toujours avide d'aventures, sa femme le suivit dans ses déplacements. Elizabeth était invariablement laissée pour compte, abandonnée aux mains de gouvernantes qui ne savaient pas la comprendre.

Son père et sa mère revinrent enfin et le grand-père, en mourant, leur laissa un peu d'argent. Cette fois, ils partirent pour l'Europe et Elizabeth fut mise en pension. Quand ils se décidèrent à la récupérer, elle était une grande fille, et pour eux, une étrangère. Ils étaient donc trois étrangers tentant de rebâtir un foyer qui n'avait jamais existé ou ne le pourrait jamais. Plus tard l'argent s'épuisa, les disputes commencèrent. Ce fut le marasme.

C'est dans cette atmosphère qu'avait grandi Elizabeth Frazer, et, malgré tout, elle avait acquis un semblant d'éducation. Mais l'éducation suffit-elle à pallier crime et délinquance ? Non. Du moins pas celle qu'on reçoit à l'école. Certains crimes, parmi les plus atroces, sont commis par de soi-disant intellectuels. La véritable formation d'un enfant commence bien avant l'école. Sous l'influence des parents. Elizabeth avait peut-être raison. Il n'y avait pas de Papa et de Maman. Ils s'appelaient Jim et Eloise, de simples étrangers pour elle. Que faire de parents semblables ? On ne peut pourtant pas les noyer…

J'eus vraiment pitié d'elle.

Mais cela ne suffisait pas à expliquer ma fascination, cette fascination de gosse qui s'obstine à passer devant la même maison hantée. Vous savez que vous ne devez pas y entrer. Elle est sombre, humide, sinistre, pleine de toiles d'araignées. Les marches en bois sont esquintées, et elles craquent à peine le pied posé dessus. Des clochards ont semé des papiers gras et de vieilles bouteilles de whisky sous le porche. La carcasse d'un chat crevé pend en équilibre précaire du toit de bardeaux tout défoncé. Il règne une odeur de bois mouillé, de termites et de tuyaux éventrés. Et à l'intérieur, au plus profond de la maison, on peut s'attendre à trouver n'importe quoi, du Cavalier sans tête au cadavre d'un enfant mort-né. Mais quelque chose vous pousse à y entrer et à faire votre propre expérience. Vous ne pouvez pas vous contenter de passer devant cette porte jour après jour. Il faut que vous entriez. Attiré contre votre gré, vous êtes poussé à désobéir à vos parents, à votre instituteur, au proviseur, et à rejeter les conseils de votre propre bon sens pour pénétrer dans cette bâtisse ignoble, que l'on prétend peuplée de fantômes. La fascination s'est emparée de vous, au point que plus rien ne compte à vos yeux, ni votre foyer, ni l'école, ni la perspective d'un futur pique-nique. C'est l'effet que vous font certaines personnes. Quand vous grandissez, que le poil vous pousse sur la poitrine et au menton, quand votre mâchoire et votre tête se durcissent, quand vous jetez vos espoirs sur le béton, et non plus sur vos jouets, voilà l'effet que vous font certaines personnes. C'est l'effet qu'elle me faisait. D'ailleurs, c'était tout naturel si on s'en tenait à son apparence extérieure, car très peu de femmes la surpassaient en beauté. Dieu revêt parfois le diable d'un manteau de velours.

Je fis tout ce voyage en compagnie du diable, aussi serein qu'on peut l'être dans le cratère d'un volcan en éruption, et nous arrivâmes enfin, le diable et moi, en Californie.

3

En arrivant dans ce trou paumé de Californie, j'eus l'impression d'aspirer une bouffée d'air frais au milieu d'une fournaise. On a toujours plaisir à arriver en Californie, puis à la quitter. On a plaisir à y arriver, car, dès qu'on est dans le désert, l'air vous exalte et on se sent flotter au-dessus du sol. Surtout la nuit. La plupart des touristes déblatèrent contre la chaleur du désert en journée. Mais ce n'est pas la chaleur du désert qui est en cause. C'est leur stupidité qui les amène à commettre l'erreur de voyager de jour. Personnellement, je m'y trouve très bien de jour et de nuit.

Il y a de la liberté dans l'air mais l'air n'est pas toujours en libre accès. Par exemple dans une cellule. Chaque mètre cube se paie, encore et encore.

Tandis que nous roulions vers cette ville perdue dans le désert, qui surgissait du néant comme un lapin sort du chapeau d'un magicien, j'oubliai la présence d'Elizabeth. J'oubliai qu'elle dormait d'un sommeil d'enfant, sa tête décolorée reposant sur mon épaule, et je me rappelai mon premier voyage en Californie. Plus tard, je compris pourquoi je m'en étais souvenu : cette ville surgie du désert devant nous était celle où j'avais passé ma première nuit, du temps où j'étais seul. Seul et triste, mais de cette tristesse née de la solitude, qui peut vous apporter la paix.

Cette nuit-là, j'avais ouvert la fenêtre de ma chambre d'hôtel et profité de grandes bouffées d'air frais jusqu'au matin. Je n'avais pas quitté cette fenêtre de la nuit. Tout me paraissait invraisemblable : l'air, les arbres, le parfum des fleurs d'oranger, de vraies fleurs d'oranger qui ne provenaient pas d'une noce italienne. Je parle de noce italienne parce que je n'ai assisté qu'à deux mariages dans ma vie. Le premier était un mariage forcé au cours duquel je surveillais le marié, un fusil à la main ; l'autre était un mariage italien qui comptait des fleurs d'oranger artificielles et un marié tout juste évadé de prison pour se marier avant d'être remis en taule par la police. Je le connaissais depuis des années. Nous étions allés en classe ensemble : il avait quitté l'école en cinquième, et moi en quatrième, c'est pourquoi nous étions devenus très copains.

Je me remémorais donc tous ces souvenirs, assis dans la voiture à côté d'Elizabeth. Je suppose qu'elle dut sentir mes pensées, car elle s'éveilla, battit des paupières, bâilla, s'étira, puis aperçut la ville, un mirage à l'horizon, avant de s'écrier :

— Oh ! Mon Dieu ! J'espère qu'il y a un institut de beauté dans ce patelin. Je me suis cassé l'ongle du petit doigt.

J'aurais pu lui rappeler sur quoi elle l'avait cassé mais je décidai de me comporter en gentleman. J'étais trop crevé pour agir autrement.

Elle avait refusé de me dire s'il lui restait de l'argent.

J'avais renoncé à lui poser la question au bout de la sixième fois. Mais la vue de cette ville et le souvenir des quelques heures agréables de mon passé me firent retrouver mon souffle et je repris courage. Une fois de plus, je lui posai ma question, bien décidé à me conduire comme une brute : je lui aurais foutu une formidable raclée si elle n'avait pas répondu comme elle le fit.

Comme d'habitude, bien sûr, sa réponse fut imprévisible. Elle prit une cigarette dans un étui orné de brillants. (Je suppose qu'elle l'avait chipé dans le tiroir, en même temps que l'argent.) Ensuite elle l'alluma, me regarda, sourit lentement, et répondit :

— Bien sûr qu'il m'en reste. J'ai cinquante dollars. Ne dépense pas tout d'un coup, ajouta-t-elle avec son affreux ricanement.

J'aurais dû la battre rien que pour cette réflexion. Je ne suis pas particulièrement intelligent, mais je ne peux pas souffrir les plaisanteries éculées de vaudeville, à onze heures du soir, au milieu du désert, quand on est si fatigué que même le souvenir d'un meurtre devient confus.

Nous ne parlâmes plus avant d'avoir atteint le centre-ville, où je pris bien soin de ne pas m'arrêter à l'hôtel où j'étais descendu autrefois. Tout, mais pas ça. Il était reconnaissable aux deux gros palmiers qui en encadraient l'entrée, je choisis donc un hôtel qui en était dépourvu.

Nous nous enregistrâmes comme mari et femme, sous un faux nom que j'avais inventé un jour en buvant mon café dans un restaurant chinois, un nom décourageant, comme celui du cheval sur lequel personne ne miserait, mais nous nous en contentâmes pendant quelques années.

Oui, nous étions venus dans cette chambre pour y passer la nuit. Dans cette ville pour y passer vingt-quatre heures. En Californie pour y passer deux jours et, en fin de compte, nous y sommes restés trois ans.

Quelqu'un a dit un jour qu'une minute pouvait durer une éternité. Un autre a dit qu'une éternité pouvait durer une minute. Mais où diable est le type qui a oublié de dire que trois ans passés en compagnie du mal durent moins d'une seconde et plus que toute une vie ? Il est assis à côté de vous, mais il ne sait encore rien de tout ça, alors faites comme si de rien n'était. Il ignore encore le terrible dénouement du mal : ces jours interminables qu'il faut vivre quand on découvre que, depuis longtemps, le mal est assis à votre table, qu'il partage votre lit, et qu'il ne s'en ira pas tant que vous n'aurez pas mis votre nom au bas d'un gros chèque, après avoir trempé la plume dans votre sang de lâche, un sang bougrement trop pâle pour que la signature soit valable.

Il y a longtemps que je ne signe plus de chèques, parce que je n'ai jamais eu de compte en banque.

Nous ne sommes pas restés longtemps à l'hôtel. Quelques nuits seulement. Juste assez pour permettre à Elizabeth d'acheter les affaires dont elle avait besoin : une robe de chambre, un chandail et une jupe. Les femmes de son espèce ont beau avoir du goût, quand elles portent un chandail et une jupe, le chandail est toujours trop moulant, et la jupe fendue sur le côté presque jusqu'à la hanche. En tout cas, on dirait qu'elle va se fendre un peu plus chaque fois qu'elles s'asseyent.

Nous emportâmes donc la robe de chambre, le chandail,

la jupe, et le souvenir d'un passé commun très bref, pour nous installer dans un petit motel à la sortie de la ville. Vingt dollars par mois, deux pièces, une cuisine et un garage. La salle de bains commune était assez loin de notre location. Au début, j'en souffris. Pourtant, je n'aurais pas dû. Jamais auparavant je ne m'étais beaucoup préoccupé de la question des bains, mais puisque je vivais avec une belle et intelligente meurtrière, je me disais qu'il me fallait être propre physiquement, faute de pouvoir l'être moralement. D'où ce long chemin à parcourir. Interminable ! Droite, gauche. Droite, gauche. Droite, gauche… Dans le fond, c'était assez agréable de faire tout ce chemin, parce que ça m'éloignait d'elle pendant quelque temps. Je crois que c'est le seul chemin qui m'ait jamais paru agréable. Dieu merci, je n'ai plus maintenant cette obsession de mes pas. Le jour où elle m'a quitté, j'ai compris que j'étais libre de nouveau.

Notre motel n'était pas si mal que ça. Et quand Elizabeth enfilait sa robe de chambre à fleurs pour faire cuire œufs et bacon sur le réchaud en parlant à toute vitesse (elle parlait toujours ainsi le matin, alors que je n'avais pas du tout envie de l'entendre, et pourtant ça me semblait bon, parce que mes pensées m'avaient torturé toute la nuit), j'avais l'impression très nette qu'elle était bien à sa place devant ce réchaud, et que, un jour peut-être, je la verrais devant un fourneau acheté avec mon argent.

C'était une comédienne de premier ordre. Et les plats qu'elle cuisinait ne pesaient pas sur l'estomac, contrairement à mes prévisions. Il est vrai que je m'étais résigné depuis longtemps à ne jamais lui voir faire ce que j'avais prévu.

Le garage était accoté à notre location. Il ressemblait à une espèce de hangar. Le soir de notre arrivée, j'y casai la voiture et l'y laissai deux mois durant. Je détruisis les plaques d'immatriculation volées, puis j'achetai un pistolet à peinture ainsi qu'un bidon de cette dernière, et, au cours de la journée, tandis qu'Elizabeth lisait des magazines empruntés ou écrivait des lettres qu'elle n'avait aucune chance d'expédier parce que je l'en aurais empêchée, je camouflai la voiture.

J'ai appris dans ma vie qu'on prend parfois trop de précautions pour éviter d'être découvert. Moins on en fait, plus on a de chances de s'en tirer. Question de psychologie. Je n'avais pas peur d'être découvert, je m'en foutais royalement ! Quant à Elizabeth, elle n'y pensait même pas, trop préoccupée qu'elle était par sa propre personne et par le moment présent. Ne pensant à rien d'autre, elle ne pouvait pas avoir peur. Elle n'avait d'ailleurs que ça de bien : vivre pour le moment présent ; en conséquence, elle vivait sans crainte. Mais tous ses moments présents étaient consacrés au mal, alors qu'est-ce que ça pouvait bien foutre ?

Cela signifiait qu'elle ne manquerait pas d'arriver au jour terrible, celui du règlement de comptes, beaucoup plus tôt que le type qui avait peur du mal qu'il portait en lui. En effet, quand on a peur, on fait parfois de petites choses qui nous détournent de la mauvaise voie, et on met un peu plus de temps à toucher l'enfer abominable qui nous attend. Tout ça se résume à une seule chose : la vie est un paradoxe – un peu de haine, un peu d'amour, un peu de paradis, un peu d'enfer. Et ce fut un enfer de peindre cette voiture de façon à ce qu'on n'y voie pas le travail d'un amateur.

Quand j'eus fini, je la laissai au garage. Puis, pendant qu'Elizabeth se liait d'amitié avec les voisins, j'allai chercher du travail. Ça m'avait toujours paru difficile, parce que je n'avais jamais eu envie d'en trouver, mais cette fois-ci, je savais que c'était nécessaire. J'obtins un emploi du premier coup. Ceux qui n'arrivent pas à trouver de boulot sont dans cette situation parce qu'ils passent sans s'arrêter devant des endroits qui pourraient leur en proposer : après quoi, ils vous répètent sans cesse qu'ils voudraient bien trouver quelque chose.

Je trouvai donc une place de mécanicien automobile à la Carleton Motor Company. En fait, j'aurais dû me faire serrurier, j'avais crocheté assez de serrures dans ma vie ! Mais, comme mécanicien, je gagnais davantage, suffisamment du moins pour payer les corsages et les permanentes d'Elizabeth. Bien que je ne dispose que de ma main gauche, je suis un mécanicien de premier ordre. Si on alignait tous les numéros de série que j'ai fait disparaître au chalumeau sur des moteurs, on obtiendrait le numéro de Sécurité sociale du diable. Donc, en plus du fric, j'avais une excellente raison de travailler comme mécanicien. Je voulais faire disparaître les numéros de série de notre – de sa – voiture. Je voulais aussi voler un acte de vente vierge pour le cas où je déciderais de liquider la bagnole. Je connaissais toutes les combines, et j'avais l'intention d'y avoir recours, sans me soucier, cette fois, de leur efficacité. Je m'en moquais pas mal parce que je savais comment ça finirait.

4

Après ma première journée de travail, je rentrai chez moi assez fatigué, pas très heureux, à vrai dire, mais fatigué. Chemin faisant, je me vis pour la première fois dans la peau d'un type marié. Je pensai à Elizabeth debout devant le réchaud, avec des mèches de cheveux blonds retombant sur son visage qui aurait dû être moite de sueur et qui ne l'était jamais. Aux pantoufles qu'elle avait peut-être placées au pied du fauteuil, comme elle l'avait déjà fait une fois. (Mais, ce soir-là, je ne les trouvai pas, car nous n'en avions pas acheté.) Au *Carleton Evening News* posé sur une table que j'avais fabriquée avec une palette. À la belle voiture fraîchement peinte, la voiture qui ne m'appartenait pas et que je ne pouvais pas encore sortir du garage. Aux cinq dollars, toute notre fortune, dans la boîte à café qui nous servait de tirelire. À l'heure du coucher : la vaisselle faite, le journal plié, l'argent compté, les pantoufles sous le lit. Je pensai à une nuit dans les bras d'une belle femme qui m'adorait parce que je lui avais sauvé la vie et que je faisais bougrement bien l'amour. Enfin, j'ajoutai toutes ces pensées les unes aux autres, je grattai la croûte de sang qui les recouvrait et balayai d'un coup la haine et l'amertume. Si bien qu'en arrivant à la maison je sifflais un air qui ressemblait à *La Marche nuptiale* de Mendelssohn lorsqu'on ne se souvient plus que des premières mesures.

J'entrai chez nous dans l'état d'esprit du type qui vient d'être gratifié du « oui » sacramentel d'une femme et du « vivez et prospérez » du pasteur. Mais, en ouvrant la porte, je m'aperçus qu'Elizabeth n'était pas devant son réchaud. Elle jacassait comme une pie, s'adressant à quelqu'un qui se trouvait dans la pièce, car elle ne jouait jamais la comédie pour rien ni pour personne.

— Nous ne resterons pas ici longtemps, disait-elle. Walter et moi – Walter, c'est mon mari – nous allions à Los Angeles. Nous nous sommes arrêtés ici pour quelque temps seulement, à cause du désert, voyez-vous. J'ai été... enfin, il a été malade récemment, et l'air du désert est bon pour lui, du moins on le prétend. Évidemment, il ne pourra peut-être pas continuer le voyage... je veux dire, peut-être qu'il préférera rester, mais moi, je pars de toute façon. J'ai un tas d'amis à Los Angeles... enfin, surtout une amie chez qui je pourrai m'installer. C'est une très vieille amie, originaire du Minnesota, ou de quelque part par là. Voyez-vous, je ne demande jamais aux gens d'où ils viennent. J'ai toujours considéré que ça ne me regardait pas.

Elle ne m'entendit pas entrer. Elle me tournait le dos, mais la femme à qui elle parlait m'aperçut, et la suite du discours d'Elizabeth dut lui échapper en partie, car elle était tout occupée à me regarder avec une curiosité dont je compris la cause. Elle se demandait pourquoi je restais là, sans un mot.

J'attendis qu'Elizabeth ait fini, puis je lui dis :

— Bonsoir, Elizabeth. Tu as de la visite, à ce que je vois?

Ses grands yeux ne cillèrent pas. Ses lèvres sensuelles ne s'arrondirent pas en une moue effarouchée signifiant : « Seigneur, tu étais donc là, toi ! » Le rythme de son souffle ne s'accéléra même pas. C'est tout juste si elle se retourna, et si elle le fit vraiment, ce fut… comment dit-on ?… imperceptible.

Mais elle me répondit. Pour ça, oui, elle me répondit :

— Non, Walter, Mrs. Hargraves et moi… Tu as déjà vu Mrs. Hargraves. Elle habite à l'autre bout du motel. Nous étions en train de parler de… enfin, tu sais bien de quoi parlent les femmes. Mais ne t'inquiète pas. Le dîner est sur le feu.

Mrs. Hargraves se leva. Je vis alors que c'était une grosse femme trapue. Au premier coup d'œil, elle m'avait paru grande ; mais c'était son air étonné, sa mâchoire tombante qui allongeaient son visage, et qui semblaient aussi allonger sa silhouette. Une illusion de mon imagination. En réalité, c'était une petite femme courtaude, à l'esprit mesquin et malveillant. Je m'en aperçus plus tard, beaucoup plus tard. Trop tard.

Je lui tendis la main :

— Comment allez-vous, Mrs. Hargraves ? Enchanté de faire votre connaissance, de rencontrer mes voisins. C'est toujours utile.

Je souris, en attente de sa réponse. Qui fut celle que j'attendais. Elle répondit avec un gloussement amusé :

— Vous avez tout à fait raison. Les voisins, c'est bien utile, on peut toujours avoir besoin d'un coup de main.

Vous êtes assis bien tranquillement sous votre véranda et, brusquement, il vous arrive une tuile… Alors on est bien content de trouver un ami, n'est-ce pas ?

— Votre fauteuil peut se casser, par exemple. Si jamais votre fauteuil se casse sous votre poids, pendant que vous êtes assise sous votre véranda, Mrs. Hargraves, venez me chercher. Je vous l'arrangerai. Je sais arranger des tas de choses.

Je jetai un coup d'œil à Elizabeth, qui saisit ma pensée.

— Je sais arranger des tas de choses, répétai-je en me tournant vers la visiteuse.

Puis, à l'adresse d'Elizabeth :

— J'ai trouvé aujourd'hui une place de mécanicien. Tu vois, Mrs. Hargraves a raison. On ne sait jamais.

La voisine se dirigeait vers la porte ; elle était d'excellente humeur. Je venais de la faire rire et de lui faire oublier les confidences d'Elizabeth au sujet de Los Angeles. Moi, je ne les avais pas oubliées.

Mrs. Hargraves prit congé poliment avant de se retirer. Après son départ, je jetai le gant. Elizabeth était prête à le relever.

— Ainsi, il y a un mec qui t'attend à Los Angeles ? Eh bien ! Il peut attendre, le salaud ! Il attendra que je sois disposé à t'envoyer à Los Angeles et à y aller avec toi. Je me doutais bien que tu n'avais pas buté ce gros lard pour des prunes. Tu l'as tué pour un autre, un mec plus riche, hein ? Mais tu n'avais pas prévu le troisième larron qui serait plus malin que toi et que l'autre. Malgré ça, j'ai pitié de lui. Parce que c'est toi qu'il attend. J'ai pitié de tous ceux qui sont obligés de t'attendre, parce que c'est l'enfer qu'ils attendent. Je voudrais bien lui parler, à ce gars-là. Je voudrais que tu me donnes son adresse pour que je lui écrive de ne pas t'attendre. Ce qu'il attend, le pauvre, ce sont les quatre cavaliers de l'Apocalypse, et toi tu chevaucheras le dernier cheval – celui qui s'appelle la Mort ! Et quand tu arriveras sur ce cheval, il n'y aura pas de place pour l'autre mec. Mais, toi, tu lui en feras de la place, et tu l'emmèneras en croupe jusqu'en enfer, sans autre forme de procès !

Elle aurait voulu parler, mais elle sentait bien que je n'hésiterais pas à cogner si elle ouvrait la bouche.

— Écoute-moi bien, Elizabeth, poursuivis-je. Il faut que tu comprennes ceci une bonne fois pour toutes. Tu vas rester ici avec moi aussi longtemps que je le jugerai nécessaire et tu vas me faire le plaisir de la boucler ! Tu peux recevoir toutes les Mrs. Hargraves du coin, je m'en fous pas mal. Invite-les à prendre le thé. Donne une soirée en leur honneur... Soûle-toi ! Mais si jamais je te surprends encore à parler de toi ou des millions de types qui attendent après toi, je te ramène auprès de ce gros lard à Middletown ! Parce que, cette fois, il s'agit de sauver ma peau. Si je dois sauver la tienne en même temps, je veux être parfaitement sûr que tu ne me doubleras pas !

Elle savait qu'elle ne pouvait rien me répondre. Elle se leva donc calmement et gagna la cuisine.

— Minute, lui criai-je. J'ai pas encore fini.

Elle revint dans la pièce, sans avancer trop près.

— Bon sang, tu crois que je t'ai tirée d'affaire pour quoi ? Ça t'étonne peut-être, mais j'aurais très bien pu me tailler de là-bas sans toi. C'est toi qui l'as tué, pas moi. Je t'ai sauvée pour une seule raison – je te l'ai bien assez répété : parce que je voulais te garder pour moi ! T'as été assez gourde pour monter cette histoire de meurtre à la gomme et t'imaginer que ça allait prendre, mais t'es quand même pas gourde au point de ne pas comprendre pourquoi je t'ai sauvée. Je sais que tu n'as pas oublié mon baiser, et je ferai en sorte que tu ne l'oublies jamais. Je ne suis sûrement pas l'homme le plus moche que t'aies connu, et je ne me tromperais pas beaucoup en disant que je suis l'un des plus séduisants. Seulement, voilà : j'ai les poches vides. Mais elles peuvent être pleines un jour.

Je m'arrêtai et j'attendis. Elle fit exactement ce que j'avais prévu : elle s'avança de quelques pas. Sur quoi, je répétai ma dernière phrase :

— Mais elles peuvent être pleines un jour, Elizabeth.

Je vis une lueur avide briller dans ses yeux : elle comptait déjà son or. Elle se rapprocha de moi :

— Et elles pourraient bien l'être d'ici peu, Elizabeth, ajoutai-je d'un ton calme.

J'avais à peine prononcé cette phrase qu'elle était déjà près de moi. Je vis le léger sourire de sa bouche entrouverte, et je l'écrasai sous mes lèvres.

Ce fut le prélude de mon plus gros mensonge et de ces belles nuits que jadis j'avais imaginées. Après tout, à ce moment là, je crois bien que je ne désirais pas autre chose. Je savais bien que je ne gagnerais jamais que mon salaire de mécano, si je n'avais pas recours aux petits trucs habituels : paris illégaux, faux billets d'un dollar, maquillage de fourrures, petits chantages. Mais je n'allais pas m'embarquer dans des combines de ce genre pour ses beaux yeux. J'allais la garder avec moi aussi longtemps que j'aurais envie d'elle. Désormais, je ne penserais plus au lendemain. Je ferais comme elle. Vivre et mentir pour l'instant présent. Je mélangerais la franchise et la fausseté, la haine et l'amour, le chaud et le froid. Je vivrais comme les autres, tout simplement… Seulement, les autres ne se mettent pas toujours en ménage avec des meurtrières, avec des femmes qui ont tué de leurs propres mains. Mais cette idée-là aussi je la chasserais de mon esprit.

Donc, après cette première nuit d'amour, je m'éveillai pour commencer une vie nouvelle. Non pas à la manière de ces braves gens qui décident un beau matin de se consacrer à la vérité et à la beauté. Pas question. Néanmoins, c'était une vie nouvelle sur fond de train-train quotidien. Je me proposais de bâtir petit à petit un mur autour d'elle et moi, un mur que personne ne pourrait franchir : ni les Mrs. Hargraves, ni ces mecs en uniforme bleu, à boutons de cuivre, qui portent un revolver sur la hanche. Et quand le mur me paraîtrait assez haut, assez solide, je m'installerais derrière et j'attendrais. À vrai dire, quand je me suis demandé, beaucoup plus tard, quel avait été l'objet de mon attente à cette époque-là, je n'ai pu m'en faire la moindre idée.

En repensant à ces trois années, je ne comprends pas comment diable elles ont pu passer si vite. Un jour, j'ai rencontré un type assis à une grande table dans un grand bureau d'une importante compagnie d'assurances, et ce type m'a démontré que la notion de temps est inexplicable et incertaine. Pour les uns le temps est trop long, pour les autres il est trop court, pour certains veinards, il n'existe pas. Je me trouvais dans ce bureau pour une histoire de police d'assurance dont devait bénéficier un de mes amis. Je lui servais de témoin. Il était assuré contre l'incendie, il avait mis le feu à sa maison et, moi, j'étais passé chez lui la veille du sinistre.

Je savais qu'il allait faire le coup. Mais, même quand on est au courant, une fois le coup fait, on a du mal à y croire. J'ignore pourquoi il avait brûlé sa bicoque. Sans doute parce qu'il avait une très belle gueule et une maison ignoble. Plus tard, j'ai lu un livre où il était question de gens satisfaits d'eux-mêmes. Il paraît qu'ils ont tous des araignées au plafond, qui guettent le moment de sortir de leurs têtes trop carrées. Ce copain en avait un tas. Après ça, je l'avais baptisé «le Grillon du foyer». Mais je devais avoir, moi aussi, un tas d'araignées au plafond : je me trouvais chez le copain la veille de l'incendie et je lui servis de témoin afin qu'il touche le montant de l'assurance. Je racontai comment les choses s'étaient passées. Je leur dis que j'avais vu mon copain jeter une allumette dans la corbeille à papier. En sortant, expliquai-je, nous étions bien certains que l'allumette était éteinte, mais nous avions constaté par la suite que la maison avait brûlé jusqu'aux fondations. La corbeille à papier était faite d'une matière inflammable et n'aurait pas dû être mise en vente.

Ce n'était qu'un sale mensonge parce que le copain n'avait jamais eu de corbeille à papier. Chez lui c'était un tel fouillis qu'on trouvait à peine où poser les pieds. Il ne possédait rien qui vaille la peine d'être gardé et, par conséquent, rien qui vaille la peine d'être jeté. D'ailleurs, il ne toucha pas un sou. On démontra qu'il n'avait jamais eu de corbeille à papier, et on lui fit observer que, même s'il en avait possédé une, il n'aurait pas dû y jeter d'allumettes. Il se fit coffrer pour tentative d'escroquerie; moi, je m'en tirai en alléguant que j'étais soûl cette nuit-là.

Mais ce n'est pas là que je voulais en venir. Le jour où j'entrai dans le bureau de cette compagnie d'assurances, je vis ce type, à sa table, qui tournait les pages d'un calendrier, il les tournait si vite que toute une année défila en trois secondes. Moi, je liquidai trois ans sans avoir à tourner les pages d'un calendrier… pas une seule.

Peu à peu, nous étions devenus, Elizabeth et moi, d'honorables citoyens de cette petite ville californienne. Au point que je m'inscrivis à l'American Legion. Nous allions danser de temps en temps dans une ancienne brasserie. Nous avions pris comme nom Mr. et Mrs. Walter Blodgett. Mrs. Hargraves était l'amie intime de ma « femme ». Mattie Hargraves et Elizabeth Frazer, ça faisait un drôle de tandem ! J'ignore ce que Frazer enseigna à Hargraves ou ce qu'elle apprit d'elle, mais ça ne mérite sûrement pas d'être écrit – même sur une feuille de papier toilette.

Par contre, Elizabeth essaya de m'apprendre un tas de choses. Je crus tout d'abord qu'elle y était parvenue ; mais, par la suite, j'ai pu me convaincre qu'il n'en était rien. Elle ne m'avait rien appris que je ne puisse oublier, et j'ai fait un fameux effort pour oublier. J'ai réussi, tout au fond de moi. Je ne me souviens qu'en surface. En surface, j'accueille le jour avec joie, mais, tout au fond de moi, je suis heureux quand vient la nuit, car c'est pendant la nuit qu'on vit avec son âme. C'est le moment où on saisit ce vilain balai aux crins hérissés et où on tente de se débarrasser des derniers vestiges d'un visage laid, de tous les visages laids qu'on ait jamais connus. Et si votre bras est assez endurant, même si le balai est sale et perd ses crins, vous arrivez à tout nettoyer un jour. Dieu y veille.

5

Lorsqu'on roule sa bosse aussi longtemps que moi, on rencontre forcément pas mal d'indigents. Pendant la crise, j'ai habité dans une saloperie d'immeuble, à Hollywood. Je me nourrissais presque uniquement d'oranges chipées sur des arbres ou d'échantillons de flocons de maïs que les livreurs déposaient sur le pas des portes. Je me faisais un peu d'argent en vendant aux voisins du gin de ma fabrication. À cette époque, j'ai connu un bootlegger qui est devenu depuis vedette de cinéma. C'était un brave type, un truand sans aucune éducation, mais sa vieille préparait merveilleusement les spaghettis à l'italienne et son vieux jouait aux courses quand il n'essayait pas de gagner tant bien que mal sa vie comme marchand ambulant de vêtements. Le gosse, bien sûr, n'avait pas poussé dans un milieu très reluisant, mais ça ne l'a pas empêché de devenir vedette de cinéma.

J'ai connu pas mal de poules entretenues, et d'autres qui entretenaient. Ma voisine de palier, qui partageait avec moi ses repas, avait été richement entretenue autrefois. Avant la crise. Elle me disait souvent : « Walter, les pires putains du monde ne font pas le trottoir. Quand j'étais jeune et en bonne santé, j'avais tant de vêtements que je ne savais plus où les mettre. Je les donnais à droite et à gauche. Je faisais vivre ma famille et cinq ou six miséreux avec. Aujourd'hui, y en a pas un qui daigne m'adresser la parole. Ils vont à l'église et remercient le Seigneur de ne pas être comme moi. »

Elle pleurait sur mon épaule et me demandait de l'aider. Elle voulait que je lui achète de la cocaïne pour oublier, car elle se droguait. Elle est morte dans son appartement avec un chow-chow pour toute compagnie. On n'a découvert le cadavre que trois jours plus tard : le chien était devenu enragé. J'ai fait une collecte pour pouvoir ensevelir son corps sous une plaque d'acier afin que sa famille et ses amis n'aient pas à la regarder en traversant le cimetière.

J'ai vécu dans un petit hôtel miteux à New York. Mes meilleurs amis étaient une actrice alcoolique qui, après avoir connu un seul gros succès dans sa carrière, essayait de noyer dans la boisson les échecs qu'elle avait essuyés par la suite, et un mec qui piratait les machines à sous de Jersey et élevait des terriers de Boston de concours. Il peignait d'abominables fresques sur les murs des restaurants : des paysages d'un bleu éclatant avec des gondoles voguant sur une eau qui ne ressemblait pas à de l'eau. Il se prenait pour le nouveau Rembrandt. Je savais qu'il avait tué, mais il ne me vint jamais à l'idée de le blâmer ou d'essayer de l'amender.

Je ne fouillais pas dans les cerveaux à cette époque. Jamais je ne ressentais l'envie de découvrir ce qui en faisait fonctionner les rouages. Mais pendant les années que j'ai passées avec Elizabeth à Carleton en Californie, je n'ai connu que des gens soi-disant normaux, et j'affirme que, dans certains cas, ils étaient bien plus redoutables que d'honnêtes trimardeurs et de francs escrocs. J'ai eu largement le temps de les observer, et les araignées qu'ils avaient au plafond faisaient autant de bruit qu'eux.

Quand on ne s'intéresse pas à une chose, quand on la néglige ou qu'on la rejette, on ne court à peu près aucun risque. Mais si on commence à s'intéresser à une chose, ou, plus grave, à une personne, si on veut la connaître à fond, alors il faut se méfier, sans ça on devient vite l'objet de ses soupçons. Autrement dit, pour faire son chemin dans le monde, il faut renoncer au monde. Pour éviter que les gens vous embêtent, il faut se tenir à distance, et même se cacher d'eux.

Mattie Hargraves et Elizabeth passaient beaucoup de temps ensemble et je ne me mêlais jamais de leurs affaires. Elles allaient faire leurs courses ensemble, buvaient du thé, de la limonade ou du café, se racontaient leurs petites histoires. De temps en temps, les deux ménages se réunissaient pour dîner : tantôt chez les Hargraves, tantôt chez nous. Charley Hargraves et moi, nous n'avions rien en commun. C'était un petit homme tranquille et taciturne qui travaillait dans un magasin de chaussures le jour et lisait des livres d'histoire la nuit. Je ne savais jamais ce qu'il pensait, mais je n'avais rien contre lui.

Mrs. Hargraves, elle, je ne la supportais pas. Elle ressemblait trop à ce qu'Elizabeth aurait pu être si elle était née dans le même milieu.

Un jour, je revins du garage plus tôt que d'habitude. Je

ramenais avec moi un jeune Noir nommé Spike pour qu'il m'aide à nettoyer la maison et à faire quelques bricoles. Spike était un bon gosse. Pas très intelligent, mais honnête et plein d'humour.

Elizabeth et Mrs. Hargraves faisaient des achats à l'épicerie ; elles furent de retour avant que nous ayons fini le ménage. Je ne les vis pas arriver et Spike non plus. Il avait enlevé le tapis mangé aux mites, et l'emportait pour le laver. Sans regarder au-dehors, il passa la porte et se mit à le secouer. J'entendis un cri, je me précipitai. Mrs. Hargraves et Elizabeth se trouvaient juste sous la véranda, et Spike, qui ne les voyait pas, avait secoué toute la saleté en plein dans la figure de Mrs. Hargraves. Elle criait, s'étranglait, toussait, crachait de la poussière et des poils de chien. Elizabeth, qui se tenait juste derrière, se cogna contre elle, perdit l'équilibre, et s'étala sur les marches. Le lait, les œufs, les oignons, les pommes de terre se répandirent sur le sol. Comme « gag » c'était réussi, mais je n'avais pas le temps de rire.

Mrs. Hargraves fonça, tel un rhinocéros furieux. Elle ramassa un journal sous le porche et en flanqua un grand coup sur la figure de Spike. Je sortis en courant, lui arrachai le journal des mains et la poussai dans un fauteuil. Spike n'avait pas bougé. Son visage devint couleur cendre, puis brun, de nouveau, mais il ne bougea pas d'un pouce.

Le visage de la mère Hargraves était maculé de poussière et elle tremblait de la tête aux pieds comme un baquet de graisse rance.

— Sale nègre ! hurla-t-elle. Fiche-moi le camp et plus vite que ça !

— La ferme, Mrs. Hargraves ! lui lançai-je. Fermez votre gueule, ou je vous jette au bas des marches. Le gosse ne l'a pas fait exprès. Il ne vous avait pas vue arriver.

— Foutez-le dehors ! Je le déteste. Je déteste tous ces feignants de nègres.

Elle se mit à crier. La crise de nerfs semblait proche. Je levai la main pour la gifler, mais Elizabeth se jeta sur moi en hurlant :

— Non, Walter, pas ça ! Tu pourrais lui faire mal !

— Je voudrais l'expédier dans la brousse africaine à coups de pied dans le derrière. Elle ne comprend donc pas, cette tordue, que Spike ne l'a pas fait exprès ?

Je me tournai vers le gamin, mais il n'y avait plus personne sur le seuil. Je scrutai la petite bande de terrain qui flanquait le motel, et aperçus le pauvre môme qui filait sans demander son reste.

— De toute façon, dis-je à Mrs. Hargraves, votre conduite est indigne. Vous n'auriez pas agi de la sorte si, au lieu de ce pauvre gosse, c'était votre mari qui avait fait ça.

Elle s'installa confortablement dans le fauteuil. Maintenant que Spike était parti, elle semblait plus calme.

— Je déteste ces sales nègres, déclara-t-elle. Ils sont malpropres et malhonnêtes. Il l'a fait exprès. Je vous dis qu'ils sont en train de préparer la révolution !

Elizabeth ramassait ses provisions. Elle entra dans la maison chercher un balai pour déblayer les coquilles d'œufs cassés, et dit en passant :

— Je ne crois pas qu'il vous ait vue, Mattie.

— Il m'a très bien vue, Elizabeth !

— Quelle menteuse ! m'exclamai-je. Vous savez bien que

c'est un accident. Vous avez toute la mesquinerie et toute la mauvaise foi des gens du Middle West. Les grands espaces ne sont pas faits pour vous. Retournez donc dans le bled d'où vous êtes venue, votre trou paumé de l'Ohio, ou je ne sais plus quoi ! Mais non, il y a beaucoup mieux. Partez pour la Géorgie ! Partez pour le Sud ! Vous y trouverez des gens de votre espèce, avec qui vous pourrez détester de conserve ! Vous pourrez, en compagnie de vieilles commères, nourrir ce monstre de haine qui, un jour, vous dévorera ! Qui est déjà en train de vous dévorer aujourd'hui !

Je fis demi-tour et gagnai vivement la porte ; mais sa voix me poursuivit. Elle parlait d'un ton calme, pourtant chacun de ses mots renfermait un venin que son apparence apathique ne laissait pas soupçonner :

— Prenez bien garde à ce que vous dites, Mr. Blodgett. Prenez-y bien garde. Je ne suis pas méchante, mais, si je le voulais, je pourrais raconter certaines choses qui ne seraient pas à votre goût. Attention, Mr. Blodgett.

Cette menace voilée me donna un fameux choc. Néanmoins, je pénétrai dans la maison et laissai Mrs. Hargraves ramasser ses affaires et rentrer chez elle tant bien que mal.

J'essayai de chasser ses menaces de mon esprit, mais ce soir-là, après dîner, je demandai à Elizabeth :

— Qu'a-t-elle voulu dire, cette vieille chouette ? Tu as encore jacassé, je parie ?

Elle lâcha la chemise qu'elle était en train de repasser, posa son fer, le toucha du bout du doigt pour voir s'il était encore chaud et, enfin, leva sur moi un de ses regards éteints :

— Ce n'est rien, Walter. Quelques semaines après notre arrivée ici, elle m'a surprise en train de lire quelque chose dans le journal…

Elle s'approcha de l'évier pour mouiller une serviette. Je la suivis, la pris par les épaules, et la fis pivoter vers moi :

— Que lisais-tu dans le journal, Elizabeth ?

Elle essaya de se dégager :

— Aïe ! Walter, je t'en prie, tu me fais mal !

Je la lâchai et attendis. Elle revint à la planche à repasser.

— Tu le sais bien, fit-elle d'un ton désinvolte. Je lisais un article sur le… meurtre du Minnesota.

— Je croyais t'avoir dit de ne plus penser au Minnesota, ni au meurtre, ni à rien de ce que tu as pu connaître jusqu'à maintenant.

— Sans doute, mais les êtres humains ne sont pas des machines. Il faut bien qu'ils pensent et qu'ils parlent. Tous les journaux parlaient de cette histoire. En fait, je lisais un numéro du *Los Angeles Sunday* que j'avais pris sous la véranda de Mattie. Je ne crois pas qu'elle ait vu cet article. J'ai arraché la page avant de remettre le journal à sa place. Je suis sûre qu'elle ne l'a pas vu. De toute façon, ça fait un an de ça, maintenant. Plus d'un an. Ce n'est pas à cette histoire qu'elle a fait allusion.

— En ce cas, pourquoi l'as-tu remise sur le tapis ? Et, si elle ne pensait pas au meurtre, qu'est-ce qu'elle a voulu dire, à ton avis ?

Elizabeth haussa les épaules :

— Je lui ai raconté que nous nous étions disputés, toi et moi, et que j'allais peut-être te quitter. À mon avis, c'est ça qu'elle avait en tête.

Elle prononça ces mots d'un ton indifférent, mais en détournant les yeux. Après quoi, elle reprit le fer pour finir ma chemise. Je le lui arrachai des mains. Elle recula en hurlant. Je posai le fer sur la planche avec fracas et je la suivis dans la chambre. Elle crut que j'allais la tuer.

Je fermai la porte et laissai libre cours à ma rage :

— Écoute-moi bien, sale garce. Si tu espères encore partir d'ici, tu ferais mieux de t'enlever cette idée de la tête ! Je te préviens que, si tu déguerpis, j'appellerai les flics immédiatement et je leur dirai qui tu es !

Quand elle eut compris que je ne l'étranglerais pas, elle reprit courage. Elle s'assit sur le lit et laissa tomber ses mains sur ses genoux d'un geste dramatique :

— Voyons, Walter !

Sa voix anormalement haute monta de deux octaves. Elle examina ses mains pendant un instant, puis me jeta un regard suppliant. Elle mourait d'envie de pleurer, mais il aurait fallu un sacré oignon pour faire fonctionner ses glandes lacrymales.

— Voyons, Walter, gémit-elle, tu crois que je vais mener cette vie encore longtemps ? Je ne suis pas faite pour repasser, coudre et préparer les repas. Tu ne veux pas que je reste ici éternellement, coupée du monde, du monde que j'aime ? Voilà déjà deux ans que ça dure. Nous ne pouvons pas continuer à vivre de cette façon. Regarde-moi cette bicoque lamentable – des murs lézardés qui s'écaillent, des meubles dont je ne voudrais pas pour une chambre de bonne. Et les voisins ! Oh ! Mon Dieu, Walter, je n'en peux plus d'entendre jacasser la mère Hargraves. Je t'en supplie, Walter !

J'attendis la fin de la représentation. Cette complainte de la dame désenchantée fut parfaitement exécutée. Je restai là à la regarder, en attendant que se dissipe la dernière trace de ce désespoir de comédie. Puis je déclarai d'une voix calme :

— Et pourquoi pas, Elizabeth ? Qu'est-ce qui nous empêche de continuer ainsi pendant des années ?

Elle frappa le lit de ses poings fermés :

— Mais, voyons, Walter ! C'est intolérable ! Ce n'est pas une existence ! J'ai prévu de tout autres projets, il y a bien longtemps de cela. J'ai organisé ma vie d'une façon totalement différente. Toi-même, tu m'as dit que ça ne durerait pas toujours. Mais, à présent, je ne te crois plus. Tu ne seras jamais qu'un pauvre type ! Un pauvre mécano !

Elle éclata de rire. Je m'approchai d'elle. Tout près. Elle lut dans mes yeux une terrible menace. Son rire s'arrêta net et elle porta la main à sa bouche pour arrêter son cri.

— Et tu t'imagines que tu mérites beaucoup mieux qu'un pauvre type, n'est-ce pas, Elizabeth ? À notre arrivée ici, je t'ai dit que je ramasserais un paquet de fric un jour ou l'autre. Peut-être que j'y arriverai, peut-être pas, mais il me faudra quelques années pour le savoir. Et toi, tu resteras avec moi jusqu'à ce que je le sache ! D'ailleurs, il vaut mieux pour toi que tu restes. C'est une fameuse planque. Réfléchis un peu. Fais fonctionner ton merveilleux cerveau. Voilà deux ans que tu vis au grand jour. Tu connais le shérif, les agents de police, les pompiers, le maire. Ils te saluent quand tu passes, et ils se retournent pour reluquer tes gambettes. Tu ne risques rien. Absolument rien. C'est archiprouvé. Attends encore un peu, Elizabeth. Quand on est en taule, on ne gagne pas d'argent.

Elle ôta sa main de sa bouche. Son visage était tout barbouillé de rouge à lèvres. On aurait dit une poupée de cire oubliée au soleil qui commence à fondre. Je constatai que mon discours avait produit un certain effet. Elle battit des paupières, et répondit :

— Mais tu ne gagneras jamais d'argent dans ce garage, Walter. Nous vivons comme des cochons, et je suis habituée au confort. Je suis née pour posséder de belles choses, et je veux les avoir !

Je compris que toute discussion était inutile. Je m'assis au bord du lit, et pris une de ses mains dans les miennes. Je n'obtiendrais rien d'elle en me mettant en colère. Ni en la confrontant à la réalité. Il fallait que j'utilise un subterfuge, comme avec les enfants. Elle s'aperçut de mon changement d'attitude, sa main crispée se détendit, et elle m'adressa un sourire presque tendre.

— Elizabeth, dis-je, faut plus qu'on se dispute.

Elle fit non de la tête, repoussa les mèches de cheveux qui lui tombaient sur les yeux et me jeta un regard si plein d'innocence que, l'espace d'un instant, j'oubliai tout, sauf sa beauté. Ses yeux ressemblaient à du velours neuf d'un bleu éclatant. J'aurais voulu le lui dire, mais je savais que ça n'aurait rien de poétique dans ma bouche et que, de toute façon, elle n'apprécierait guère un pareil compliment.

Elle s'empara d'un de mes doigts qu'elle entrelaça dans les siens. Comme tous les enfants, elle savait deviner les changements d'humeur.

— Je t'adore, Walter, dit-elle. Tu es vraiment beau gosse, et tu fais l'amour comme personne...

— Et je suis intelligent, amusant et plus malin encore que toi.

— Oui, répondit-elle en riant, mais tu ne fais pas ce que tu m'avais promis. Tu ne gagnes pas assez d'argent pour nous permettre d'avoir une belle maison, une voiture neuve et de beaux vêtements. Je veux que tu sois bien habillé, toi aussi. Oh ! Tu sais, j'ai vu un complet magnifique dans la publicité d'un magazine. En Harris Tweed, avec des épaules bien rembourrées et des pinces à la taille. Ce que tu serais élégant !

Ce discours me parut complètement délirant. La plupart des femmes que j'avais connues valaient cent fois mieux qu'Elizabeth, mais aucune ne s'était jamais préoccupée de ce que je devais porter.

— C'est bon, dis-je, nous aurons tout ça, mais il faut que tu me donnes encore un peu de temps. Je suis en train de monter un gros coup qui doit encore attendre.

Elle retint sa respiration, et leva les yeux vers moi.

— Est-ce que tu me dis la vérité, cette fois-ci, Walter ? Parole d'homme ?

— Parole d'homme, mentis-je.

Elle posa la tête sur mon épaule, me passa un bras autour du cou et me renversa doucement sur le lit. Je ne saisis pas les mots qu'elle murmura à mon oreille, mais je savais ce qu'elle voulait.

Au cours de la nuit, je m'éveillai brusquement. L'air s'était refroidi, comme ça arrive souvent en Californie, mais pas au point de me tirer de mon sommeil. Je me sentais à la fois gelé et trempé de sueur. Mes pieds étaient deux blocs de glace fondante; quant à mes mains, j'avais l'impression de les avoir trempées dans de l'eau froide ou dans le sang d'un ami mort depuis longtemps. Je tendis l'oreille : pas le moindre bruit. Je jetai un coup d'œil à Elizabeth. Elle dormait paisiblement, à son habitude. Je respirai profondément et des couteaux acérés me transpercèrent la poitrine. Alors je compris! Une fois de plus, c'était ma conscience qui me tourmentait. Cet air froid, cette humidité visqueuse, ces douleurs aiguës, c'était ma conscience. Elle ne se révélait à moi que par une souffrance physique. Deux ans déjà que je souffrais de cette maladie. Combien de temps encore, grand Dieu, allait-il falloir attendre avant de pouvoir donner à Elizabeth ce qu'elle désirait ou bien me passer de ce que je désirais en elle?

Lorsque vous êtes libre et que vous ne subissez pas l'emprise du pire des maux, vous pouvez connaître des tas de gens qui sont, pour vous, des gens ordinaires. Vous pouvez penser à eux sans vous réveiller en pleine nuit avec l'impression de charrier de l'eau glacée dans vos veines. Mais, en vivant comme j'avais vécu pendant ces deux années, en étudiant à loisir ma propre personnalité et celle de ma compagne, on finit par comprendre pourquoi la tombe guette tous les hommes, et pourquoi certains y viennent plus tôt que d'autres.

6

Le chiffre trois a toujours joué un rôle important dans mon existence. Je suis né le troisième jour du troisième mois de l'année. C'est à trois heures du matin que je me trouvai étendu, tout éveillé, sur la table d'opération. Oui, il était exactement trois heures du matin quand le chirurgien posa son bistouri sur mon bras. C'est le 3 avril, sous une pluie battante, que j'entrai dans un immeuble confortable et bien éclairé d'une ville du Minnesota. C'est trois ans, deux mois et trois jours que dura ma vie commune avec Elizabeth. Trois jours à une minute près : le troisième jour de la semaine, à trois heures du matin, je pénétrai dans la maison et je constatai qu'elle avait disparu. Et il n'y avait que trois pas (trois de mes pas bien comptés) de la porte de derrière jusqu'au petit bûcher funéraire qu'elle avait édifié.

Que faire du chiffre trois ? On peut le renverser sur le côté et en faire un W – comme au début de mon prénom, Walter. Puis on peut le remettre dans sa position initiale et alors ça fait un B, ou presque, si on ajoute un trait. Et si jamais on ajoute ce trait, on a un B – B comme bon à rien, bougre de garce, brûle ! Et si on le renverse dans le sens opposé à celui du W, on obtient un M – M comme meurtre!

Je sais que je n'ai pas une intelligence formidable. Je me suis même souvent demandé dans ma vie si j'étais un tant soit peu intelligent. Néanmoins, tous les comptes ont beau avoir été réglés depuis les heures horribles qui précédèrent ma condamnation pour meurtre sur preuves indirectes, aujourd'hui encore je ne comprends pas comment on a pu me condamner. Je ne comprends pas pourquoi je n'ai pas réussi à me tirer d'affaire grâce à mon bagout; pourquoi je n'ai pas pu découvrir à quel moment on avait truqué les cartes. Sans ça je les aurais rebattues, et j'aurais pigé le jeu. Ça m'aurait fait une belle main de poker, exactement ce qu'il me fallait. Je dis que je ne comprends pas, mais il y a tant de choses que personne ne comprend. Pourtant, à présent, je commence à comprendre. Je commence à truquer les cartes moi-même, à ma façon. Je suis en train d'apprendre à me donner un jeu plein d'atouts. Ça n'empêche pas que j'ai été reconnu coupable de meurtre sur la personne d'Elizabeth Frazer!

Quand je vis ce petit tas de détritus dans la cour arrière du motel, je ne me rendis pas du tout compte de quoi il s'agissait. Je me dis simplement : «Tiens, c'est bizarre qu'elle ne soit pas là, Elizabeth, et je me demande ce qu'elle a bien pu faire brûler.» Je voyais, en effet, qu'on avait fait brûler quelque chose, et que le foyer était éteint depuis un bon moment; il n'y avait que peu de cendres et pas la moindre braise. Et je me souvenais que, des cendres, il n'y en avait pas ici le matin même, car je remarque tout, en particulier ce qui est insolite, même s'il ne s'agit que de cendres. J'ai été obligé de balayer assez d'ordures dans ma vie, les miennes et celles des autres... C'est pourquoi je sentis que quelque chose clochait. Devant moi se trouvait la preuve que tout ne tournait pas tout à fait rond dans le ménage Blodgett.

Naturellement, je commençai par me demander où elle avait bien pu se tirer et pourquoi elle n'avait pas laissé un mot. Je sortis en courant pour vérifier si elle était dans les parages, mais rebroussai bientôt chemin d'un pas beaucoup plus lent.

Tout d'abord, j'ouvris l'armoire pour m'assurer qu'elle n'avait pas filé pour rejoindre son copain de Los Angeles. Ses vêtements étaient tous là, bien rangés. Trop bien rangés. Elle les avait accrochés soigneusement. Trop soigneusement. Elizabeth n'était pas une femme désordonnée, mais elle pendait ses robes dans l'armoire d'une telle façon qu'une manche glissait toujours du cintre. Or, ce jour-là, chacune de ses quelques robes était trop soigneusement pendue, les manches bien en place, et ses souliers étaient parfaitement alignés... « Qu'est-ce qui peut bien manquer ? » me demandai-je. Quelle robe et quelles chaussures avait-elle mises ?

Je réfléchis quelques secondes. Sa jupe et son chandail n'étaient pas là. Je courus à la commode et ouvris le premier tiroir avec la précipitation d'un cambrioleur qui entend une clé tourner dans la serrure. J'ouvris le deuxième tiroir, puis le troisième. Oui, elle avait mis son chandail et sa jupe. Mais qu'est-ce qu'elle pouvait bien avoir aux pieds ? Elle ne risquait pas d'aller très loin en pantoufles, et pourtant elle était partie bougrement loin – justement parce que ses pantoufles n'étaient plus là. Ni dans le placard. Ni sous le lit. Ni posées négligemment sur le plancher à côté du fauteuil.

Je m'assis, allumai une cigarette, et me dis : « Pourquoi te presser ? Pourquoi te faire des idées ? Elle est chez cette tordue de Mrs. Hargraves, en train de bavarder comme une pie… Minute, mon vieux ! Mrs. Hargraves se couche à une heure raisonnable… » Une heure raisonnable ? Je regardai ma montre. Il était trois heures et demie. Mrs. Hargraves ne consentirait jamais à veiller si tard, même pour entendre Elizabeth Frazer lui rapporter un potin particulièrement savoureux… Alors, où diable pouvait-elle être à trois heures et demie du matin ? Il n'y avait qu'un restaurant dans la ville, et elle aurait préféré tomber morte que d'y mettre les pieds. « Morte, morte, me dis-je. Morte… MORTE !… »

Je me levai d'un bond. Il fallait que je voie Mrs Hargraves. Il fallait que je voie quelqu'un !

Est-ce qu'il vous est jamais arrivé de vous trouver assis paisiblement dans une pièce, en train de penser à des choses sans importance, après une journée et une soirée également paisibles ? Vous prenez une cigarette dans votre poche, vous l'allumez, vous regardez la flamme vacillante de l'allumette et vous souriez d'un air béat : vous ne vous demandez pas si tout va bien pour les autres car, puisque tout va bien pour vous, tout doit aller bien pour les gens que vous connaissez dans le monde, si tant est qu'il existe des gens de par le monde. La cigarette finie, vous vous renversez dans votre fauteuil, lentement, doucement, dans ce calme méditatif qui, paraît-il, est si rare dans l'existence, vous soupirez, et vous vous demandez ce que vous allez faire : lire le journal ou un livre, ou bien poursuivre votre méditation ? Alors, brusquement, comme un cri jailli du fin fond de l'enfer, vous entendez une sirène d'ambulance déchirer les ténèbres de votre nuit paisible ! Vous l'avez déjà entendue plusieurs fois auparavant sans y prêter beaucoup d'attention ; cependant, cette nuit-là, elle pénètre non pas dans votre cerveau, mais dans votre cœur. Vous savez ce que cette sirène signifie : quelqu'un est mort ou gravement blessé, non pas un inconnu, mais quelqu'un que vous connaissez. Cette idée est si torturante que vous ne pouvez plus rester inactif. Oubliant votre indolence, vous vous levez d'un bon, enfilez votre manteau, prenez votre chapeau, et vous lancez à la poursuite de la sirène. Vous courez derrière cette ambulance, comme font tous les petits garçons, mais eux n'ont aucune raison de courir, et vous, vous avez, tout au fond du cœur, la raison la plus sérieuse au monde. Et vous n'éprouvez aucune surprise en arrivant sur les lieux de l'accident, car au milieu de la rue est étendue la personne à qui vous avez pensé, que vous saviez devoir être là, et dont vous connaissez le nom !... Aucune surprise.

C'est ce que je ressentis cette nuit-là. Je savais. Je ne connaissais que trop bien le nom de la personne. Et j'étais sûr de n'éprouver aucune surprise quand je découvrirais ce que je savais déjà.

Je réveillai Mrs. Hargraves et son mari.

Mrs. Hargraves enfila un kimono miteux et me suivit dans la maison. Son visage ridé était empreint d'une vive inquiétude, mais sa voix faisait penser à une mitrailleuse qui tire à vide. Elle débitait à toute vitesse des mots sans importance.

— Je vous dis qu'elle était là à minuit, Mr. Blodgett. J'ai vu de la lumière. J'étais assise sous la véranda, et je l'ai vue allumer et éteindre. Il devait être minuit ou minuit dix. Ou plutôt minuit quinze. Oui, sûrement, parce qu'à ce moment-là, je me suis levée pour rentrer. L'air s'était refroidi, et je suis rentrée.

Nous étions maintenant à l'intérieur de la maison. J'avais déjà expliqué à Mattie qu'Elizabeth, où qu'elle soit, portait son chandail, sa jupe, et ses pantoufles. Et elle devait avoir un sacré drôle d'air dans cet accoutrement !

— Mais je ne comprends absolument pas, dit Mrs. Hargraves. Où voulez-vous qu'elle aille à cette heure-ci, même avec des habits convenables ? Avez-vous contacté la police ? L'hôpital ? Je sais bien qu'elle ne serait pas allée au restaurant en pleine nuit. Elle avait tout ce qu'il fallait à la maison, d'autant plus qu'elle ne vous attendait pas de bonne heure. Elle me l'a dit elle-même.

— Elle n'est pas à la maison, pas plus qu'à l'hôpital, ou au restaurant !

J'étais sous la véranda de derrière lorsque je prononçai ces mots, et je lui claquai presque la porte au nez. Mais elle la rouvrit sans se démonter. Elle ouvrait toujours toutes les portes, même quand on n'y tenait guère. Cette fois-ci, je voulais qu'elle l'ouvre. Je crois même que je prenais un certain plaisir à l'entendre jacasser dans le vide, car, tout ce qu'elle racontait, j'y avais déjà pensé.

À ma suite, elle traversa la cour jusqu'au petit tas de détritus. Ça aussi, je voulais qu'elle le fasse, car je savais que j'allais trouver quelque chose dans ces cendres. J'ignorais ce que ce serait au juste, mais j'étais sûr de ne pas me tromper. Si je tenais à la présence de Mrs. Hargraves, ce n'était pas pour pleurer sur son épaule, pour éveiller son instinct maternel et me faire dorloter. Non. Je désirais simplement avoir quelqu'un auprès de moi au moment où je trouverais ce que je me doutais de trouver.

Elle me regarda fouiller dans le tas :

— Qu'est-ce que vous cherchez ? Ce n'est pas très malin, surtout à trois heures et demie du matin. Il est même presque quatre heures. Vous ne croyez pas qu'il vaudrait mieux sortir la voiture du garage et tâcher de retrouver Elizabeth ? Mr. Hargraves ira avec vous. Il me l'a dit.

Je serrai les dents. Je mourais d'envie de lui dire : « Ferme-la, espèce d'andouille ! Ferme-la, vieille chouette ! » Pourtant je ne voulais pas qu'elle se taise ; je ne voulais pas qu'elle s'en aille. Mais je ne voulais pas non plus qu'elle voie ce que je venais de trouver. Je lâchai le bâton dont je m'étais servi pour fouiller les cendres et me tournai vers elle. Ce fut une fameuse veine que mon visage ait été dans l'ombre, sans quoi elle m'aurait vu pâlir, elle aurait vu mon visage se glacer, se décomposer sous le clair de lune. Heureusement, la lune était absente, et je pus lui répondre sans me trahir :

C'est bon, Mrs. Hargraves, je vais sortir la voiture et me mettre à sa recherche. Ne vous tracassez pas au sujet d'Elizabeth. Elle a peut-être eu des soucis ou un accès de mauvaise humeur. Vous savez bien ce que c'est, les femmes… D'ailleurs, les maris ont leurs soucis, également. Je vais sortir la voiture. Je m'excuse de vous avoir dérangée, mais vous savez comment sont les maris parfois…

Ma voix, ma voix polie et confuse, était si calme que Mrs. Hargraves ne put s'empêcher de sourire. Et son sourire me parut sincère et chaleureux. Elle fit demi-tour et regagna son pavillon ; je crus la voir hausser les épaules en partant pour marquer son indifférence. D'ailleurs, tout mon univers ne semblait être qu'apparence à ce moment-là. J'acceptai donc l'indifférence apparente et la feinte sympathie de Mrs. Hargraves. Au moment où elle franchit la porte de derrière, elle me jeta encore par-dessus son épaule un semblant de conseil :

— Quand vous l'aurez retrouvée, faites-le-moi savoir, Mr. Blodgett. Je suis sûre que tout ira bien, mais faites-le-moi savoir. Bonne nuit.

— Bonne nuit, et encore merci, Mrs. Hargraves. Je vous tiendrai au courant.

Là-dessus je rebroussai chemin pour rentrer. Mais, en arrivant près de ce tas de détritus, je m'en écartai comme si j'y avais vu un écriteau FIÈVRE SCARLATINE. Je me rappelle que ma mère, quand j'étais tout gosse, me faisait contourner un ou deux pâtés de maisons, si c'était nécessaire, pour éviter de passer devant un immeuble portant un de ces affreux écriteaux : FIÈVRE SCARLATINE, OREILLONS, VARIOLE.

Une fois dans la maison, je m'assis, et me demandai combien de temps j'allais rester là, maintenant que je savais qu'Elizabeth ne rentrerait pas. Par ailleurs, si je sortais la voiture, j'entreprendrais une expédition stupide et inutile. Pourtant j'avais promis à Mrs. Hargraves de sortir la voiture. Mais je savais que, si je prenais la route, n'importe quelle route, je ne reviendrais pas. Or, si je ne revenais pas, je ne serais jamais fixé, et quelqu'un d'autre pourrait trouver ce sur quoi j'étais tombé ; à ce moment-là, on ne manquerait pas de se lancer à ma poursuite.

La curiosité. On prétend que la curiosité tue. En somme, on meurt mille fois avant de mourir pour de bon.

Je ne saurai jamais combien de temps je restai assis. Quand je vis que l'aube allait poindre, je me levai et retournai dans la cour pour examiner cet objet qui m'avait transformé en somnambule. En arrivant sur les lieux, je m'aperçus que je n'étais pas seul. Je n'étais pas seul avec la mort, ni avec la vie, car Mrs. et Mr. Hargraves, qui fouillaient le tas d'ordures, étaient en train d'y découvrir ce que je croyais y avoir trouvé ; Mattie et Charley Hargraves, vêtus de pied en cap et pleinement conscients d'un état de fait dont je n'avais pas encore vraiment idée.

Même aujourd'hui, je n'en ai pas encore une idée très nette. Je regarde ça de loin, je ne suis pas dans le coup. C'est vraiment beaucoup mieux de regarder les choses de loin. Si elles ne s'intègrent pas à vous, ou si elles ne s'identifient pas à vous, vous pouvez les éliminer. C'est ainsi que vous arrivez, un beau jour, à vous débarrasser du mal. Il vous quitte, écœuré par votre indifférence. Vous ne vous y intéressez guère, parce que vous ne comprenez pas très bien, parce que vous ne vous rendez pas très bien compte.

Mrs. Hargraves ne m'adressa pas la parole. Elle se contenta de me regarder. Elle me regarda et, cette fois, son visage ne me parut exprimer ni sympathie ni inquiétude, du moins à mon égard. Il était indéchiffrable, comme tant d'autres que j'ai vus au cours de mon existence. Elle n'avait pas besoin de parler, car ce qu'elle tenait à la main parlait pour elle : c'était un long bâton qui ressemblait à un manche à balai, et à son extrémité pendait l'objet le plus gênant qui soit à ce moment précis : un porte-jarretelles à demi consumé, celui qu'Elizabeth Frazer avait porté le jour même parce qu'elle n'en possédait pas d'autre.

Il y a toujours un élément comique dans les véritables tragédies. Je l'ai souvent constaté. Et je crois que chacun de nous pourrait le constater pour son propre compte, s'il avait le temps de penser au comique de la situation, s'il avait le temps de le discerner.

J'ai été témoin de pas mal d'incendies au cours de mon existence. J'ai dû lutter contre les flammes, physiquement et mentalement. Je me suis trouvé dans un immeuble en feu au milieu d'une ville pleine d'immeubles, sur un bateau en train de brûler au milieu d'un océan vide de bateaux, au sommet d'une montagne, contemplant un incendie de forêt à mes pieds, et enfin dans les bois en flammes du Michigan, à plusieurs kilomètres d'une pompe à incendie, et trop près d'un lac pour avoir envie de sauter dedans. Ce jour-là, j'ai vu brûler une cabane et douze maisonnettes qui l'entouraient. Le vent soufflait très fort et attisait les flammes. J'ai été obligé de me mettre à quatre pattes et de creuser une tranchée. J'avais une fameuse frousse, comme tout le monde. Mais, au milieu de cette tension physique et de ces tortures mentales, il est arrivé une chose extravagante. La propriétaire de la cabane s'est précipitée à l'intérieur, sans souci du danger, pour sauver ses biens, et elle en est ressortie en tenant d'une main une lampe à pétrole et de l'autre un peigne où adhéraient quelques cheveux gras.

Je m'apprêtais à rire, mais le rire n'a pas franchi mes lèvres, car la femme, m'ayant vu, m'a tendu la lampe à pétrole, alors que nous étions entourés de braises grosses comme des parapluies. Et moi, pauvre andouille, je suis resté là, cette lampe à la main, crevant d'envie de rire tout en sachant fort bien que mon bras pouvait être emporté par une explosion d'une minute à l'autre, à moins que je ne sois obligé, pour sauver ma peau, de sauter dans un des lacs les plus froids et les plus profonds du monde.

Le matin où Mrs. Hargraves me colla sous le nez ce porte-jarretelles à demi consumé, j'aurais bien voulu avoir un lac près de moi pour m'y jeter, et, cette fois aussi, je crevai d'envie de rire.

Ce fut Mr. Hargraves qui parla le premier, lui qui, d'habitude, n'ouvrait la bouche que pour répondre. Je voudrais bien ne l'avoir pas entendu. Encore aujourd'hui ses mots résonnent à mon oreille; toutefois, ils ne me glacent plus le sang et ne me donnent plus la chair de poule.

— Inutile de sortir la voiture et de chercher votre femme, Mr. Blodgett, dit-il d'une voix coupante.

Puis il ouvrit la main, et dans sa paume moite, noircie par les cendres qu'il venait de fouiller, je vis une petite alliance en plaqué or.

Cette alliance m'avait coûté dix dollars, et elle me coûta en plus dix ans de ma vie parce que Mr. Hargraves l'avait découverte dans ce tas de débris. Où il avait découvert autre chose, et il fut trop content de m'en informer sur le même ton glacial.

— Ce n'est pas tout, poursuivit-il en tirant de sa poche un fragment de bridge.

Pour la deuxième fois, j'eus envie de rire, car j'ignorais qu'Elizabeth Frazer portait un bridge. J'avais fait le tour de tout ce qu'il y avait de faux en elle, excepté les fausses dents. Or, tout bien considéré, c'est à cause d'elles que j'ai été inculpé pour assassinat.

Cette scène autour du bûcher funéraire d'Elizabeth Frazer Blodgett, à l'aube d'un beau jour d'août, dans cette Californie ensoleillée, fut parfaitement jouée par trois acteurs, connus sous les noms de Mr. Hargraves, Mrs. Hargraves et Walter Blodgett. Ce ne fut pas un spectacle d'amateurs, personne ne nous aurait jeté de fleurs pour autant, n'empêche qu'elle fut jouée à la perfection. Nous n'élevâmes jamais le ton. Nos voix, calmes, étaient des voix de théâtre. Nos gestes désinvoltes. Tout cela contribuait à l'intensité dramatique de la scène. Mrs. Hargraves ne jacassait pas pour rien, contrairement à son habitude. Le personnage était toujours le même, mais il avait perdu son attitude grotesque. Elle disait ce qu'elle avait à dire, et c'était largement suffisant. Son mari mettait les points à la fin des phrases. Quant à moi, je n'ajoutais pas grand-chose, car je n'avais rien à ajouter.

Ils n'eurent pas besoin de me préciser pendant combien de temps ils avaient fouillé dans ce tas de détritus, car leurs marchandises étaient étalées sur le sol comme pour une braderie. Et j'imagine que j'étais censé racheter les divers articles. Il y avait une partie d'une pantoufle d'Elizabeth et une manche de son chandail, mais on ne voyait pas trace de la jupe. On pouvait toujours compter sur Elizabeth pour montrer ses jambes, même dans la mort. Il y avait aussi une petite mèche de ses cheveux blonds. C'est moi qui l'avais repérée. Par la suite, je dis au tribunal que cette mèche gisait sur le sol, juste à la limite de la surface calcinée. Mais Mrs. Hargraves me priva de cette carte maîtresse. Quand je me baissai pour ramasser cette petite touffe de cheveux qui semblait avoir été placée là par une main disparue, une main que l'on pouvait croire dévorée par les flammes, elle me heurta par mégarde et je la laissai tomber. Aussi, lorsque je racontai mon histoire devant le tribunal, elle ne présentait plus grand intérêt, car on avait ramassé les cheveux éparpillés dans tous les sens. D'ailleurs, le tribunal ne voulut attacher aucun crédit à mes déclarations.

Ce matin-là, quand je dis enfin à Mrs. Hargraves ce que je devais répéter plus tard dans le box des accusés, son visage jusqu'alors indéchiffrable prit une expression incrédule. Car les premiers mots qui me vinrent à l'esprit furent :

— Je ne comprends rien à tout ceci. Je sais ce que vous avez trouvé, et je sais le sens que cela prend pour vous, ou du moins que ça paraît prendre. Mais vous n'avez trouvé que des objets. Ils sont là, bien sûr, ils ont été brûlés et ils semblent prouver qu'il y a eu meurtre, mais ce ne sont tout de même que des objets. Où est la chair calcinée ? Où sont les os ? Où sont les cendres ? Il ne fait pas très clair, mais la lueur du petit jour me suffit pour constater qu'il n'y en a pas trace. On ne trouve pas la moindre trace d'Elizabeth… de sa personne physique… il n'y a que des objets manufacturés. Même cette mèche de cheveux qui est bien à elle – malgré la teinture – ne prouve absolument rien. Puisqu'elle n'est pas rattachée à son crâne.

Je m'arrêtai pour reprendre haleine, mais ils en voulaient plus. Ils ne me croyaient pas, mais voulaient m'entendre jusqu'au bout. Et quand je vis leurs yeux dilatés et pleins d'expectative, comme ceux des gosses qui espèrent que leur mère va enfin leur permettre d'aller jouer, alors j'éclatai de rire. Ce ne fut pas un rire franc et joyeux. Il était amer et il me fit mal. Je n'aurais jamais cru qu'un rire puisse faire si mal. Je riais parce que je me rappelais un autre prétendu meurtre mis en scène par la même personne, avec autant de maîtrise. Elizabeth n'était pas là, mais je sentais sa présence encore plus intensément que si elle avait été à nos côtés. J'avais l'impression qu'elle allait paraître d'une minute à l'autre. Pourtant, je le savais bien, la porte ne claquerait pas, sauf sous l'effet d'un coup de vent ou sous la poussée du fantôme d'un esprit du mal qui, aujourd'hui encore, doit certainement errer je ne sais où.

Mr. Hargraves me prit pour un cinglé et c'est lui qui, plus tard, suggéra qu'on me fasse examiner par un psychiatre. Si je le détestais ce matin-là en tant que mari de Mrs. Hargraves, par la suite je lui fus reconnaissant de s'être souvenu de mon rire et d'avoir déclaré au tribunal qu'il me croyait fou. Je n'avais encore jamais eu affaire à un psychiatre et je m'amusai ferme à le faire marcher. Je trouvai ça drôle et pas difficile, mais tout cela n'avait aucun sens.

Quand Mr. Hargraves se fut remis du choc que lui avait causé mon rire, il me dit :

— Ma femme a déjà contacté la police. Elle a téléphoné immédiatement après vous avoir quitté. Elle ne vous a pas averti, car elle voulait d'abord s'assurer que ce qu'elle avait aperçu dans ce tas de détritus n'était pas une simple illusion.

— Elle a voulu s'assurer qu'elle ne s'était pas trompée et, en conséquence, elle a commencé par téléphoner à la police. C'est bien ça, Hargraves ? Vous ne trouvez pas que les flics sont bougrement longs à venir ? C'est vrai qu'ils sont peu nombreux à Carleton. Mais, dites-moi, pourquoi Mattie n'est-elle pas venue m'en informer d'abord, après avoir compris qu'elle ne s'était pas trompée ? C'est moi le principal intéressé. C'est moi le type qui cherche Elizabeth.

Je m'approchai de Mr. Hargraves, qui prit peur.

— Oh ! Ne vous inquiétez pas, lui dis-je. Je ne vais pas me livrer à des actes de violence, ni me rebeller contre la loi. Je ne vais même pas vous couper la gorge, quoique j'en aie bien envie. Je n'essaierai pas non plus de feindre d'être très affecté, car j'ai l'impression que mes sentiments vous laissent froids, vous et Mrs. Hargraves. Après tout, c'était ma femme. Néanmoins, je ne suis guère ému parce que je sais qu'il y a quelque chose de drôlement louche dans toute cette histoire !

Mrs. Hargraves fit mine de m'interrompre. Je crus lire sur son visage une expression peinée. Elle voulait peut-être me témoigner sa compassion, peut-être se croyait-elle l'objet de mes soupçons, peut-être était-elle simplement revenue sur sa première idée. Mais je me fichais pas mal de ce qu'elle pensait. Et si elle s'était mise à hurler en se frappant la poitrine, je m'en serais moqué éperdument, car je savais très bien que ça ne lui faisait ni chaud ni froid qu'Elizabeth soit morte ou vivante. Elle voulait jouer à chercher l'assassin, et je le lui dis :

— Vous voulez jouer à chercher l'assassin, n'est-ce pas, Mattie ? Vous voulez voir votre nom dans le journal, déposer comme témoin et faire condamner un homme ? Pas le premier venu, pas un inconnu ou une simple connaissance ! C'est moi que vous voudriez faire condamner ! Vous me détestez depuis que je vous ai engueulée à propos de Spike, il y a un an. C'est bon, j'accepte, je jouerai votre jeu.

« Regardez par terre à mes pieds. Voyez-vous ce petit coin qui a été nettoyé au balai ou à la pelle ? Pour moi, ç'a été fait exprès. Savez-vous comment les policiers vont s'y prendre ? Je suis prêt à parier avec vous. Ils passeront ce tas de cendres au peigne fin, sans y trouver la moindre trace des restes d'Elizabeth Blodgett. Ils ne trouveront rien parce qu'elle n'est pas là ! Seulement, tout comme vous et moi, ils verront que ce petit coin a été nettoyé au balai ou à la pelle. Alors ils diront que j'ai enterré le cadavre. Et ils creuseront votre cour, la mienne, toutes les cours du monde, pour essayer de trouver ses restes !

Je m'approchai à quelques centimètres de son nez crochu et hurlai la fin de ma plaidoirie improvisée :

— Mais ils ne trouveront rien, Mrs. Hargraves ! Et ils se demanderont pourquoi diable le type qui a brûlé le corps et enterré les restes n'a pas enterré aussi tous ces articles usagés.

Elle recula d'un pas, loin de mon venin, puis se tourna vers son mari et lui dit :

— Charley, la police est là.

Les agents venaient d'arriver. Ils avaient traversé la maison et fait claquer la porte de derrière. Moi, je n'avais même pas entendu le bruit de leur voiture.

7

Noël !… J'avais attendu l'ouverture de mon procès depuis le début du mois d'août jusqu'à la semaine précédant Noël. Ensuite, le tribunal s'étais mis en vacances pour les fêtes.

Autrefois, il tombait beaucoup de neige, en hiver. Je me demande souvent ce qu'elle a bien pu devenir. Il neige beaucoup moins que dans le temps. Parfois, certains hivers sont plus froids, mais ce n'est plus comme quand j'étais gosse.

Cette nuit de Noël, je la passai en prison. Ma cellule était chaude et sale, le gardien ne chantait pas de cantiques, mais ça ne m'empêchait pas de me rappeler les Noëls que j'avais connus et que je ne connaîtrais plus, à moins de redevenir un enfant – ce qui, s'il faut en croire la Bible, est le meilleur moyen d'entrer au Royaume des Cieux. C'est un fameux bouquin, la Bible. Même une bible oubliée dans une chambre d'hôtel miteuse ; même ce genre de bible que les trimardeurs utilisent comme support pour leurs verres fêlés. Oui, c'est un fameux bouquin, mais très peu de gens savent le lire. Ma mère en avait une. Elle était petite et très vieille ; le cuir de la reliure partait en lambeaux ; elle contenait de vieilles photos jaunies et une rose fanée qui tombait en poussière, souvenir d'une escapade romanesque ou tragique.

Je n'ai pas connu ma mère autant que je l'aurais voulu. Elle est morte il y a longtemps, quand j'étais tout gosse, quelques jours avant Noël, et, sur le moment, une seule idée me hantait l'esprit : « Bon sang, je parie qu'il n'y aura pas de sapin. » Il n'y en avait pas eu. Il semble que les mecs dans mon genre perdent toujours leur mère jeunes. C'est peut-être pour ça qu'ils deviennent des mecs dans mon genre.

Près de la petite ville du Middle West où je vivais, il y avait une vaste et haute colline appelée McKinley Hill. Pendant les vacances de Noël, quand les jours diminuaient et que la neige des vacances tombait comme elle doit tomber, en gros flocons épais qui se tassaient solidement dans les rues, nous prenions nos luges, puis, couchés sur le ventre, descendions cette immense pente à toute allure, des premières heures du matin jusqu'à la nuit noire. Sur mon bobsleigh je dévalais McKinley Hill, évitant de justesse au croisement les voitures à deux cylindres et les charrettes branlantes tirées par un cheval, dont les conducteurs rentraient au logis pour retrouver une cave bien garnie et un âtre flamboyant. À plus d'une reprise, il m'est arrivé de glisser sous les roues d'une charrette sans penser au danger !

Le danger ! Il était tapi contre les murs de ciment de ma cellule, attendant que je me détourne d'eux pour me regarder fixement. Où que je pose les yeux, il était toujours là et me regardait fixement. Il se cachait sous mes couvertures crasseuses ; chaque fois que je les remontais, il faisait entendre un râle d'agonie. Il cognait sur mes godillots sans lacets jusqu'à ce que j'en aie mal aux orteils. Et ce sifflement de tuyau crevé, digne d'un Dr. Jekyll se drapant dans son mal, ce sifflement de serpent prêt à frapper, qui venait des barreaux de ma lucarne, c'était encore le danger… Cependant, chose étrange, plus perçants, plus forts que tous ces bruits, je pouvais entendre les cris de joie des gamins insouciants, dans un décor de neige dure et bien tassée qui n'avait pas encore commencé à fondre.

Il vaut mieux se trouver dans un bar crasseux de la 46e Rue, parmi la sciure et les mégots, en train de payer une tournée de bière à des putains, des piliers de bar et de pauvres diables, au milieu des voix glapissantes des garçons et des contraltos imprégnés de whisky ; il vaut mieux écouter ses cantiques de Noël préférés bourdonnés à travers un peigne fin recouvert de papier de soie… oui, tout cela vaut mieux que de passer la nuit de Noël attaché aux barreaux d'un lit de prison, avec, sur le visage, l'ombre d'une misérable croix. Je déteste les martyrs ! Le mec qui prétend qu'on n'a pas mal quand on vous enfonce un clou dans la main, ce mec-là est un foutu menteur.

Mon procès me fit l'effet d'une de ces longues routes qu'on parcourt en rêve. Plus on avance, moins on approche du but. On a l'impression d'avoir des chaussures remplies de plomb, mais on s'aperçoit qu'en réalité elles sont pleines de boue. On n'arrête pas de s'enfoncer dans la boue. Bientôt, on comprend qu'on n'atteindra jamais le terme de la route, puis arrivent les sables mouvants et on ne peut plus marcher. Alors, très vite, c'est la fin, et on ne peut même plus parler. Mais, quand il s'agit d'un rêve, on se réveille.

Pour la plupart des gens, la vie est comme une suite de fragments disparates dont les liens sont trop fragiles pour les rattacher entre eux. Si c'était possible, ils formeraient un cercle. Vivre en paix, c'est vivre dans un cercle étroit où tout s'accorde, aussi bien en vous qu'à l'intérieur de votre cercle. Rattacher les fragments d'une chose, quelle qu'elle soit, est une affaire qui demande beaucoup de patience et de courage. Ça exige d'examiner son passé en profondeur. Au cours de mon procès, je regardai tous les fragments de ma vie et de la vie d'Elizabeth Frazer s'entasser en une pile si haute qu'il ne restait presque plus de place dans la salle pour le jury ou le public.

Elizabeth Frazer commit son premier crime le jour où elle poussa le cri de sa venue au monde. D'ailleurs elle ne cria pas, elle hurla. Et je suis le seul à connaître la tonalité de ce hurlement, dont jamais, par la suite, elle ne perfectionna le registre. Mais je m'amusai bien en écoutant le procureur raconter ses autres crimes.

Je suppose qu'elle n'a jamais porté d'autre anneau de mariage que celui que je lui avais acheté. Elle ne s'était jamais arrêtée assez longtemps au même endroit pour se marier. On essayait de me condamner pour meurtre. Mais on l'accusa, elle, de crimes beaucoup plus affreux : d'égoïsme et de luxure !

Le tribunal me révéla son passé récent. Elle n'avait travaillé que deux fois dans sa vie (je parle d'un travail rémunéré). Chaque fois, on l'avait flanquée à la porte pour des motifs assez normaux : manque de zèle et de conscience professionnelle. Cependant, son premier patron avait déclaré qu'il manquait de l'argent dans la caisse. Quant au second, il avait gardé le silence sur les faux qu'elle commettait en imitant sa signature pendant tout le temps qu'il avait couché avec elle. Ensuite, il l'avait poursuivie en justice, non pas à cause des faux, j'en suis sûr, mais parce qu'elle ne couchait plus avec lui. Elle avait contre-attaqué par un procès pour rupture de promesse de mariage et l'affaire avait été réglée à l'amiable. Tous ces faits étaient consignés dans des rapports officiels.

Bref, le premier crime important d'Elizabeth fut le meurtre de ce gros lard à Middletown, dans le Minnesota. Mais personne ne voulait croire qu'elle l'avait tué. Le juge ne le croyait pas. Les jurés non plus. Et le procureur pas davantage. Ses accusations tombaient sur moi comme le marteau d'un mauvais charpentier enfonçant des clous de travers, et il ne lâcherait pas l'affaire tant qu'ils ne seraient pas tous enfoncés, peu importait le nombre de coups à porter. Il répéta cent fois les mêmes choses, posa les mêmes questions et donna les réponses avant que j'aie eu le temps d'avaler ma salive.

— Pourquoi vous êtes-vous enfui de Middletown dans la nuit du 3 avril ? Si vous n'étiez pas l'assassin et si vous ne connaissiez pas cette femme, pourquoi n'êtes-vous pas resté sur les lieux pour prouver que vous n'aviez pas tué ? À moins que ce ne soit vous, l'assassin ? Nous ne pouvons pas interroger cette femme. Nous n'avons que votre parole et celle de ces personnes ici présentes.

Il s'arrêta de dégoiser pour montrer du doigt ces mêmes têtes aux yeux tristes, portant foulard mouillé, que j'avais chassées hors de la pièce cette nuit-là. Naturellement, elles avaient vieilli. Elles avaient l'air plus triste, plus fatigué. Trois ans avaient passé. Trois ans, cela suffit pour changer un homme. Je me demande souvent si on les avait découverts à la place où je les avais laissés… debout dans un couloir bien éclairé, en train de cogner contre une porte qui ne s'ouvrirait jamais. Mais non, je suis sûr qu'ils avaient entre-temps repris leurs humbles corvées quotidiennes. Et on les avait arrachés à leurs foyers, prétendument « confortables », pour les traîner dans l'âpre atmosphère d'une salle d'audience, où régnait l'odeur du meurtre ranci.

Quand la police était entrée, Mrs. Garrity, la femme au nez surmonté d'une verrue, devait être en train de préparer le dîner de son époux sur un vieux réchaud. Mr. Garrity assistait à une réunion syndicale, et il avait fallu l'attendre. Mrs. Garrity brûlait tant de partager avec lui cette atrocité qu'elle avait failli développer une deuxième verrue pendant ce temps.

Le type maigre qui portait un cordon rouge au cou en guise de cravate était en train de dormir, le visage recouvert d'un journal de la semaine précédente, lorsque étaient arrivés les représentants de la loi. Il vivait seul et ce réveil brutal lui avait causé un choc. Mais il s'était vite remis. Les flics étaient des gens très bien. Ils incarnaient l'ordre, cet ordre qu'il subventionnait avec le maigre argent qu'il tirait de ses poches.

Mr. et Mrs. Samuelson venaient de se mettre à table. Le mari récitait le bénédicité, répétant des mots dont il ignorait le sens, quand, brusquement, on avait frappé à la porte. Les pommes de terre au four, le chou rouge et le bénédicité avaient dû faire place au meurtre.

La jeune femme aux mains grassouillettes agrémentées d'ongles trop rouges, peints par ses soins, vendeuse dans une enseigne d'articles à petits prix, était au téléphone, en train d'arranger un rendez-vous avec le monsieur divorcé d'en face, lorsque la police avait interrompu sa conversation et remis à plus tard sa nuit d'amour.

Mais, pour compenser la dureté de leurs sièges dans cette salle de tribunal imprégnée de l'odeur du meurtre ranci, on offrait à tous ces gens un spectacle exaltant, et on le leur offrait gratis. Depuis trois ans, ils attendaient ce divertissement. Ils avaient souvent rêvé de cette magnifique représentation, ils s'étaient demandé si elle aurait jamais lieu et s'ils y participeraient. Or, voilà qu'ils en faisaient partie aujourd'hui, sans même être taxés. Les veinards !

Je leur adressai mon plus beau sourire, le sourire réservé aux témoins, puis je me tournai vers le procureur :

— Demandez donc à ces gens ce que je leur ai dit en voyant le cadavre. Ils sauront vous le répéter, c'était un fameux discours, pour sûr, ils doivent se le rappeler mot pour mot, surtout le passage concernant ma main droite, ma main artificielle.

Le procureur reprit son marteau et, cette fois, il m'enfonça les clous en plein dans la main droite :

— Comment pouvons-nous savoir si cet homme a été assassiné par un droitier ? On n'a trouvé que vos empreintes digitales sur le couteau.

— Ça devait être de drôles d'empreintes, parce que je n'ai pas touché ce couteau avec ma main valide.

Puis j'ajoutai en regardant les experts au visage impassible :

— Ces messieurs vous l'ont dit. Ils vous ont bien dit qu'il avait été tué par un droitier. Moi, cette nuit-là, je n'ai fait que le deviner, mais eux, ce sont des experts. Ils ne se contentent pas d'à-peu-près.

Le procureur ôta ses lunettes et les essuya soigneusement sur sa manche pour gagner du temps. C'était bien inutile. Il n'avait pas besoin de réfléchir. Quelle que soit ma défense, il trouvait réponse à tout. Et c'est lui qui devait avoir le dernier mot :

— Le rapport des experts selon lequel la victime aurait *probablement* été poignardée de la main droite ne constitue pas une preuve concluante. Il y a plus de trois ans que le cadavre a été découvert.

Il s'arrêta pour reprendre haleine et, alors, j'en profitai :

— Pourquoi ne l'amenez-vous pas ici ? demandai-je. Il doit être beau à voir à l'heure actuelle. Un tas de tripes pourries, de cheveux longs et d'asticots !

Les spectateurs se levèrent pour mieux lire l'amertume sur mon visage. Les jurés se penchèrent en avant, presque à angle droit. Le juge donna de petits coups de marteau secs et furieux.

— Je m'excuse, dis-je en me tournant vers le procureur. Mais je vous prie de ne pas vous écarter du sujet ! Ce n'est pas pour le meurtre de John Isaacs à Middletown que vous me jugez, mais pour celui d'Elizabeth Frazer, à Carleton. Alors, faites bien attention, sans quoi je demanderai une révision du procès !

Si j'avais eu un avocat, il se serait levé de son siège dans toute sa majesté judiciaire et, après avoir reniflé dédaigneusement, il aurait répété mes paroles. Seulement, voilà : je n'avais pas d'avocat. Pas même un défenseur désigné d'office. Je n'avais voulu personne pour me défendre. Je pouvais m'en sortir beaucoup mieux tout seul, car, de mon point de vue, je n'avais à me défendre contre rien (et, dans ce cas, on n'a vraiment pas besoin de se faire aider). Voyez-vous, je ne croyais pas à la mort d'Elizabeth Frazer !

Mais, eux, ils y croyaient. Ils avaient leurs arguments. Les pièces à conviction étaient alignées sur une table, comme les échantillons d'un représentant de commerce. À cette seule différence que tous les magistrats présents représentaient la société Mort et Cie.

Ils possédaient le bridge d'Elizabeth, pas très joli à voir, œuvre d'un dentiste d'Atlantic City. Le dentiste était mort, mais son assistant avait retrouvé le dossier correspondant. C'étaient bien ses dents, pas de doute à ce sujet. Trois dents d'un blanc nacré, fichées dans un morceau de métal tordu. Trois dents d'un blanc nacré, mais dont l'une portait, collée à sa base, une miette d'aliment – vestige de son dîner, la nuit du meurtre. On était loin du caviar, et aucune femme n'en aurait consommé à moins de mourir de faim.

Pièce à conviction numéro deux : les cheveux. Une mèche de cheveux décolorés, longue de sept centimètres. Elle avait été non seulement brûlée, mais encore coupée, avec un couteau ou bien des ciseaux. On appela de nouveau les experts au visage rébarbatif. Oui, les cheveux avaient été coupés, sans aucun doute : sur ce point, leur déposition m'était favorable.

Quand vint mon tour de parler de cette mèche, je regardai les jurés bien en face, et dis :

— On ne se coupe pas les cheveux quand on grésille sur un tas d'ordures dans la cour d'un motel. En revanche, on pourrait fort bien se les couper devant une glace. Après ça, il n'y aurait plus qu'à les brûler un peu pour faire croire que le reste de la chevelure a été calciné. Et c'est bien ce qu'on ferait, si on avait l'intention de mettre un crime sur le dos de quelqu'un.

La pièce à conviction numéro trois était une alliance qui n'avait pas fondu parce que faite d'acier inoxydable plaqué or. Il aurait fallu la placer dans un haut-fourneau pour qu'elle fonde.

Puis venaient les restes de la ceinture, du chandail et de la pantoufle.

Mais pas de cendres humaines. On ne voyait ni les cendres ni les os d'Elizabeth Frazer. Où étaient-ils donc ? Dites-le-moi, je vous prie.

Le juge aurait bien voulu le savoir ! Et le brillant procureur également ! Les jurés mouraient d'envie qu'on les découvre ! Les spectateurs, malades de curiosité, se livraient à mille suppositions ! Et moi, je souriais de mon sourire en coin, mais ça ne dura pas longtemps !

Pendant plusieurs jours, ils m'interrogèrent. Ils luttèrent. Ils me menacèrent. (De quoi ? De mort ?) Ils me cajolèrent. Ils me flattèrent et marchandèrent avec moi. (Ma vie contre la leur ?) Ils tentèrent de me faire avouer que j'avais rassemblé les restes du corps et que je les avais enterrés. Exactement comme je l'avais prédit aux Hargraves.

Ils essayèrent même de me faire avouer que j'avais mis les cendres et les fragments d'os dans une enveloppe pour ensuite la cacher quelque part.

— Où ça ? demandai-je au procureur. Où ai-je caché cette enveloppe ? Je vous l'ai peut-être envoyée par avion. Faudrait guetter l'arrivée du facteur.

Lorsque ce fut mon tour d'interroger les témoins et que Mrs. Hargraves se présenta à la barre, je me penchai en avant, tout près de son visage suave, son visage de témoin à charge, et je lui demandai d'une voix sifflante en montrant du doigt les pièces à conviction :

— Que vous ai-je dit, Mrs. Hargraves, le jour où nous avons trouvé ces débris ? Ne vous ai-je pas parié que la police retournerait la terre entière pour trouver le reste ?

Elle acquiesça d'un signe de tête craintif. Elle avait aussi peur de moi que cette fameuse nuit.

— Vous me devez de l'argent, dans ce cas, Mrs. Hargraves. (Elle essaya de protester, mais, profitant des leçons du procureur, je ne lui laissai pas le temps de parler.) En effet, vous savez très bien qu'on ne découvrirait pas la moindre trace d'Elizabeth Frazer, même en retournant tout Carleton, n'est-ce pas, Mrs. Hargraves ? Vous ne croyez pas qu'elle soit morte. Vous ne l'avez pas entendue crier au secours. Vous ne m'avez pas vu traîner son corps mutilé dans la cour. Vous ne m'avez pas vu incendier le cadavre de celle que vous et moi connaissons sous le nom d'Elizabeth Frazer. *N'est-ce pas, Mrs. Hargraves ?*

— Je n'ai jamais dit ça… jamais dit ça, bredouilla le témoin.

— Non, c'est juste. Donc, vous le savez bien, même si on creuse jusqu'à la fin des temps, on ne trouvera que de la terre.

Je m'interrompis un instant pour me tourner vers le jury ; puis je revins à mon témoin sans lui donner le temps de répondre :

— Car vous ne croyez pas qu'elle soit morte, n'est-ce pas ? *N'est-ce pas, Mrs. Hargraves ?*

Mrs. Hargraves roula de grands yeux effrayés.

— Je n'ai jamais dit ça..., répéta-t-elle, jamais dit ça.

Mon interrogatoire était terminé. Je souris (et j'avais rarement souri depuis le début du procès).

— C'est juste, dis-je à nouveau. Donc, je reste sur mes positions. Le témoin peut se retirer.

Ma plaidoirie finale, le chef-d'œuvre qui m'avait coûté deux nuits de travail, ne fut pas le plus grand discours qu'on ait jamais prononcé, mais il produisit un certain effet. Je vis que les jurés en mesuraient l'importance, malgré leur fatigue cérébrale.

Je commençai dans les termes suivants :

— Les preuves indirectes ne devraient pas être prises en considération dans un procès criminel ; mais, parce que certains hommes sont assez forts dans leur faiblesse pour refuser de s'avouer coupables, ils se voient condamnés à la pendaison, même s'ils n'ont contre eux que des preuves indirectes. On les tue parce que certains objets semblent les accuser. Une ceinture carbonisée, par exemple, une mèche de cheveux soigneusement coupée, un bridge, une pantoufle hors d'usage. Cependant, les preuves indirectes ne suffisent pas à reconnaître un homme coupable d'assassinat, surtout quand il n'y a pas de corps du délit ! Pas de corps du délit ! Pourtant, voici ce que j'ai lu autrefois dans une encyclopédie : "Si un individu est inculpé pour meurtre, l'accusation doit prouver la mort soit par la découverte et l'identification du cadavre, soit par des indices de violences criminelles susceptibles de causer la mort et d'expliquer la disparition de la victime. En d'autres termes, dans un cas de ce genre, le *corpus delicti* est constitué par la mort de la prétendue victime et par le geste criminel du *prétendu* meurtrier." Fermez les guillemets.

« Mon adversaire, le procureur, a-t-il apporté la preuve de ces violences criminelles ? A-t-il démontré que j'étais dans la maison à l'heure où l'on suppose qu'Elizabeth Frazer a été tuée ? Non. Le fait que la justice ne puisse reconstituer mon emploi du temps pendant quelques heures ne signifie pas que je me trouvais là où elle voudrait que je me sois trouvé. A-t-on réussi à démontrer que la victime a été brûlée vive ou bien qu'elle a été tuée avant d'être brûlée ? Non. D'autre part, l'éminent procureur n'a aucune idée de l'arme qui aurait pu être utilisée. En fait, il ne peut même pas prouver qu'Elizabeth Frazer est morte. Il n'y a pas d'autres indices que des objets. Des objets qui ont été placés soigneusement, comme fait exprès, dans ce tas de détritus.

« Dans quel but ? Ce procès n'a prouvé qu'une seule chose : à savoir qu'Elizabeth Frazer, aujourd'hui disparue, était une criminelle. Elle l'était sous bien des aspects. Personne dans cette salle, j'en suis persuadé, ne croit qu'elle a tué un homme à Middletown. Personne dans cette salle, je le sais, ne comprend combien elle était détestable, même au quotidien. Elle a eu d'autres hommes que moi. On nous les a présentés ici même – tous ces hommes qui se sont succédé dans son passé ; on nous les a présentés séparément pour que nous puissions mieux les voir. Mais je crois qu'il y a un homme qu'aucun de nous n'a encore vu. Non pas un assassin présumé, puisqu'elle m'a réservé ce rôle dès le début, les cartes ont été truquées tout exprès.

D'autant qu'elle n'a pas été assassinée, j'en suis persuadé. Je parle d'un personnage qui l'a attendue dans l'ombre. Je n'avais pas voulu qu'elle aille le rejoindre. En conséquence, elle a simulé son propre meurtre, pour me faire inculper et prendre la fuite.

« Si son amie Mrs. Hargraves avait dit la vérité, ou, plus exactement, si elle avait fouillé dans ses souvenirs pour en extraire un certain jour, il y a trois ans, elle se serait rappelé certaines paroles d'Elizabeth Frazer qui vous feraient comprendre à tous ce que, moi, j'ai très bien compris : Elizabeth Frazer avait un autre homme, plein aux as celui-là, qu'elle mourait d'envie d'aller retrouver ; et elle a attendu pendant trois ans l'occasion de le rejoindre. Malheureusement, notre chère voisine, Mrs. Hargraves, n'a pas bonne mémoire. Voyez-vous, pendant toute sa vie, elle a voulu voir son nom dans les journaux ; c'est pourquoi, tout comme la justice, elle a construit une affaire de toutes pièces pour sa propre satisfaction. Je ne nie pas qu'elle m'ait entendu me disputer avec Elizabeth Frazer. Comment ne pas se disputer avec une femme quand on est à ce point intime avec elle ? Quand on la connaît si bien qu'un meurtre qu'elle a commis cesse d'être un crime pour devenir un délit banal ? Mais, lorsqu'on a demandé à Mrs. Hargraves de rapporter les termes de nos discussions, elle n'a pas pu citer un seul mot ni même en dégager le sens général. Pourtant, elle a fait de son mieux. Et avec succès, je dois dire. Car, voyez-vous, Mrs. Hargraves est une femme mariée, extrêmement respectable, qui raffole de l'horreur et dévore n'importe quel roman policier bon marché où le sang coule à flots, mais qui arrive à ses fins parce qu'elle empeste la lavande et porte de vieilles dentelles. Moi, je suis un vagabond qui n'aime pas lire les journaux, qui déteste la violence sous toutes ses formes ; mais personne ne voudrait me croire, même si je portais une robe de moine et que je connaissais la recette pour accéder à la vie éternelle.

« Si j'avais un tas d'argent ou un nom connu, on ne m'aurait pas traîné devant un tribunal. Et, dans le cas où cela me serait arrivé, soit par erreur soit par malveillance, toute une équipe de conseillers juridiques, malins et grassement payés par moi, auraient interprété la loi en ma faveur pour que je ne sois pas mis en jugement car, je le répète, il n'y a pas de corps du délit !

« Savez-vous ce que cela signifie ? S'il n'y a pas de corps du délit, il n'y a pas de meurtre ! Alors, que faisons-nous ici, mesdames et messieurs ? Pourquoi suis-je devant vous ? Je vais vous le dire. Parce que je suis un pauvre type, un clochard, un trimardeur qui brûle le dur et marche sur les traverses des voies ferrées, et dont le seul foyer est le ruisseau. Je suis un pauvre type qui s'est fait prendre deux ou trois fois pour des délits secondaires. Si j'étais un col blanc, si j'étais assis derrière un bureau d'acajou, à gérer des comptes, j'aurais plus de chances de m'en tirer. Pas dans la vie – on fait sa vie soi-même – mais plus de chances d'échapper à la mort ! D'échapper au châtiment.

« C'est un fait ! Je suis victime de ma propre stupidité. Tous les fragments de ma stupidité ont été reliés ici aujourd'hui, les uns aux autres, comme un chapelet de saucisses pourries. Je n'ai pas plus de plaisir que vous à regarder ce chapelet. Toutefois, j'ai beau examiner toute la liste de mes péchés, je n'y trouve pas de meurtre !

« Passons ! Je ne demande pas à l'éminent juge à cheveux blancs, aux jurés bienveillants, au procureur à la voix sifflante, aux experts à l'œil d'aigle ou aux témoins zélés de me laver de cette inculpation de meurtre sur preuves indirectes en l'absence de tout corps du délit. Je ne demande que la clémence. La clémence pour moi, et pour tous les pauvres types qui ne peuvent pas l'acheter, mais qui doivent comparaître devant un jury, devant un juge, ou devant Dieu, et la solliciter. La solliciter et, en attendant qu'on la leur accorde, subir les affres de la mort avant de mourir pour de bon ! »

Lorsque je me rassis, je vis sur le visage du procureur lui-même une expression qui n'y figurait pas auparavant. Ni sympathique ni stupéfaite : une expression passagère que l'on n'aurait su définir. Une expression furtive qui disparut trop vite.

Le jury ne se retira que pendant quelques heures. Dieu se montra vraiment bon pour moi en ce qui concerne le temps, car même le réquisitoire du procureur ne fut pas long. Il ne fut pas long, mais il alla droit au but. Sa droiture s'arrêtait peut-être aux affaires de justice, mais cela ne changea rien au dénouement. Ce dénouement, je le connaissais depuis longtemps, avant que le premier juré se soit levé pour le formuler, avant que le jury se soit retiré pour délibérer. La réponse était : « Coupable ! » Toutefois, on m'accordait des circonstances atténuantes !

L'accusation avait rivé tous les maillons de la chaîne. Elle avait relié tous les fragments sans grand éclat, sans effets oratoires, et sans trop de phraséologie juridique. Le réquisitoire du procureur n'avait même rien d'une argumentation finale. Il ne se composait que de faits, et il allait droit au but :

1. *Mobile :*
   a. Mrs. Hargraves affirmait que nous nous étions disputés au cours de l'année passée. Mr. Hargraves, lui aussi, nous avait entendus bien souvent. Elizabeth avait dit à Mrs. Hargraves que je la menaçais tous les jours et qu'elle voulait s'enfuir de la maison. (C'est donc Elizabeth elle-même qui fournissait mon mobile.)
   b. J'aurais pu tuer pour maquiller mon rôle de complice dans le meurtre de John Isaacs. (Mais ceci fut rayé du procès-verbal : on ne jugeait pas Elizabeth Frazer pour le meurtre du gros lard, et on ne me jugeait pas pour complicité de meurtre.)
2. *Preuves… indirectes :*
   a. La disparition d'Elizabeth Frazer.
   b. Le bûcher funéraire et ses composants.
3. *Casier judiciaire de l'accusé.* Rien de fameux :
   a. Un an au pénitencier d'État de l'Ohio, pour faux et usage de faux.
   b. Un an au centre correctionnel de Joliet, dans l'Illinois, pour chantage.
   c. Six mois à la prison de Lincoln Heights, à Los Angeles, pour pari illégal.

Je n'étais pas un criminel invétéré, mais un ennemi de la société, et cela depuis mon départ de la maison paternelle. Je n'avais eu que deux emplois connus : l'un au guichet d'un terrain de courses mexicain, à Caliente ; l'autre dans un garage de Carleton, qui s'était conclu par un meurtre.

Ils ne mentionnèrent pas mon péché capital, celui que j'avais commis le plus fréquemment. Ils ne déterrèrent pas les femmes de mon passé, comme ils avaient déterré les hommes dans celui d'Elizabeth. Je dois dire que je m'étais toujours conduit loyalement sur ce terrain-là. C'est le seul aspect de ma vie qui n'ait jamais dévié de la droite ligne : j'ai toujours joué la carte de l'honnêteté dans mes rapports amoureux ! Mais cette référence ne suffisait pas pour m'ouvrir les portes du paradis.

En somme, ils ne firent pas d'histoires au sujet de mon union de fait avec Elizabeth. Peut-être le juge couchait-il avec sa secrétaire, ce qui l'aurait incité à se montrer tolérant à mon égard. Le jury m'ayant recommandé à sa clémence, il me condamna à vingt ans de détention. Vingt ans, pour meurtre au second degré.

Minimum, vingt ans ! Maximum, à vie !

C'était ça, la clémence !

Il faudra que j'écrive à ce juge un de ces jours. Il pourrait avoir besoin d'une lettre de remerciements à l'heure actuelle.

En revanche, je n'enverrai pas à Mrs. Hargraves ma facture pour une vie perdue. Elle ne la réglerait jamais. Elle est morte un an après le procès : après être tombée de la balancelle installée sous sa véranda, elle a roulé du haut du perron dans l'allée, et s'est affalée si malencontreusement qu'elle s'est rompu le cou. Son cou s'est rompu sous le poids de son corps, comme la chaîne de la balancelle s'était rompue, fatiguée de supporter son poids. Moi, j'aurais pu lui arranger, cette balancelle…

J'appris par la suite qu'on fit pendant deux ans des

recherches pour retrouver les restes d'Elizabeth Frazer, ses tripes, qui auraient dû être suspendues en guirlande sur l'arbre de Noël destiné aux candidats à la chaise électrique, aux pauvres mecs qui n'avaient pas su escamoter le corps du délit.

8

Après avoir été condamné en Californie, je fus brusquement embarqué pour le Minnesota. J'en conclus qu'on allait sans doute me juger pour le meurtre de John Isaacs. Une condamnation ne suffisait pas. On faisait preuve envers mon avenir d'une sollicitude tout à fait exceptionnelle. On me colla dans le train avec deux gardes qui m'ordonnèrent de la fermer.

Dès notre arrivée à Middletown, je fus conduit dans un bureau décrépit du palais de justice, et là j'eus ma première surprise. J'y fis la connaissance de mon avocat, de l'homme qu'on avait payé pour me défendre. Voilà qui était nouveau ! Cette fois-ci, je n'avais qu'à rester bien tranquille et à lui laisser débiter son baratin. Il vint à moi et me serra la main comme si j'étais une personnalité célèbre :

— Je m'appelle Carver, dit-il. J. Alden Carver. Nous allons faire notre possible pour que vous soyez mis hors de cause.

C'était un petit bonhomme chauve, au nez surmonté d'un lorgnon qui tombait chaque fois qu'il essayait de souligner un point particulier. Il s'assit tout près de moi.

L'atmosphère était si intime que je crus tout d'abord qu'il allait serrer ma main dans les siennes.

— Je représente l'étude Carver et Lamartina. Connaissez-vous Minneapolis ? (Je fis non de la tête.) Eh bien ! continua-t-il en aspirant l'air à travers la brèche de ses incisives et en rajustant son lorgnon, mon associé et moi avons été engagés par William Walker, de la Walker Manufacturing Company à Minneapolis, qui fabrique des appareils électriques. Mr. Walker a lu dans les journaux le récit de votre triste histoire, et il désire vous aider.

— Je vous arrête tout de suite… Tirons ça au clair avant de continuer. Je ne suis pas en état de subir d'autres chocs. On m'a amené à Middletown, où je dois être jugé pour le meurtre de John Isaacs, un mec que je n'ai jamais vu de ma vie. Au lieu de me coller en taule, on me conduit ici où vous me racontez que j'ai de grandes chances de me voir accorder un non-lieu, grâce à un certain William Walker, encore un type que je ne connais ni d'Ève ni d'Adam. Est-ce que j'ai bien compris ?… C'est bon, Carver, expliquez-moi la suite aussi clairement. Je n'ai pas beaucoup de temps devant moi. Tout au plus cinquante ou soixante ans, si j'ai la poisse de vivre jusque-là.

Il eut un rire gêné, puis me tapota la main comme si j'avais été un enfant prodigue.

— Voyez-vous, reprit-il, Mr. Walker était… comment dirais-je ?… un… ami de feu Elizabeth Frazer.

Il me regarda puis cligna des yeux de manière quasi imperceptible. Il attendait que je conteste sa mort. Mais mon visage demeura impassible, et il s'éclaircit la gorge pour poursuivre :

— Mr. Walker, qui a bien connu Miss Frazer, est convaincu de votre innocence. Cela vous paraît-il clair ?

— Tout à fait clair. Pour parler plus simplement, Mr. Carver, c'est un mec qu'elle a fait tourner en bourrique, et il veut tirer de la mélasse un autre mec qu'elle a arrangé de la même façon. Sauf qu'elle y a été un peu plus fort.

Il acquiesça d'un signe de tête.

— En conséquence, nous avons alerté le procureur du district, et Mr. Walker fera sa déposition… (Il s'arrêta pour ouvrir sa serviette, d'où il tira quelques documents.) Nous avons deux témoins qui peuvent indiquer où vous vous trouviez le soir du 3 avril et les jours précédents, y compris celui au cours duquel le meurtre semble avoir été commis. Et nous avons encore un troisième témoin.

Je secouai la tête comme un chien qui s'ébroue. Je sortais d'un rêve. L'homme que j'avais devant moi était un personnage qui faisait partie de ce rêve et qui n'aurait pas dû en sortir. Je fermai les yeux quelques instants avant de les rouvrir. Je m'attendais à ce que Carver ait disparu. Mais il était toujours là ; je le voyais et je l'entendais :

— J'ai ici le chef de gare de Middletown. Il vous a vu sauter du train de marchandises et piétiner sous la pluie pendant quelque temps. Ensuite, il a vu Elizabeth Frazer vous faire signe de sa fenêtre. D'après lui, vous avez traversé les voies et êtes entré dans la maison. Vous vous souvenez de lui ?

— Écoutez, Mr. Carver, répondis-je en souriant. Je ne me souviens de rien. Tout ce que je sais, c'est que je suis entré dans cette maison par la porte de devant et que j'en suis sorti par celle de derrière.

Carver continua à parler comme si je n'avais rien dit, et je commençai à me remémorer l'état d'esprit qui avait été le mien pendant que je piétinais sous la pluie, devant cette gare, le soir de ma rencontre avec Elizabeth. J'étais alors sûr d'être bien seul dans un monde solitaire. Je ne me savais pas observé, et moi-même je n'avais observé personne, jusqu'au moment où Elizabeth s'était montrée à sa fenêtre. Pendant que Carver continuait ses explications, je restais fasciné par l'idée que le chef de gare avait suivi des yeux tous mes mouvements sans que je m'en aperçoive, sans que je devine sa présence à quelques mètres seulement. Il existe plus d'un individu ayant des yeux derrière la tête dans ce monde.

Je revins au présent et écoutai Carver.

— Isaacs était mort depuis deux jours, et vous n'êtes resté qu'une demi-heure dans l'appartement. J'ai aussi la déposition d'un homme qui habitait l'appartement contigu à celui du couple Isaacs-Frazer. À l'époque de votre procès, il se trouvait en voyage. Lorsque nous avons réussi à le retrouver, il a déclaré avoir entendu Isaacs et Frazer se disputer quelques nuits avant votre arrivée. Il a entendu la femme proférer des menaces ; ensuite il y a eu un bruit de lutte, un grand cri, le choc d'un corps lourd sur le plancher, ou quelque chose qui y ressemblait, puis le silence. Il n'a pas eu le temps d'aller voir ce qui se passait et, d'ailleurs, il a estimé que cela ne le regardait pas. Il n'a plus pensé à cet incident jusqu'à ce qu'il apprenne par les journaux la découverte du cadavre ; à ce moment-là, il a jugé inutile de raconter ce qu'il savait. Elizabeth Frazer ayant disparu, il a estimé que l'affaire était enterrée.

— Ainsi, il n'a pas eu le temps. Ma foi, c'est compréhensible. Il y a aussi des gens qui n'ont pas le temps de s'arrêter au passage à niveau pour laisser passer un train.

— Ça n'a aucune importance au point où nous en sommes, fit-il en souriant. Il va déposer en notre faveur.

Je commençais à m'amuser :

— Continuez, je vous en prie. Combien d'autres pauvres types vont venir au secours du pauvre type que je suis ?

Il m'examina attentivement de la tête aux pieds comme s'il voulait prendre mes mesures pour un complet :

— Je ne crois pas que vous vous souveniez du troisième témoin, dit-il enfin.

— Je ne me souviens d'aucun d'entre eux.

— Il a voyagé dans le même train que vous depuis Canton, dans l'Ohio, jusqu'à Johnson Junction, dans l'Illinois. Là, vous êtes descendus tous les deux. Vous avez pris un train en direction du Minnesota, et lui a continué vers l'est. C'est à peu près à ce moment-là qu'Isaacs a été tué, s'il faut en croire le rapport du médecin légiste. Le coroner n'est pas d'accord. Néanmoins, votre camarade se rappelle la date. Il prétend que c'était son anniversaire. Nous avons eu du mal à le retrouver. J'ai dû mettre une annonce dans le *Hobo News**, en ajoutant les mots « bonne récompense », et il est venu.

— Je suppose qu'il a pris un train de marchandises rapide, dis-je en riant. Cette fois, Mr. Carver, vous avez fait une découverte intéressante. Ce type est un de mes amis. Je me

* Littéralement, le « Journal des trimardeurs ». *(N.D.T.)*

souviens très bien de lui. C'était son anniversaire, en effet, et il ne désirait qu'un seul cadeau : une draisine. Il me répétait sans arrêt qu'un jour il aurait plein de fric et qu'il en achèterait une. L'idée n'est d'ailleurs pas mauvaise.

Mr. Carver remit les documents dans sa serviette et la referma.

— Je n'ai rien à ajouter, Johnson. Si ce n'est vous conseiller de ne pas vous faire de souci. Vous allez coucher en prison ce soir, mais, dès demain, nous irons trouver le juge avec nos témoins, et vous serez mis hors de cause. Vos serez libre ! Voilà comment fonctionne la justice quand on a assez d'argent pour la payer…

Je ne relevai pas cette plaisanterie. Je ne m'intéressai qu'au mot « libre ».

— Être libre, Mr. Carver, ça veut dire qu'on peut sortir et rentrer chez soi, quand on a un chez-soi. Rappelez-vous que je dois passer vingt ans en Californie, au pays du soleil.

— Je regrette, dit-il d'un ton gêné, mais je ne parlais que de votre affaire du Minnesota.

— C'est pas plus mal. Les hivers sont froids ici, et j'ai horreur du froid.

Il se leva et me tendit la main.

— Mr. Walker a très envie de vous rencontrer, dit-il.

— Bien sûr. Moi aussi d'ailleurs. Je serais ravi de connaître un type si influent.

Je remerciai Mr. Carver et l'accompagnai jusqu'à la porte. Immédiatement après son départ, on me mena à la prison de Middletown. J'aurais pu m'en évader facilement, mais j'étais trop curieux de connaître tous ces volontaires, accourus pour m'aider. Il me suffisait d'attendre le lendemain. D'ailleurs, s'évader, ça consiste en quoi au juste ? À sortir d'un endroit muni de barreaux, de gardiens et de clôtures électriques ? À jouer les Houdini vêtu d'une camisole de force ? À quitter sa maison, en laissant femme et enfants se débrouiller comme ils pourront, pour aller sillonner les mers du Sud et s'y faire pilleur d'épaves ou y tracer des dessins sans queue ni tête sur le sable ? À quitter l'école en quatrième et parcourir le monde jusqu'à se voir accusé de meurtre sur la personne d'une femme encore vivante ?

Non ! On ne s'évade pas en courant, en naviguant, en planant, en volant, en rampant, en mourant. Plus tôt on le comprend et mieux ça vaut. L'évasion est en vous. La route à suivre est en vous. Chercher les ressources cachées que nous possédons, la force dont si peu d'entre nous ont conscience, la force qui est en nous, le pouvoir que nous avons de refuser tout ce qui est désagréable, de le rejeter, de le faire disparaître, c'est dans nos moyens. J'ai appris que c'était possible.

Le lendemain, nous nous retrouvâmes tous dans le bureau du juge : le voisin du couple Isaacs-Frazer, le chef de gare, le trimardeur de Johnson Junction, Mr. Walker et moi. Walker était un beau gars, grand, bien bâti, juvénile malgré ses quarante-cinq ans, et si impeccablement habillé qu'il semblait sortir de la vitrine d'un Brooks Brothers, comme celui de New York, avec tous ses vêtements de luxe. Elizabeth, j'en suis certain, n'avait pas eu besoin de lui donner de conseils vestimentaires. Il portait un saphir au petit doigt et ses boutons de manchettes en or étaient ornés de plus petits saphirs. Il me serra vigoureusement la main, comme un homme, un vrai.

— Je suis très heureux de vous rencontrer, Johnson, dit-il. Je ferai tout mon possible pour vous tirer de là.

« Tu es un frère, pensai-je ; c'est chic de ta part de me tirer de là. Et combien d'autres types vont en profiter ! Le palais de justice de Middletown va sans doute pouvoir ravaler sa façade, et le juge prendre de longues vacances. Le gars de Johnson Junction aura sa draisine, et le voisin-trop-pressé-pour-se-déranger enrichira son compte en banque. Le chef de gare roulera dans une grosse voiture. » Carver avait raison : il en faut du fric, pour mener à bien une combine comme celle de Walker.

Je m'assis à côté de lui et nous bavardâmes en attendant l'arrivée de mon avocat. Je lui racontai toute l'histoire, et je suis persuadé que lui non plus ne crut pas à la mort d'Elizabeth.

À son tour, il me dit comment il l'avait connue :

— C'est moi qui lui ai présenté Isaacs. Il travaillait pour moi, et je l'ai flanqué à la porte après avoir découvert sa liaison avec Elizabeth. Il a alors obtenu un autre emploi dans une entreprise de Minneapolis. C'était un homme qui connaissait bien son boulot.

« Oui, j'aimais vraiment Elizabeth. Je crois que je l'aurais épousée si j'avais été libre. Cet enfer m'a été épargné. Mais elle m'a possédé tout de même. Elle a marqué ma vie. Un jour, à mon insu, elle a pris rendez-vous avec ma femme. Elle lui a raconté notre liaison et lui a demandé de m'accorder le divorce. Helen était malade à cette époque, et les médecins ont déclaré que le choc qu'elle venait de subir avait hâté sa fin. J'aimais beaucoup ma femme, je lui étais très attaché ; seulement, jusqu'alors, je n'avais pu me libérer de l'emprise d'Elizabeth. Après la mort de Helen, je me suis senti terriblement accablé par l'idée que j'en étais en partie responsable. J'ai commencé à détester Elizabeth et j'ai fini par la jeter dehors. C'est Isaacs qui l'a ramassée. Voilà toute l'histoire, Johnson. Depuis des années, j'attends de pouvoir lui faire payer une partie des souffrances que j'ai endurées. Je suis très content de la tournure que prennent aujourd'hui les événements, du moins en ce qui me concerne personnellement. Non seulement je lui rends la monnaie de sa pièce, mais en plus je suis à même de dépanner quelqu'un.

Il se tut et m'adressa un sourire.

— Et c'est ce qui me plaît chez vous, dis-je. Finalement, en ce qui concerne Elizabeth, c'est toujours la même histoire ; la mienne, celle d'Isaacs et de Dieu sait combien d'autres !

Il acquiesça à mon propos.

L'enquête se déroula selon les prévisions de Carver. Le voisin trop pressé fit sa déposition, puis vint le chef de gare, et enfin mon ami le trimardeur. Ce dernier a sans doute réussi à se payer sa draisine avec le fric de Walker. J'espère qu'il y trouve son bonheur. Mais, un de ces jours, j'ai idée qu'on retrouvera l'engin abandonné sur une voie… quelque part en Amérique.

On se battrait beaucoup moins à travers le monde, pour l'amour, pour l'argent, pour le prestige, pour des territoires, pour des draisines, si l'humanité se rappelait comme elle se lasse vite de la nouveauté.

Je n'eus pas à comparaître devant le tribunal d'État du Minnesota. On me réembarqua pour la Californie, où je devais purger ma peine. Je n'ai jamais oublié la bonté de Walker. C'est à ce moment-là que j'ai commencé à penser qu'il existait peut-être un Dieu.

9

Comment faire comprendre aux gens que vous voulez avoir la paix ? Comment leur faire comprendre que vous voulez être trimardeur, clochard, vagabond ; que vous avez passé votre vie à apprendre le métier, et qu'il vous plaît ? Comment obliger le monde, et surtout votre entourage le plus proche, à s'écarter de vous, à vous laisser libre de penser et de faire ce qu'il vous plaît, à l'heure où cela vous plaît ? Comment se promener dans une foule en restant invisible ?

Se réfugier dans un trou ? Pour sûr, on viendra vous déterrer. Quelqu'un verra votre pied dépasser, et, trop content d'avoir mis la main sur vous, n'importe quel vous, s'empressera de vous extirper de ce trou.

S'exiler au sommet d'une montagne encore jamais gravie ? Elle finira par l'être un jour. Quelqu'un aura un jour l'idée tordue de gravir la seule montagne encore jamais escaladée, et c'est là qu'on vous retrouvera.

Vivre en ville ? Même deux mètres de béton ne peuvent étouffer la rumeur de la ville. Le métro rugit sous vos pieds, un vrombissement constant hante le ciel, des alarmes hurlent en vous, tandis que l'électricité statique tourbillonne en vous et vous traverse, si bien que vous devenez progressivement la caisse de résonance de la ville.

Au fin fond de la campagne, séparé du monde par de l'eau, un terrain plat ou des collines ? Impossible, la ville est déjà surpeuplée, et pas besoin d'attendre longtemps avant qu'un colon venu de là-bas ne plante sa clôture à côté de chez vous. Puis tôt ou tard, accoudé à cette même clôture, c'est votre espace qu'il observera, ensuite vous.

Chacun de nous a besoin d'une retraite inviolable pour le plus grand bien de sa vie intérieure.

Celle qui me fut accordée, je l'obtins grâce à un meurtre. Cette solitude, ce coin où personne ne pouvait m'épier, je les trouvai dans la cellule où je passai dix ans. Au bout de dix ans, je fus libéré sur parole.

Dix ans ! Ça semble bougrement long. Mais il me fallut tout ce temps-là et bien davantage pour découvrir comment vivre en moi-même, n'importe où, de façon à ce que le monde extérieur ne m'atteigne jamais plus.

Il me fallut dix ans pour apprendre à filer droit, car une cellule au plancher carré, au plafond carré, aux murs carrés n'est plus qu'une série de lignes droites se coupant à angle droit. Toutes ces lignes droites à angle droit aboutissent à vous et vous pénètrent. C'est pourquoi, après dix ans de lignes droites à angle droit, lorsque je me retrouvai dans un espace plus vaste, au milieu des bruits de la ville, j'eus l'impression d'être en convalescence à la suite d'une grave maladie.

Si j'avais été plus fort que je ne le présumais, les deux années de convalescence ne se seraient pas soldées par une rechute. Mais, parfois, dix ans ne suffisent pas à élever un mur capable de résister à l'assaut de haine et de vengeance qu'un malade, à peine remis et jeté dans le monde, doit affronter. D'ailleurs, c'est très bien ainsi, car la rechute est pour certains inévitable. Les deux années qui furent celles de ma rechute participaient d'une stratégie plus globale. Ces deux années étaient nécessaires pour nettoyer les traces sanglantes de l'opération que j'avais subie. Puis, un beau jour, la route fut libre, et la guérison complète.

Il vaut mieux avoir quarante ans et être en parfaite santé que d'être en bonne santé à trente et mourir à quarante ans. Du moins, de mon point de vue. Pour vous, c'est comme vous préférez. Mais décidez avant qu'il ne soit trop tard. Le mieux, c'est de mourir au lit – d'une mort naturelle.

Il y a des tas de haines dans le monde. Je ne parle pas des grandes haines entre pays ou entre ethnies. Ni des grandes haines personnelles comme celles de Hitler et de Mussolini. Je parle des Pompées, des Césars, des Napoléons, des petits types haineux. Pas étonnant que nous soyons tous dans le pétrin. Les grandes haines ne font que refléter les petites haines qui sont en nous.

Dans les prisons, on trouve de la haine à la pelle. Je suppose que c'est elle qui édifie les murs et remplit les cellules. Quand les grandes portes de fer se sont ouvertes devant moi, j'ai tenu à les franchir dans un état d'esprit différent de celui des autres prisonniers. J'ai tenu à emporter un peu d'amour avec moi. À moins que je n'aie tout simplement éprouvé un certain sentiment de supériorité. Je ne voulais pas ressembler à ces gens haineux. J'ai toujours désiré être différent des autres. C'est peut-être pour ça que des huiles comme Walker et le directeur se sont occupées de moi.

Le directeur m'apparaissait comme une huile. Pendant dix ans, il fut mon seul patron, donc une huile. Il m'accorda de l'attention, de la sympathie, et, en fin de compte, la liberté. Au début, je croyais que c'était ma main artificielle qui lui inspirait cette sollicitude. Ou bien qu'il éprouvait à mon égard cette attirance que j'avais observée chez tant d'autres, et qui me donnait l'impression d'avoir fait une chose importante au sein du monde, pour le bien de ce dernier, et susceptible de perpétuer ma mémoire. Oui, le directeur fut rudement sympa avec moi : non pas parce que je pensais différemment des autres types, mais parce que j'étais innocent. Je finis par m'apercevoir que le directeur ne me croyait pas coupable.

Dès mon arrivée, il me convoqua dans son bureau pour me parler. Je m'assis dans un grand fauteuil face à une porte vitrée qui donnait sur un jardin magnifique. Il y avait des gueules-de-loup, des giroflées, des delphiniums, des parterres de pensées, et des pois de senteur énormes. Je restai assis à contempler cette porte ouverte sur la beauté et la liberté, et je crois que je n'entendis guère la première partie du discours directorial. J'étais persuadé, ce jour-là, que, pour guérir les haineux invétérés, il aurait suffi de les pousser dans un jardin de ce genre et de leur faire cultiver la terre jusqu'à leur mort sans jamais les laisser en sortir… Aujourd'hui, je me demande ce qu'ils feraient. Ils arracheraient peut-être les pois de senteur, ou alors ils apprendraient à les aimer comme ça m'est arrivé à la fin… Nous sommes tous si loin du jardin d'Éden…

Il dut remarquer mon air rêveur, car il interrompit son sermon pour me dire :

— Joli tableau, n'est-ce pas, Walter ?

J'approuvai d'un signe de tête, et je le regardai en souriant. Il portait des lunettes à double foyer, mais lisait avec difficulté malgré ses verres épais. Ses yeux étaient d'un bleu délavé, on aurait dit qu'il était en passe de devenir aveugle à force d'avoir contemplé les péchés des autres. Il était de petite taille et boitait : il lançait d'abord en avant le côté gauche de son corps, le côté droit suivait le mouvement à retardement. Au lieu de s'exprimer d'une voix sonore et impérieuse, il parlait tout bas : il donnait l'impression d'avoir beaucoup parlé dans sa vie, avec une incontestable autorité, mais sans vouloir obliger personne à l'écouter. Il fallait être calme pour le comprendre. Son ton était pensif. Il choisissait ses mots pour leur douceur et leur puissance.

Quand je me fus accoutumé à sa voix, je l'écoutai avec plaisir.

Il étala ses mains sur le bureau. Je vis qu'elles étaient longues et fines. Des mains d'artiste, encore plus éloquentes que sa voix :

— Je vais peut-être vous paraître stupide, Walter, dit-il, mais je désire que vous soyez heureux ici. Si c'est possible, je veux que vous trouviez votre voie. Certains des prisonniers y sont arrivés. L'un d'eux a même écrit un livre, et il est devenu célèbre. J'ai monté un orchestre symphonique constitué d'excellents musiciens, alors que la plupart d'entre eux n'avaient jamais joué d'un instrument auparavant, n'en avaient jamais eu l'idée. Si vous vous intéressez à la musique…

— Je n'y entends rien, répondis-je en hochant la tête. Je n'ai guère écouté que du swing.

— C'est dommage : la musique permet de s'évader dans la contemplation par mille chemins différents. Mais il y a beaucoup d'autres activités : le sport, par exemple. J'ai aussi une bibliothèque assez complète. À moins que vous ne préfériez collaborer au journal. Nous sommes aussi en train de créer notre propre radio. J'ai vu que vous n'aviez pas de diplôme d'études secondaires. Notre programme d'enseignement est très étendu : il va de l'alphabet jusqu'aux cours d'université. N'aimeriez-vous pas acquérir une bonne instruction ? Les cours ont lieu en journée ou le soir.

Je fis non de la tête à chacune de ses propositions, et mes yeux revinrent au jardin. Je vis un rouge-gorge se poser sur un poivrier à côté des pois de senteur. Il se mit à chanter.

— Voilà de la musique, dis-je en désignant l'oiseau.

Il le regarda à son tour et nous écoutâmes son chant. Il se tourna de nouveau vers moi, et me demanda :

— Aimeriez-vous faire du jardinage ?

Mon visage dut s'illuminer.

— Ce que je vais vous dire, Walter, poursuivit-il, n'a rien d'officiel. Vous devez trouver assez bizarre que je vous aie appelé si tôt pour vous parler comme je viens de le faire, mais j'ai soigneusement étudié votre dossier. Je découvre au sujet de mes hommes bien des choses que les tribunaux ignorent. Je crois que vous aimez les gens autant que je les aime. Peut-être que vous ne vous en rendez pas compte. Cela viendra. Ce sont les autres, et surtout les femmes, qui semblent avoir causé la plupart de vos ennuis. Vous avez été une bonne poire, Walter.

J'éclatai de rire :

— Les femmes m'ont causé des ennuis, et les hommes causent des ennuis aux femmes. Le monde est vraiment absurde, n'est-ce pas ?

Il fit chorus avec moi. Son rire était doux, harmonieux, cadencé. Je ne l'oublierai jamais. J'en avais des frissons tout le long du dos, comme cela arrive à certaines gens en écoutant de la musique.

— Je suis resté célibataire, Walter, poursuivit-il, précisément pour cette raison : les femmes. Autrefois, j'enseignais la philosophie dans une grande université. J'ai eu une liaison avec une femme, qui a fini assez mal. À mesure que j'acquérais des connaissances, mes idées se brouillaient davantage. Je n'ai trouvé le bonheur que dans ma situation actuelle. Sans doute parce que j'aide les autres. Oui, parce que j'aide les autres.

Il se leva et alla se poster devant la porte vitrée, me tournant le dos :

— J'ai aussi l'impression que vous aimez la nature. D'ici quelques mois, je vous donnerai du travail dans mon jardin. Nous verrons… nous verrons…

Il revint vers moi, et je compris que l'entretien était terminé. Je me levai, je lui serrai la main et on me reconduisit à ma cellule.

Cet entretien marqua le début de mon amitié avec Masters, le directeur de la prison.

Je travaillai dans son jardin. Je découvris que j'avais la main verte. Que ma main valide, la gauche, était une main verte. Masters disait que ses fleurs devenaient plus grosses et ses légumes plus savoureux parce qu'ils étaient soignés par cette main. Entre autres qualités, il possédait le sens de l'humour.

Il m'invitait souvent à venir chez lui fumer une cigarette en l'écoutant philosopher. Il m'avait choisi un certain nombre de livres que je devais lire. C'est ainsi que j'appris à me concentrer, pour la première fois de ma vie. Je m'aperçus que les livres me faisaient oublier. Tant que je m'intéressais à quelque gros ouvrage, je pouvais même oublier pourquoi j'étais là. Mais entre deux lectures je pensais à Elizabeth, je me demandais où elle se trouvait, ce qu'elle faisait. Ce fut seulement au bout de huit ans de taule que je cessai brusquement de me souvenir d'elle.

Je lus tous les livres que Masters me prêta (j'eus un mal de chien à avaler certains ouvrages classiques et philosophiques, mais j'y parvins). Alors, il m'inculqua quelques notions d'histoire de la musique. De Schopenhauer, Nietzsche, Shakespeare, Dickens, James, Wordsworth, Longfellow et Poe, je passai à Beethoven, Brahms, Wagner, Tchaïkovski, Grieg, Strauss et César Franck. Quand il vit que j'assimilais tout cela, il me suggéra de nouveau de suivre des cours du soir pour obtenir un diplôme d'études secondaires :

— Vous en aurez besoin, Walter, me dit-il. Quoi qu'il vous arrive, à l'intérieur ou à l'extérieur, cela vous sera utile.

Je finis par céder et, quatre ans plus tard, j'avais mon diplôme. J'étais un peu trop grand pour porter des culottes courtes et un peu trop bête pour obtenir un titre d'enseignement, mais j'avais acquis en quelques années une éducation que beaucoup de gens poursuivaient une vie entière, et cela grâce à Masters qui en avait jeté les bases.

Parfois, le soir, au crépuscule, assis dans son bureau, nous écoutions les valses de Chopin, et il me racontait la vie du type et ses amours avec George Sand. Puis venait le tour de Tchaïkovski. Quand Masters me parlait de musiciens comme Tchaïkovski ou de poètes comme Oscar Wilde, il paraissait leur porter un intérêt plus grand qu'à d'autres, dont la vie avait été plus banale. Je me suis souvent demandé si sa propre solitude ne ressemblait pas un peu à celle de ces hommes. C'est peut-être pour cette raison qu'il me manifestait tant d'amitié. Mais cela ne comptait pas pour moi. Je ne cherchais pas à connaître ses déceptions ou ses désirs secrets, du moment qu'il me traitait bien. Quelques taulards m'avaient dit qu'il pouvait être dur, voire brutal. Je ne l'ai jamais vu faire. Il s'est toujours montré admirablement humain à mon égard, et j'avais bougrement besoin de rencontrer un homme de son espèce quand je fus amené en prison. J'avais connu trop de spécimens du type opposé.

Si quelqu'un m'avait dit qu'après dix ans de réclusion j'aurais appris à aimer la littérature et la musique, à apprécier l'amitié, et que j'aurais obtenu un diplôme universitaire, je l'aurais traité de sacré menteur. Cela montre qu'on ne sait jamais ce qui va arriver d'un instant à l'autre. En conséquence, il faut vivre uniquement dans le présent. Ce qui a eu lieu hier est irrévocable; et nous ne savons absolument pas ce qui aura lieu demain. Seul aujourd'hui compte; si vous ne luttez pas contre lui et que vous l'acceptez, il vous réserve pas mal de surprises. Il m'en avait déjà réservé une fameuse; la seconde fut ma libération sur parole. Après dix ans de contemplation et d'études, on me lâcha dans cet espace plus vaste appelé liberté.

Je sais que Masters me vit partir à regret. Je le quittai, mais on ne laisse jamais derrière soi le bien qu'on a trouvé chez les autres. Cependant – je ne l'ai compris que plus tard –, si on n'est pas diablement fort, le mal ne nous lâche pas non plus.

J'étais assis dans le bureau de Masters. Nous parlions de choses qui n'avaient rien à voir avec moi ou ma vie de prisonnier, quand, soudain, il fit pivoter son fauteuil pour me faire face, et dit :

— Walter, vous avez purgé la moitié de votre peine en comptant la réduction qui vous a été accordée pour bonne conduite, et je crois qu'il est temps de présenter une requête pour votre libération sur parole.

D'un bond, je fus hors de mon fauteuil, et m'exclamai :

— Répétez voir, monsieur le directeur?!

Masters sourit :

— Je suis déjà entré en relation avec un des membres du comité préposé à cet office. Il est de mes amis. Le formulaire se trouve là, sur mon bureau. Je veux que vous le remplissiez immédiatement.

— Vous avez fait ça?! Vous avez combiné ça?!

— Je n'ai encore rien fait, mais j'ai beaucoup d'influence auprès du comité de Californie. Votre cas sera étudié très attentivement.

Je m'avançai vers lui. Si mes yeux étaient secs, j'avais des larmes plein le cœur. Masters le comprit. Il se leva et me prit la main :

— Voyez-vous, Walter, je ne vous ai jamais cru coupable de meurtre. À présent que je vous connais, je suis convaincu de votre innocence.

Je me cramponnai à sa main de toutes mes forces, comme un gosse s'accroche à la main de son père après qu'ils ont couru un grand risque. J'essayai de le remercier mais ne pus rien dire ; d'ailleurs, même si j'avais pu articuler, mes paroles n'auraient eu aucun sens.

— Peut-être vous semble-t-il bizarre, Walter, que je vous accorde tant de confiance, poursuivit-il. Mais votre affaire est extraordinaire du début à la fin. Vous-même, vous êtes un personnage extraordinaire, pas étonnant que des choses extraordinaires vous arrivent. Je vous crois capable de mener un jour une vie qui vaille la peine d'être vécue.

Je lâchai sa main et gagnai la porte vitrée qui menait au jardin, mais ses paroles me suivirent :

— Non pas que je veuille vous arracher la promesse d'une grande réussite matérielle. Quand je dis « une vie qui vaille la peine d'être vécue », j'entends une vie simple, débarrassée de toutes les erreurs que nous commettons habituellement, que vous-même avez commises, et auxquelles, je l'espère, vous avez définitivement renoncé.

Sans détourner les yeux du jardin, ce jardin que je cultivais depuis dix ans, je hochai la tête en murmurant :

— J'essaierai.

— J'en suis certain. Je vous faciliterai les choses autant que possible. Si les membres du comité sont d'accord avec moi, et je crois pouvoir les convaincre, puisque votre conduite a été exemplaire et que j'ai de l'influence auprès d'eux, je veillerai à ce que justice vous soit rendue. Il faudra que nous restions en contact…

— Ce serait faire preuve d'ingratitude, que de perdre le contact avec vous, répondis-je en me tournant vers lui.

— Je ne vous demande qu'une chose : travaillez dur.

Il s'avança vers moi et me posa une main sur l'épaule :

— Ne pensez plus à tout ceci. Oubliez-le. Laissez-le derrière vous. Qu'il n'en soit plus question. Et tout ira bien pour vous, j'en suis certain.

Il gagna son bureau, y prit le formulaire et me le tendit. J'y jetai un regard rapide, puis je levai les yeux vers lui :

— Je sais qu'il y a là certains points, dit-il, dont vous aimerez discuter avec moi. Par exemple, la question de l'emploi. Vous n'aviez pas de travail que vous pourriez reprendre, n'est-ce pas ?

Je fis non de la tête.

— En ce cas, je m'en occuperai. Emportez ce formulaire, et ne vous inquiétez de rien. Je suis déjà entré en rapport avec le juge pour obtenir sa signature. Quand vous aurez rempli votre dossier, nous le lui enverrons.

Il m'accompagna jusqu'à la porte.

— Oubliez tout, Walter. Répondez franchement à toutes les questions ; je me charge du reste. Voyez-vous, ceci est encore une preuve que la vérité finit toujours par triompher inévitablement, malgré tous les obstacles.

Il avait raison. Peu de temps après, j'étais libéré sur parole et me mettais en route pour rencontrer l'employeur que Masters m'avait trouvé.

La vérité finit toujours par triompher. Cette phrase est bien banale, mais je m'en souvins pendant longtemps pour une excellente raison.

On m'avait communiqué le règlement que devaient observer les prisonniers sur parole. Le jour de ma sortie, je l'examinai avec Masters. Le premier de chaque mois, je devais envoyer par la poste au fonctionnaire compétent un rapport sur mes faits et gestes, en remplissant un formulaire que devait me fournir ledit fonctionnaire.

Je remarquai qu'un des articles m'interdisait formellement de conduire une voiture. Or, Masters m'avait trouvé du travail dans un garage de San Francisco.

— Que pensez-vous de l'article numéro trois concernant les droits civils? demandai-je. Il m'interdit de conduire tout véhicule automobile. N'oubliez pas que je suis ouvrier mécanicien.

— Vous aurez un emploi de bureau, au garage. C'est ce que j'ai pu trouver de mieux jusqu'à présent. Mais, ajouta-t-il en prenant un papier sur son bureau, j'ai un ami, Arthur Henaston, qui habite Long Island. Si jamais vous décidez de vous rendre à New York, je vous conseille vivement d'aller le voir. Il a beaucoup d'argent, une grosse usine, une vaste propriété. S'il a besoin de personnel, il vous engagera sûrement comme jardinier, à moins qu'il ne vous offre un autre emploi. Nous sommes de très vieux amis. Dites-lui simplement que vous venez de ma part. J'aimerais vous voir continuer à jardiner. Vous vous y entendez très bien.

Je pris la feuille qu'il me tendait et la mis dans ma poche.

— Mais est-ce qu'on me laissera aller à New York?

Masters sourit :

— Article deux du règlement : « Si vous désirez changer de situation ou de résidence, ou si vous désirez quitter le pays dans lequel vous travaillez, vous devez obtenir au préalable l'autorisation écrite du fonctionnaire compétent. »

— Je sais lire, répondis-je en souriant à mon tour. Mais croyez-vous qu'on m'accordera cette autorisation?

— Si on vous la refuse, écrivez-moi quand vous serez prêt à partir. L'essentiel est que vous vous mettiez à travailler et que vous meniez une existence normale au sein de la société. Alors vous bénéficierez d'une mesure de clémence définitive.

Encore ce mot de clémence ! Mais au moins j'avais trouvé un type qui en connaissait le sens : Masters.

Quand je pris congé de lui et de mes dix années de prison, j'eus l'impression de dire adieu à un copain de guerre, à un mec qui m'avait permis de vivre un peu plus longtemps, qui avait dévié, de son propre corps, la balle qui m'était destinée. Je franchis cette énorme porte avec, pour tout bagage, quelques dollars octroyés par l'État de Californie, un emploi temporaire, et un costume neuf mal coupé dont une poche contenait un bout de papier. Un bout de papier portant le nom d'un homme qui pourrait m'engager comme jardinier sans tenir compte de mes dix ans de réclusion, sans tenir compte du crime qui, pour la plupart des gens, pesait encore sur moi. Pour ma part, je ne sentais aucun poids sur mes épaules. À moins que la liberté ne soit un poids en elle-même. Mais la mienne ne me pesait nullement. Au cours des premiers mois qui suivirent ma sortie de prison, j'étais si dégagé de toute entrave que je n'avais qu'un seul désir : me promener dans les rues, et observer le visage des gens, de tous les gens qui ne venaient pas d'où je venais, qui n'avaient pas connu ou ne désiraient pas connaître la renaissance intérieure.

Je parcourus les rues pour contempler de simples visages et j'oubliai l'homme de New York qui devait m'engager comme jardinier, parce que je n'étais pas encore prêt à prendre un emploi permanent. Bientôt, je le savais, la guérison viendrait et alors je serais prêt. Puis, un soir, la chose arriva. Pas la guérison, bien sûr. La guérison n'aurait pas accéléré mon pouls, ni glacé mon sang (puisqu'on prétend que le sang se glace lorsqu'un événement ravage votre existence comme un cyclone). Elle aurait été simple et naturelle, tout le contraire de cet événement ravageur.

À cette époque, je travaillais dans le garage de San Francisco où Masters m'avait recommandé. Employé à temps partiel, je m'y trouvais déjà depuis plus d'un an et ne m'occupais strictement que de mes affaires. J'avais très peu d'amis : le patron du garage, quelques serveuses de mon restaurant habituel, ma propriétaire, et deux autres locataires. Je ne voulais pas d'amis intimes. Je n'en avais pas besoin. Trop de gens avaient été mêlés à ma vie. Désormais, je désirais le calme. Ça suffisait à mon bonheur : connaître le calme, garder mes pensées pour moi seul. Moins on en saurait sur moi, plus il me serait facile de partir si jamais je m'y décidais.

Un soir que je me trouvais dans un petit bar de Market Street, assis seul devant une bouteille de bière, ne m'occupant de personne et personne ne s'occupant de moi, la chose arriva ! Elle entra ! Rien ne se serait produit, je ne l'aurais jamais revue, si je n'avais pas enfreint le règlement des prisonniers libérés sur parole. Ce livre sacré précisait que nous ne devions « entrer en aucune circonstance dans un lieu où seraient pratiquées la vente ou la distribution d'alcool ». J'étais sans doute le seul type au monde à essayer d'observer cette interdiction : la pensée de Masters me soutenait. Le seul soir où je ne songeai pas à lui fut celui où j'entrai dans le même bar qu'elle. Dès que je vis ses jambes, je compris. Je n'avais pas besoin de regarder le reste, mais je le fis quand même. Elle portait une jupe et un chandail. Un chandail trop étroit et une jupe fendue sur le côté qui, quand elle s'asseyait, découvrait sa jambe encore davantage. Elle s'installa à l'autre extrémité du bar et, après avoir tiré de son sac un poudrier, un grand machin en écaille, trop grand pour son petit visage, elle se mit à se poudrer le nez avec des gestes que j'avais maintes fois observés chez Elizabeth Frazer. Puis elle cligna des yeux – ces yeux bleu-vert qui ressemblaient tant à la mer, qu'elle soit verte ou bleue. Ensuite elle promena son doigt humecté de salive sur ses cils qui projetaient de longues ombres sur son visage trop pâle. Enfin, elle passa un peigne dans ses cheveux blonds décolorés, en se penchant de telle façon que son chandail à col en V glisse et découvre son épaule. Cette pose, je l'avais observée mille fois auparavant. Maculée ou non par le sang desséché d'un mort, l'épaule avait ce haussement désinvolte à l'adresse de tout et de tous qui signifiait : « Plus tard. Beaucoup plus tard. »

Je la regardais, les yeux fous. Comme un idiot, je bavais de surprise, d'incrédulité, de haine, de désir de vengeance. La salle chaude et enfumée où était apparu ce fantôme se refroidit brusquement. Un souffle glacé pénétra par la porte qui s'ouvrait sur une nuit d'été et je relevai le col de ma veste. Je cachai même ma tête derrière un de ses pans, comme un ivrogne, comme un cocaïnomane en quête d'un nouveau rêve ; mais, quand je relevai la tête, elle était toujours là. Plus vivante que jamais, car elle parlait à un type assis à la table voisine, et j'entendis sa voix. J'eus envie de couvrir mes oreilles de mes mains mais je savais bien que ça ne m'empêcherait pas de l'entendre. Je savais que cette voix m'atteindrait même si des milliers de kilomètres nous séparaient. C'était bien la sienne : aiguë et grinçante comme un gond rouillé que personne n'huilerait jamais. Ce n'était pas la voix de gorge, la voix chaude, que j'avais espéré entendre.

Je me levai si brusquement que je me cognai l'aine contre la table et perdis l'équilibre ; je parvins à me rattraper, heureusement, car si j'étais tombé on m'aurait flanqué à la porte pour ivresse. Je me dirigeai vers elle, contournant les tables qui nous séparaient. Les consommateurs me regardaient avancer comme on regarde une voiture lancée à toute vitesse au beau milieu de la circulation, sans souci du danger. J'arrivai devant la femme au moment où elle achevait une phrase et en entamait une autre. Elle leva les yeux d'un air effaré, les lèvres encore entrouvertes sur des mots non formulés.

Je serrai les poings, mes ongles s'enfoncèrent dans mes paumes. Je serrai les dents, fermai les yeux de toutes mes forces et avalai péniblement ma salive à plusieurs reprises. Puis je parlai :

— Elizabeth, dis-je, Elizabeth.

Mes mots sortaient déformés, comme si j'avais parlé dans un entonnoir ; le type avec qui elle était en conversation se leva d'un bond et marcha sur moi.

— Attends, Jerry, fit-elle. Non, je t'en prie, ne cogne pas. Ce type est cinglé ou bien soûl.

J'ouvris les yeux juste à temps pour voir Jerry desserrer poings et dents.

— Oui, confirmai-je en hochant la tête, le type est cinglé ou bien soûl… Je vous demande pardon, ajoutai-je en faisant demi-tour. Pardon. Pardon. Pardon. Pardon.

Je gagnai la porte, mais ses paroles me parvenaient encore :

— Tu vois bien, Jerry !… Pauvre type, pauvre vieux ! Il est cinglé ou soûl, ou malade. Je trouve qu'Elizabeth est un très joli nom. Je déteste le mien. Est-ce que j'ai une tête à m'appeler Maude ?

Je n'entendis pas la réponse de Jerry, mais il dut faire une plaisanterie quelconque, car elle se mit à rire. Son rire n'avait rien d'horrible : il n'était ni pointu ni grinçant. Sa voix était bien plus agréable quand elle riait.

Au moment de saisir la poignée de la porte, je remarquai un miroir au-dessus d'un distributeur de chewing-gums. Je m'arrêtai pour regarder. Je repérai immédiatement la femme qui parlait à Jerry et constatai qu'elle ne devait pas avoir plus de dix-huit ans. Je m'approchai de la glace pour observer mon propre reflet. Je portais mes quarante ans ; néanmoins, on aurait pu m'en donner trente-cinq. J'étais grand, svelte, assez bien bâti. Mon visage était mince, mais ses lignes n'étaient plus celles de la jeunesse. Et mes cheveux étaient presque entièrement gris. Pauvre type, pauvre vieux… Certes, on n'est pas vieux à quarante ans, et je ne paraissais pas plus que mon âge, seulement, j'avais oublié qu'un individu, homme ou femme, change en dix ans. Elizabeth devait avoir dans les quarante ans, elle aussi. Son chandail devait être un peu moins tendu sur sa poitrine et son haussement d'épaule un peu moins désinvolte. Elizabeth ! Un très joli nom, avait dit cette fille. Un nom que je croyais avoir oublié et dont je ne me souvenais que trop bien – comme si je n'avais pas passé dix ans à m'efforcer de l'oublier. Elizabeth, qui m'avait légué un bûcher funéraire factice et dix années trop longues à tirer, était toujours bien vivante pour moi.

Dès que je fus sorti de ce bar de Market Street, je m'aperçus que mon ancienne maladie avait été remplacée par une nouvelle. Une maladie de vieille haine, au lieu de la vieille maladie d'amour naissant. C'était la rechute. En effet, avant même d'avoir pleinement savouré ce que représentait la liberté retrouvée, voilà que je me lançais à la recherche d'Elizabeth Frazer. J'étais prêt à fouiller les rues et les villes pendant le reste de ma vie. Je me lançai sur la voie de la vengeance, car j'étais sûr qu'Elizabeth Frazer, ou le fantôme de ce qu'elle avait été autrefois, se cachait quelque part.

10

J'avais connu dans le temps un type qui prétendait avoir vécu au Tibet. Lui et moi, nous brûlions le dur. De toute évidence, il n'était pas à sa place dans ce train de marchandises. Je l'aurais plutôt imaginé un pagne autour des reins, sur un tapis volant. Mais il était fauché, et devait se rendre rapidement je ne sais plus où. C'est pour ça que beaucoup de trimardeurs délaissent leur tapis pour les trains. Ce mec-là prétendait qu'il pouvait mieux étudier les gens quand il resquillait. Ceux qu'il désirait plus particulièrement secourir habitaient d'ailleurs le long des voies ferrées. Il affirmait qu'ils avaient grand besoin de réconfort spirituel : c'était lui qui devait le leur apporter. Il avait l'air d'un missionnaire baptiste drapé dans un tapis d'Orient.

Je ne croyais pas tout ce qu'il me racontait, mais il enseignait une philosophie qu'il avait, paraît-il, découverte en Orient. J'ignore s'il pouvait traverser des flammes ou sauter sur des tessons de bouteille sans se blesser, comme j'avais vu un vieux Noir le faire, mais je dois reconnaître qu'il possédait un calme inégalable. Il m'intéressait beaucoup ; néanmoins, son impassibilité ne me séduisait guère. Je me sentais intimidé devant ses pommettes lisses et la sérénité limpide de ses yeux. Quand il me parlait de bouleversements psychologiques ou me détaillait les catastrophes qui l'avaient poussé à chercher la paix, il gardait toujours la même expression. Il ressemblait à une peinture à l'huile toute neuve, à un tableau qui n'a pas encore commencé à se fendiller, à se désagréger, à valoir un millier de dollars.

— Walter, me disait-il, il faut des années et des années de contemplation pour atteindre cette quiétude de l'âme où les valeurs matérielles ne comptent plus. Où l'on se moque de ce qu'on porte, de ce qu'on mange, d'où l'on va. Où tout est calme et équilibré. Il faut des années. Tu crois avoir atteint la sérénité, et, pfuitt ! la voilà dissipée comme un rond de fumée. Alors tu dois continuer à chercher, à étudier, à trier tes pensées, à rejeter ce qui est mauvais, personnel, égoïste, à garder ce qui est bon, généreux, valable pour tous. Ensuite, la paix revient. Elle peut t'accompagner pendant quelques années. Jusqu'à ce que survienne un nouveau bouleversement, et tout est à recommencer. C'est une lutte magnifique. Un beau jour, enfin, la paix arrive pour de bon. Une grande couverture de calme et de douceur t'enveloppe, et plus rien ne peut te toucher.

Moi, je lui répondais :

— Ça ne me plaît guère, vieux yogi. Ça manque de couleur. Où est la couleur là-dedans ? J'aime exploser, haïr, aimer, et exploser de nouveau.

Il souriait toujours, sans changer d'expression. Le sourire s'évanouissait comme une fumée, et ses yeux restaient les mêmes, clairs, calmes, pénétrants.

— Le feu te dévore, disait-il. Il te purifie. Il brûle ton

cœur, et sépare l'or des scories. Un jour tu l'accueilleras avec joie, mais ne t'imagine pas que ce soit facile.

Le feu qui brûlait en moi et me forçait à chercher Elizabeth après ces dix années ne m'apportait aucune joie. Il avait effectivement brûlé mon cœur, mais la paix qui aurait dû lui succéder n'était pas venue. J'avais passé dix ans dans le calme d'une cellule, en compagnie d'un homme qui possédait cette sérénité, et pourtant, ainsi que mon faux hindou me l'avait prédit, cette sérénité n'était pas devenue mienne. Pas encore. Il me fallait traverser un autre brasier, sauter sur d'autres tessons de bouteilles, avant de connaître la véritable paix.

Je triais mes pensées, mais je ne rejetais pas le mal pour garder le bien. Je triais mes pensées comme j'aurais trié de l'argent : les pennies ici, les nickels là, les dollars un peu plus loin.

Où irais-je pour commencer ? Il aurait été bête de ma part de faire route vers Los Angeles en quête d'une mythique Elizabeth Frazer qui aurait éventuellement pu s'y rendre dix ans auparavant. Mieux valait rejoindre le lieu de mon prétendu crime, Carleton, et aller voir les Hargraves. Mattie Hargraves saurait peut-être où Elizabeth s'était enfuie. Au cours de leurs stupides échanges de confidences stupides, Elizabeth avait peut-être craché le morceau. Si j'avais su alors que la mère Hargraves était morte, la suite de cette histoire aurait pu être toute différente. Je dis bien : aurait pu être. Les chagrins de ce monde sont imprégnés du regret de ce qui aurait pu être.

Je me présentai devant le fonctionnaire compétent, et reçus l'autorisation de quitter l'État. Dès que j'aurais trouvé du travail à Los Angeles, on chargerait un autre fonctionnaire de vérifier ma situation, mais je devrais envoyer mon rapport mensuel à San Francisco.

Je remerciai le brave type.

— Ne me remerciez pas, fit-il. Nous n'avons rien à vous reprocher. Vous ne fréquentez pas de clochards ni d'escrocs. Vous ne vous êtes pas attiré d'ennuis. C'est parfait, Johnson. Continuez.

Des ennuis, Monsieur le Fonctionnaire ? Je n'ai pas encore appris le sens véritable de ce mot.

Je le priai de présenter mes amitiés à notre ami commun, Masters, soldant ainsi mes obligations personnelles et légales envers l'État jusqu'au mois suivant.

Je donnai à ma propriétaire mon poste de radio et quelques objets sans valeur, je payai toutes mes dettes et achetai un complet ainsi qu'un chapeau neuf. Après quoi, il me restait tout juste assez d'argent pour me payer un billet pour Carleton.

J'arrivai à destination dans une chaleur de four. L'automobiliste qui m'avait ramassé à la gare m'emmena en ville et me déposa devant une station-service. J'entrai dans les toilettes pour y brosser mes vêtements et me laver la figure. Affairé au lavabo, je ressentis soudain une telle crampe au creux de l'estomac que j'eus du mal à me redresser. J'avais peur, sans doute, ou j'étais bouleversé. Je croyais peut-être retrouver Elizabeth vivante, assise dans notre petit pavillon, à l'endroit même où je l'avais laissée, attendant mon retour du garage, se balançant sur son fauteuil à bascule, et discutant gaiement avec la mère Hargraves de sujets que j'imaginais alors inoffensifs. Ou peut-être avais-je peur de ne pas retrouver les Hargraves. Non seulement les gens changent en dix ans, mais encore ils se déplacent. Ils s'en vont et, parfois, ne laissent aucun souvenir, aucune piste à suivre.

Ma crampe disparut ; néanmoins, quand je sortis des toilettes, je pouvais à peine me tenir debout. J'avais faim. C'était ça, bien sûr : j'avais faim. Avant d'affronter qui que ce soit, il fallait que je prenne au moins une tasse de café. Il me restait quarante cents. Je tirai à pile ou face pour savoir par quoi commencer : une visite aux vieux Hargraves ou un casse-croûte. Mon estomac gagna. Je traversai la grand-rue et entrai dans un petit restaurant où on mangeait pas mal autrefois. Il était deux heures de l'après-midi, et je fus heureux de constater qu'il y avait peu de monde dans la salle. Quelqu'un aurait pu me reconnaître, et j'en avais marre de ce genre de curiosité. Je cherchai du regard un visage familier, je n'en aperçus aucun et grimpai sur un tabouret devant le comptoir. Un adolescent boutonneux faisait la plonge. Il venait d'entasser les assiettes sales sur les propres pour allumer une cigarette et se reposer un brin. Il avait dû se reposer ainsi toute la journée.

Personne ne semblait vouloir me servir. Un petit type trapu en tablier blanc se tenait devant le gril, en train d'aplatir un steak haché. Il me tournait le dos.

Je saisis le menu, et y jetai un coup d'œil. Les prix avaient augmenté depuis dix ans : vingt-cinq cents pour un hamburger et une tasse de café, dix cents les deux beignets. Ma foi, je n'avais pas le choix.

Le plongeur continuait à se reposer, tirant de grosses bouffées de sa cigarette, fasciné par les volutes de fumée qui sortaient de ses narines luisantes de sueur. Ce spectacle, qui n'avait pourtant rien de particulièrement appétissant, me donna envie de fumer. Je fouillai dans ma poche. Mon paquet de cigarettes était vide. Pas de veine ! Si je prenais un beignet, je ne pourrais pas fumer. Mais je pouvais toujours me faire offrir une cigarette. Je fis signe au gamin :

— Passe-moi une clope, mon vieux, dis-je. Je n'ai pas de monnaie à mettre dans le distributeur. Et je ne sais pas quand j'en aurai.

Le plongeur parut étonné, mais ne refusa pas. Il tira son paquet d'une poche de sa chemise et le jeta sur le comptoir :

— Une seule, fit-il en ricanant. Elles coûtent dix-sept cents ici.

Je ne l'écoutai pas, pris deux cigarettes, et repoussai le paquet vers lui. J'allumais la première quand je remarquai que le trapu m'observait. Il s'était détourné de son gril dès qu'il m'avait entendu parler et il me regardait bouche bée, comme s'il avait vu un fantôme. Il tenait encore sa spatule à la main. Je sentais l'odeur de bœuf grillé. S'il gardait le bras levé de cette façon, le hamburger serait foutu.

Je me tournai droit vers lui et découvris mes dents sur ce que je pensais être un sourire :

— Bonjour, Charley Hargraves, dis-je poliment. Votre steak est en train de brûler.

Sa bouche s'entrouvrit, puis il ravala un hoquet de surprise avant de revenir à son gril, duquel il retira la viande pour la poser sur le pain d'une main tremblante. Il confectionnait le burger, mais je savais que ses pensées étaient ailleurs, tandis qu'il tartinait le pain de matière grasse et collait un peu de moutarde et de sauce pimentée sur une feuille de laitue. C'est à moi qu'il pensait : moi qui étais installé là, en client, comme un respectable citoyen attendant son maigre repas avant de retourner au boulot. Et je jouais le rôle à la perfection. Mais il savait bougrement bien que ça n'était pas vrai. Tout au fond de lui, il savait que je me trouvais à ce comptoir, dans cette ville, pour la première fois depuis dix ans, et que, si j'étais revenu là, c'était pour une bonne raison. J'étais là parce que je voulais quelque chose, quelque chose de beaucoup plus important qu'un hamburger.

Il se retourna, le regard fuyant, et posa le burger devant un type à l'autre bout du comptoir. Il alla ensuite lui remplir une tasse de café.

— Mettez-en deux, Charley, dis-je.

Le plongeur avait fini par emporter la vaisselle à la cuisine. J'avais l'impression que, Charley et moi, nous étions seuls maintenant. Je suis certain que, de son côté, il éprouvait la même chose. Il servit deux tasses d'un geste hésitant, comme s'il attendait une interruption quelconque qui détournerait son attention de moi, ou vice versa.

— Un sucre, et pas de lait, Charley, dis-je, pour couper court à son hésitation.

Il sursauta ; le café bouillant lui brûla la main. Il posa une tasse sur le comptoir et, saisissant la deuxième, il y versa du sucre et du lait avant de la passer au client. Ensuite, il reprit la mienne, et s'avança vers moi.

— Vous avez oublié le sucre, Charley, dis-je en souriant.

Il me jeta un regard timide, et alla chercher le sucre. Lorsqu'il revint, ses mouvements semblaient plus sûrs. Peut-être que mon sourire y était pour quelque chose.

Il posa la tasse de café.

— Comment va votre femme, Mattie ? demandai-je.

Il me regarda bien en face pour la première fois, et je vis que ses yeux myopes se troublaient derrière les verres épais de ses lunettes :

— Mattie est morte depuis longtemps, répondit-il en détournant la tête.

J'avalai une grande gorgée de café pour cacher ma surprise et ma déception. Sans me laisser le temps de parler, il reprit :

— Elle est morte un an après votre arrestation. Un accident. La balancelle. Elle est tombée et s'est rompu le cou.

Je dus me mordre la lèvre pour m'empêcher de rire :

— J'aurais pu lui arranger cette balancelle, dis-je.

Il ne releva pas ma remarque. Appuyé sur le comptoir, il se pencha vers moi, ses yeux rivés sur les miens :

— Que faites-vous ici, Walter ? Pourquoi êtes-vous revenu ?

Cette fois, je ris franchement :

— Croyez-le si vous voulez, je suis entré ici pour manger un hamburger. Parole d'homme.

Je m'arrêtai court. Parole d'homme : c'était l'expression favorite d'Elizabeth. Je fermai les yeux, et j'adressai une prière à la haine. Quand je les rouvris, Hargraves était toujours là, attendant que je continue.

— Je ne suis entré que pour manger, Charley, répétai-je. Voulez-vous me préparer un burger ? J'ai voyagé toute la nuit et toute la matinée le ventre vide.

Il ne bougea pas. Il restait immobile, appuyé sur le comptoir, attendant que je prononce les paroles qu'il avait imaginées.

Je m'impatientai :

— Préparez-moi ce burger, Charley, fis-je d'un ton sec, avec des frites et une tranche de gâteau, et mettez tout ça sur le compte de la maison ! Quand j'aurai mangé, je vous dirai pourquoi je suis ici.

Il n'aurait pas filé plus vite si on lui avait fait éclater un pétard au derrière. Il se précipita vers le gril et confectionna mon burger. Fort heureusement, il n'avait pas de mort-aux-rats sous la main. Je regardai s'affairer ses courtes mains grasses. Jamais je n'aurais cru que Hargraves pouvait travailler si vite. Je me demandai pourquoi il n'était plus vendeur dans son magasin de chaussures.

Quand il en eut fini avec le burger, il fit frire les pommes de terre, coupa une tranche de gâteau, et posa deux beignets sur une assiette. Quelques ouvriers entrèrent, détournant son attention pendant que je mastiquais. Je l'écoutai parler à ses clients. Rien de très fin, mais je savais que ça lui faisait du bien de bavarder : ça l'empêchait de penser à sa peur.

Je lui inspirais une frousse bleue ; il avait peur de moi depuis le jour où nous avions découvert ce que lui, Mattie et le tribunal considéraient comme les restes d'Elizabeth Frazer. À ses yeux, j'étais bel et bien un assassin.

Les ouvriers achevèrent leur repas avant moi, ils descendirent de leurs tabourets et se dirigèrent vers la caisse – où des cure-dents étaient disposés dans un verre sale. Hargraves dut passer devant moi pour les encaisser.

— Vous avez une cigarette, Charley ? fis-je à voix basse.

Il ne s'arrêta pas et fit semblant de ne pas avoir entendu. Mais après avoir rendu la monnaie aux ouvriers, il prit vingt cents dans la caisse et se dirigea vers le distributeur de cigarettes.

Je me tournai vers lui :

— Si c'est pour moi, je ne fume que des Camel, dis-je.

Il prit le paquet de cigarettes, retourna derrière le comptoir, s'arrêta devant moi et déclara :

— Ça fait soixante-dix-sept cents que vous me devez, Walter.

J'ouvris le paquet, et lui jetai les trois cents qui se trouvaient sous l'emballage en cellophane :

— Ça ne fait plus que soixante-quatorze, et je vous souhaite de les récupérer un jour.

Tout d'abord il ne répondit rien, et j'eus l'impression qu'il allait se mettre à pleurer. Il se mordit la lèvre inférieure comme pour l'empêcher de trembler, mais je compris qu'il n'avait pas envie de chialer. Il était furieux.

Finalement, il éclata :

— Dites donc, Walter Blodgett, nous n'avons jamais été très intimes, vous et moi, et ce n'est pas le moment de le devenir. Même du temps où nous habitions côte à côte et où Mattie et… et… Eliza…

Il s'interrompit.

— Allez, dites-le : Elizabeth. N'hésitez pas à prononcer son nom, Charley.

— Même du temps où Mattie et votre femme se fréquentaient, vous ne me connaissiez pas assez bien pour m'appeler Charley.

— C'est exact, Charley, fis-je en souriant.

— Et après toutes ces années, vous revenez ici et vous vous conduisez comme si nous étions de vieux copains.

Vous m'empruntez de l'argent ! Je ne veux pas vous voir. Je ne peux rien pour vous. Mattie est morte ; moi, je travaille ici depuis deux ans ; je reste dans mon coin, je loge dans une maison où les gens sont très gentils. J'essaie de mener une fin correcte.

Je tirai une bouffée de ma cigarette, et rejetai lentement la fumée. Je voulais qu'il se calme, il tremblait de la tête aux pieds.

— Pourquoi avoir quitté votre place dans ce magasin de chaussures où vous bossiez depuis si longtemps ? demandai-je.

Il remit ses idées en ordre, poussa un gros soupir, prit un chiffon graisseux qui se trouvait près de lui, et se mit à nettoyer le comptoir d'un geste machinal.

— On m'a flanqué à la porte, répondit-il d'une voix lente et pathétique.

Il était beaucoup plus aimable à présent : avec des mots lents, emplis de sensibilité, il parlait de lui-même, et ça lui donnait un ton plus patient.

— Après cette sale histoire et votre procès, tant de monde venait à la boutique pour me voir que Mr. Levy a fini par dire que je lui causais trop d'embêtements. Personne n'achetait de chaussures. On se contentait de me regarder comme une bête curieuse. Le patron ne m'a même pas donné d'indemnités quand je suis parti, alors que j'avais passé dix-huit ans à travailler pour lui ! Y a pas à dire, c'est chouette, le monde !

— Moi non plus je n'ai pas reçu d'indemnités. Et pourtant j'ai passé dix ans à faire un boulot que je n'avais pas sollicité, qui ne m'était pas payé, que je détestais.

Le chiffon s'immobilisa. Hargraves me regarda, et, de nouveau, ses yeux de lapin s'écarquillèrent de frayeur.

— Eh oui… Je ne suis pas un évadé. Je suis libéré sur parole. Le directeur de la prison est mon ami. L'État est bien disposé à mon égard. On m'a relâché, et je suis venu ici dans un but précis. Loin de moi l'idée de gâcher votre vie comme vous, Elizabeth et Mattie avez gâché la mienne. Je désire un simple renseignement. Après quoi je vous ficherai la paix et vous ne me reverrez plus.

— Un renseignement ?

— Oui. À quelle heure sortez-vous d'ici ?

— Quatre heures.

— C'est bon. Je passerai vous prendre. Nous causerons dans votre chambre.

Je descendis de mon tabouret.

— Un instant, Walter. Vous n'allez pas faire d'histoires ? Pas de scandale, hein ?

— Non. J'aimerais que vous vous rappeliez quelque chose, c'est tout.

Considérablement soulagé, il ramassa le chiffon, et le jeta au plongeur qui arrivait de la cuisine.

Sur le seuil, je me retournai :

— Mais n'essayez pas de fiche le camp, Charley. Sans ça, je pourrais me fâcher…

Il me répondit d'un signe de tête. Je sortis dans le soleil du désert, et je fis le vœu d'obtenir sans trop de peine ce que je cherchais.

11

Le crépuscule tombait seulement. Les ombres du désert, d'un rouge cuivré, pénétraient par la fenêtre ouverte pour se projeter sur le visage ridé de Charley et bougeaient au rythme de son vieux fauteuil à bascule.

Nous étions assis dans sa chambre, et il m'expliquait combien la perte de Mattie lui était pénible :

— Ç'a été terrible, Walter. Les premières semaines, ç'a été épouvantable. Je marchais comme dans un rêve. Je ne mangeais pas, je ne dormais pas. Je ne savais pas me débrouiller tout seul. J'étais incapable de manger ou dormir seul. De me lever, d'enfiler mes vêtements. Je me promenais dehors à moitié habillé.

— C'est peut-être pour ça que votre patron vous a foutu à la porte.

— Oh! non, fit-il en me regardant sans la moindre étincelle d'humour.

J'étais assis sur son lit défait. J'avais ôté mes chaussures parce que mes pieds me faisaient mal, et je tenais mes genoux relevés. Nous goûtions un moment de détente, Charley et moi.

— Oh ! non, répéta-t-il. On m'a foutu à la porte immédiatement après le procès. Mattie est morte un an plus tard. Elle a vécu assez longtemps pour partager ma honte, pour me voir perdre mon emploi.

— La plupart des gens dépendent trop les uns des autres, Charley. Ils n'ont pas de vie propre. Ils ne se suffisent pas à eux-mêmes. Et quand ils perdent l'être dont ils dépendaient, il ne leur reste plus rien.

— Je sais, dit-il en hochant la tête, mais essayez donc de changer ! Il est plus facile de continuer à vivre avec des souvenirs, même tristes, que d'essayer de changer.

— Il faut du courage pour changer, et je vous prie de croire que j'ai un fameux cran. Je perds tout, depuis toujours. Quand j'étais gosse, je perdais des billes et des canifs. Plus tard, j'ai perdu des emplois, des gens, du temps. Mais il faut que je change, que je change sans arrêt.

Il arrêta le balancement de son fauteuil et me regarda fixement :

— Pourquoi vouliez-vous me voir ? demanda-t-il d'un ton sec.

J'ôtai mes pieds du lit et repris mes chaussures :

— Je veux savoir où se trouve Elizabeth à l'heure actuelle.

Il se dressa d'un bond, comme s'il avait été électrocuté. Dans l'ombre dense, je ne pus voir rouler ses yeux effarés, ni distinguer la pâleur de son visage.

— Elle n'est pas morte, Charley.

Il essaya de parler, y renonça, puis se leva brusquement, gagna la fenêtre et la ferma d'un coup sec, après avoir tiré les rideaux en dentelle sales. Il se tourna vers moi et dit d'une voix craintive :

— Voulez-vous allumer ? L'interrupteur est là, derrière vous…

— Pour quoi faire ? demandai-je en souriant. On peut parler dans le noir.

Il gagna vivement la porte et appuya sur l'interrupteur. La pièce en désordre se matérialisa de nouveau, bien réelle, consistante. Hargraves se sentit plus à l'aise.

— Ça va, Charley. Les fantômes craignent la lumière, et Elizabeth n'entrera pas ici, à moins qu'elle ne se balade dans le voisinage. Car, voyez-vous, elle n'a rien d'un fantôme.

Il se rassit dans son fauteuil, tout à fait au bord cette fois, prêt à se lever d'un bond au cas où un spectre nous rendrait visite.

— Mais… mais vous l'avez tuée, n'est-ce pas, Walter ? s'écria-t-il. Vous l'avez tuée et vous avez brûlé son corps dans la cour. Nous avons vu les cendres, Mattie et moi. Vous l'avez tuée, n'est-ce pas, Walter ? Vous l'avez tuée ?

Son état de surexcitation, qui frisait la crise de nerfs, l'effraya lui-même. Il jeta un coup d'œil vers la porte, redoutant qu'on ne l'ait entendu d'en bas.

Je m'assurai que le battant était bien fermé avant de lui répondre :

— Elizabeth n'est pas morte, Charley. Je ne l'ai pas tuée. Vous non plus. Mattie non plus. Personne ne l'a tuée. Je suis sûr qu'elle est vivante. Je le sais. Elle est quelque part. Peut-être pas à Carleton. Peut-être pas à Los Angeles, ni à San Francisco, ni à San Diego, ni à Fresno. Mais elle se trouve quelque part dans ce pays, dans ce monde. Or, elle était très intime avec votre femme, vous le savez. Au cours du procès, Mattie a déclaré qu'Elizabeth lui avait fait des confidences. Elle lui avait même dit, paraît-il, que j'avais l'intention de la supprimer un jour ou l'autre. Vous devez vous en souvenir : cette déclaration a beaucoup contribué à me faire condamner.

Charley laissa tomber sa tête sur sa poitrine, dépité, et je devinai à quoi il pensait. Non pas à ses malheurs, ni à ceux d'Elizabeth, mais à sa femme.

— Si Mattie et Elizabeth étaient intimes à ce point, Elizabeth a dû lui parler du type qui l'attendait à Los Angeles. Elle lui a peut-être donné son adresse.

— Je ne crois pas, Walter. Mattie ne m'en a jamais parlé.

— Les femmes ne disent pas tout à leur mari. Elles se confient plus volontiers à d'autres femmes. Au besoin, elles inventent des choses à raconter à leurs amies, mais elles ne disent pas tout aux hommes.

— Je ne crois pas, Walter, répéta-t-il en soupirant.

— En ce cas, puisque nous ne pouvons pas ressusciter les morts pour les interroger, dites-moi si Mattie a laissé des choses que vous auriez gardées. Des lettres, des papiers, un mot susceptible de nous renseigner sur Elizabeth ?

Il réfléchit un instant :

— Ma foi, Mattie avait laissé tout un tas de bricoles… Je n'ai conservé que ceci.

Il se leva, gagna lentement le placard, l'ouvrit et en tira un carton.

— J'y ai empilé des vieilles lettres, des paperasses et des coupures de presse, que Mattie avait conservées. C'étaient de petits souvenirs auxquels elle attachait beaucoup d'importance.

Pendant qu'il fouillait dans la boîte, je me levai et m'approchai, penché sur son épaule.

— Avez-vous déjà trié ce qu'il y a là-dedans ?

— Oh ! bien sûr, répondit-il en étalant sur le plancher divers objets : un Nouveau Testament mangé par les vers, un gardénia desséché, quelques vieilles lettres d'amour datant de leurs fiançailles, une lime à ongles, deux numéros jaunis du *Chronicles* d'Uhrichsville en Ohio. J'ai parcouru tout ça une bonne dizaine de fois, poursuivit-il, mais je n'ai pas lu dans le détail toutes les lettres. Du simple courrier envoyé par sa famille. Ces lettres mises à part, je sais tout ce qu'il y a dans cette boîte.

— Bon, dans ce cas, montrez-les-moi. On peut en trouver une où il serait question d'Elizabeth. Peut-être que Mattie a parlé d'elle à sa famille. Elle leur a peut-être confié un détail que j'ignore.

Il fouilla au fond de la boîte, et en retira un paquet de lettres que je lui arrachai des mains.

— Un instant, Walter, dit-il. Prenez-en soin. Ne les déchirez pas. Je veux que tous ces souvenirs restent intacts.

— Je ne vais pas les déchirer. Je vais les lire, tout simplement. Si je les déchirais, je ne pourrais pas les lire, n'est-ce pas ?

J'allai m'asseoir sur le lit et commençai à ouvrir les lettres de mes mains tremblantes. Elles provenaient bien de sa famille :

« Chère cousine Mattie, Est-ce que le tremblement de terre de la nuit dernière a causé beaucoup de dégâts ? Nous sommes inquiets à ton sujet… » « Chère Tante

Mattie, Comme c'est drôle ! Ici il fait très froid, et là-bas vous mourez de chaleur... » Etc.

Charley vint s'installer à côté de moi pour m'aider. Nous épluchâmes chacun huit lettres sans y trouver la moindre allusion à Elizabeth ni à moi ; pourtant, elles avaient été écrites à l'époque où nous voisinions avec les Hargraves.

— J'aurais pourtant parié que Mattie aurait mentionné le nom d'Elizabeth ou le mien.

Je tendis la main pour prendre une des dernières lettres et crus être victime d'une hallucination. J'essayai de saisir l'enveloppe : mes doigts se raidirent, comme paralysés. Je relus l'adresse, pour être bien sûr de ne pas me tromper : « *Elizabeth Blodgett. Melvan Motel. Carleton, Californie.* » Et, dans le coin gauche, l'adresse de l'expéditeur : « *Hollyjoy Apartments. Hollywood, Californie.* »

Le nom de l'expéditeur ne figurait pas sur l'en-tête, mais je savais que c'était un homme. Je regardai la date du cachet : la lettre avait été expédiée deux jours avant que je découvre les prétendus restes du corps calciné d'Elizabeth Frazer sous un tas de détritus, dans la cour de notre motel.

Je parvins enfin à saisir l'enveloppe, et je la retournai vivement pour l'ouvrir. Elle avait été décachetée. Vide. Elle ne contenait même pas un bout de papier.

— La lettre a disparu ! m'écriai-je. Quelqu'un l'a fauchée !

Je fouillai frénétiquement parmi toutes les autres lettres de Mattie, puis levai les yeux vers Charley, qui s'était arrêté de lire et m'observait avec curiosité.

— La lettre ! répétai-je d'une voix rauque et surexcitée. Cette enveloppe est adressée à Elizabeth, mais elle est vide !

Je la lui tendis. Il la prit et l'examina soigneusement :

— Ah ! oui, je m'en souviens, dit-il enfin. Elle est arrivée deux jours après votre arrestation. Le facteur l'avait déposée à une mauvaise adresse.

— Mais où est la lettre ? Où est-elle ?

Charley feuilleta le paquet qu'il tenait sur les genoux :

— Je n'en sais rien. Mattie a dû l'ouvrir, quoique ça ne lui ressemble guère. Je me rappelle qu'elle m'en a parlé ; elle se demandait si elle devait la garder, l'envoyer au bureau des rebuts, ou bien vous la remettre. Vous étiez en prison et Elizabeth avait disparu… Je lui ai donc conseillé de la détruire, et je suppose qu'elle a suivi mon conseil.

Il se leva et retourna vers la boîte. Je le suivis. Nous passâmes toutes les lettres au peigne fin. À part l'enveloppe, il n'y avait rien qui concerne Elizabeth. Mattie avait certainement emporté la lettre avec elle en enfer.

Ma foi, tant pis. Je me fis une raison. Je possédais au moins l'adresse d'un type avec qui Elizabeth avait correspondu pendant notre vie commune, un type qu'Elizabeth était sans doute allée rejoindre. Bien sûr, la lettre datait de dix ans, mais il existait des registres d'hôtels, des dossiers et des gens qui avaient de la mémoire. Quelquefois.

Je fourrai l'enveloppe dans ma poche et remerciai Charley. Je lui offris même de l'aider à ranger les papiers dans le carton mais il refusa.

Je m'esquivai donc rapidement, sans discours d'adieu. J'avais trouvé ce que je cherchais.

En descendant l'escalier de la maison préfabriquée où des « gens très gentils » louaient à Charley sa chambre miteuse, je voyais encore en pensée le veuf, dans la position où je l'avais laissé, assis sur le plancher devant son carton, remettant doucement à leur place les souvenirs éparpillés, les caressant comme des êtres vivants. Il se moquait bien de moi et de mes passions. Il se moquait bien d'Elizabeth, morte ou vivante. C'était Mattie qui accaparait toutes ses pensées, qui posait les questions et y répondait pour lui. Et j'étais heureux à l'idée que cette vision de Charley soit ma dernière vision du couple Hargraves.

Je me lançai sur la grand-route à sept heures du soir. À ce moment-là, je n'emportais plus avec moi qu'une seule image : celle d'Elizabeth, d'Elizabeth Frazer Isaacs Blodgett, le corps du délit errant.

Trimarder est un métier fascinant. C'est sans doute pour ça que j'ai été chemineau la majeure partie de ma vie. C'est aussi un métier paisible. Mais certaines gens, vous par exemple, et tous ceux qui travaillent comme des taupes bien dociles, prétendent que c'est une existence de paresseux, un métier d'ignorant et de propre-à-rien.

J'ai rencontré des flopées de braves types sur les routes. Ils valent mieux, pour la plupart, que ceux qui habitent des maisons. Ils aiment la nature : les arbres, les montagnes, les torrents glacés, les routes lisses comme de la soie, les routes noires au clair de lune, les chemins rudes hérissés de cailloux, la poussière chaude des chemins vicinaux, l'odeur du trèfle et du foin, le parfum des fleurs de cerisier, de pêcher et de pommier. Ils se tiennent fascinés devant les orangers aux effluves plus doux que l'haleine d'une jeune mariée. Ils adorent s'asseoir à l'ombre d'un chêne pour écouter les bruits de la campagne. Ils aiment les ruisseaux bavards, les rivières tranquilles ou impétueuses. Pendant des heures entières, ils restent assis à regarder sauter les saumons dans les cours d'eau glacés et poissonneux du Nord.

Ils aiment leurs semblables. Ils aiment parler aux autres trimardeurs qu'ils rencontrent chemin faisant : ils échangent des commérages, un sandwich, une cigarette, un paquet de tabac Bull Durham, un quarter, un dime ou un penny pour acheter quelques chewing-gums à l'arrêt suivant.

Ils aiment se réunir dans les bois, dans le lit desséché d'une rivière, dans les mines, les maisons ou les carrières abandonnées. Ils ont la plus formidable agence de renseignements du monde. Ça surpasse le téléphone, la radio, le télégraphe, la poste aérienne. Ils se tuyautent entre collègues au sujet de l'endroit où se trouve la « jungle » la plus proche, où ils peuvent s'arrêter pour passer la nuit, où ils peuvent se retrouver à cinq ou six, dix ou vingt, quarante ou cinquante, construire des feux, partager leurs provisions, leur tabac, et parler de cet autre monde, de ce monde de rêve dans lequel on se bat pour des cartes déchirées et des frontières inexistantes.

Ne critiquez pas ces types-là. N'allez pas raconter que ce sont eux qui s'arrêtent dans des fermes isolées, violent les petites filles, assassinent les femmes, volent les objets précieux et tuent le bétail. Bien sûr, de temps à autre, une crapule de ce genre prend le trimard. Pour le chemineau, ce n'est qu'un étranger. Exactement comme le serait un ouvrier ou un col blanc qui rencontrerait un trimardeur dans une « jungle » obscure, ou encore un type de Washington qui coucherait dans les bois, avec un tas de vieux emprunts de guerre en guise d'oreiller.

Les chemineaux repèrent tout de suite l'étranger. Lui ne

fait que passer parmi eux. Il recherche surtout les villes où il peut voler, escroquer, assassiner et violer. Il se joint aux gars de la route lorsqu'il y est obligé, mais ils ne veulent pas de lui. Quand il est avec eux, ils changent leur pauvre magot de cachette, planquent leurs cigarettes industrielles dans une poche secrète de leur pantalon, enroulent leurs biens les plus précieux dans le pardessus dont ils se servent comme d'une paillasse.

Le vrai chemineau déteste les villes et les visages patibulaires qu'on y croise ; il déteste également les visages blêmes qu'il rencontre sur la route et les visages mauvais embusqués dans les ruelles. Il a pris le trimard pour se débarrasser d'eux, pour leur substituer les images neuves et fraîches de la campagne. Naturellement, il lui arrive parfois de voler quelques cents, de chiper le déjeuner d'un compère, ou de piller un poulailler ; mais il agit ainsi par besoin, non par avidité.

C'est vraiment une vie paisible par les temps qui courent, si on la compare au chaos de cet autre monde, celui que l'homme a créé. La vie des trimardeurs est paisible, et, si je n'avais pas porté en moi cette image toute neuve d'Elizabeth Frazer, cerclée du rouge intense de la vengeance, je serais probablement resté sur la route jusqu'à la fin de mes jours et j'aurais été beaucoup plus heureux.

De Carleton, j'avais un peu plus de trois cents kilomètres à parcourir pour atteindre Los Angeles. Un type m'emmena dans sa voiture mais me laissa tomber après quatre-vingts bornes. Alors je pris le trimard, et je n'eus pas à m'en plaindre. Je rencontrai un chemineau qui partagea avec moi deux sandwiches au fromage, un peu de café, et une barre de chewing-gum. Je lui donnai deux cigarettes industrielles. Un camion chargé de sacs de ciment nous transporta pendant un bout de chemin, puis nous nous installâmes pour la nuit. L'air s'était rafraîchi, et je n'avais pas de pardessus. Le copain fit deux feux sur de vieilles briques. Une fois les feux éteints, il m'enveloppa dans son manteau et m'invita à m'étendre sur les briques chaudes. J'obéis et dormis comme si j'avais été au Waldorf, enroulé dans des draps de satin. Je dormis d'un bon sommeil réparateur où j'oubliai tout.

Arrivés dans la banlieue de Los Angeles, près d'Alhambra, nous nous serrâmes la main, ce chemineau et moi, et il me glissa un quarter.

Non, prendre le trimard n'est pas le pire métier du monde. Sous bien des rapports, c'est le meilleur. En tout cas, ça vaut cent fois mieux que de porter sur son front le signe de la haine.

12

Lorsque je me rappelle tout le mal que je me suis donné pour retrouver Elizabeth, je m'en étonne encore. Aujourd'hui, en effet, je peux analyser mes sentiments, ce qui m'était impossible à cette époque, malgré tous mes efforts. Pendant tout le trajet de Carleton à Los Angeles, j'essayai de comprendre pourquoi, après dix années de paix, une simple coïncidence me jetait de nouveau dans ce carrousel de foire, dans cette stupide baraque de fête foraine, me lançait dans ces glissades sans fin, où des glaces déformantes troublaient jusqu'à mes pensées. Je sais maintenant ce qui me poussait. Ni la haine, ni l'esprit de vengeance, ni l'envie, ni la jalousie. Mais le désir, le désir pur et simple. Ce n'était pas l'amour, mais le désir charnel. Elizabeth exerçait toujours sur moi un formidable attrait physique, un attrait inavoué, dissimulé tout au fond de moi. J'étais incapable de déceler la vraie nature de ce sentiment, que je baptisais « haine ». J'avais Elizabeth Frazer dans la peau. C'était une menteuse, une voleuse, une criminelle, une putain de premier ordre. Elle avait dévié le cours de ma futile destinée, m'avait contraint à mener une vie contemplative, alors que je n'y étais guère préparé. Elle m'avait fait enfermer derrière des barreaux d'acier. Elle avait brisé ma carrière de paresseux. Par sa faute, j'avais perdu dix ans de ma vie… Pourtant, je me rappelais encore nos nuits, et ces rares minutes de la journée où sa beauté, son charme félin, son diabolique pouvoir d'attraction masquaient la perversité effroyable de son âme, sa noirceur et sa corruption. Une telle sujétion sera difficilement admise par des esprits conventionnels et pragmatiques, mais les femmes et les hommes pour qui la dimension charnelle compte davantage comprendront mon point de vue. Walker était un type influent, riche, intelligent : elle avait détruit son foyer. Elle avait assassiné Isaacs. Elle avait abandonné dans son sillage des êtres démolis, et je sentais qu'elle continuait à suivre son chemin si bien tracé. Il avait dû y avoir d'autres hommes après moi.

De toute façon, notre histoire avait commencé il y a bien longtemps, dans un jardin luxuriant, où poussait un arbre défendu…

Vrai, ce que les Hollyjoy Apartments pouvaient être miteux ! Peut-être avaient-ils eu meilleure apparence à l'époque où Elizabeth y avait habité (si tant est qu'elle y ait jamais habité) en compagnie de son petit ami, dix ans plus tôt, mais ils étaient rudement miteux quand j'arrivai.

L'immeuble se situait au centre d'un quartier de Hollywood qui, dans le temps, avait été assez chic ; mais les vagabonds et les parasites y avaient élu domicile et, maintenant, le coin était plutôt mal famé. Ça ne me faisait pas peur. Le sordide, ça me connaît. Et je sais m'y prendre avec les durs. La concierge des Hollyjoy Apartments était un beau spécimen du genre. Elle entrebâilla la porte de son appartement juste assez pour me permettre de voir qu'elle était enveloppée dans un kimono de flanelle crasseux et que des bigoudis de cuir parsemaient ses cheveux jaune grisonnant. Sur sa face ronde devenue austère, de petites rides creusées par la méfiance et l'avidité descendaient le long du nez et remontaient du bas du menton jusqu'aux coins de la bouche. Elles étaient plus marquées à la racine du nez et semblaient rapprocher ses yeux. Elle aurait pu figurer sur la couverture d'un mauvais roman à mystère.

Elle me regarda fixement, les lèvres serrées, les paupières mi-closes, et demanda avec l'accent traînant du Kansas :

— Qu'est-ce que vous voulez ?

Je poussai mon pied dans l'entrebâillement de la porte et ouvris tout grand le battant. Je fis ce geste mélodramatique par méchanceté pure et simple, mais il produisit son effet. La mégère recula si brusquement qu'elle faillit s'affaler dans un fauteuil de peluche rouge mangé aux mites. Mon attitude la déconcerta pendant quelques instants, puis elle comprit qu'elle avait en face d'elle un mec pas commode. Je vis tout de suite qu'elle avait l'habitude des crapules. Je refermai la porte en souriant.

— Comment allez-vous, Mrs. Maloney ? J'ai lu votre nom sur votre boîte aux lettres, en bas. Je voudrais vous dire quelques mots.

— Qui êtes-vous ? demanda-t-elle en reculant.

Son accent monotone sembla quelque peu prendre vie. Je souris de nouveau :

— Je ne suis pas percepteur. Je n'ai pas de camelote à vous vendre, et je ne cherche pas de planque. Mais c'était le seul moyen pour que vous m'écoutiez. Asseyez-vous.

Elle s'avança vers moi d'un air mauvais. Elle avait retrouvé son courage : après tout je ne mentais peut-être pas.

— Vous avez un sacré culot, fit-elle en m'examinant de ses yeux méchants. Avez-vous une cigarette pour moi ?

Elle formula sa demande d'un ton si sec que je sursautai.

— Non, répondis-je. J'allais justement vous en demander une.

Elle sourit pour la première fois, découvrant des dents jaunes toutes gâtées :

— Dites-moi ce qui vous amène, et si c'est pas mon argent ou mon homme que vous voulez, je vous refilerai une clope.

Elle avait dû trouver ma figure à son goût et m'évaluer en un clin d'œil, sans quoi son sourire sénile n'aurait pas été si confiant.

Je m'installai dans le fauteuil rouge qui faisait très salon de bordel :

— Vous étiez déjà concierge de l'immeuble il y a dix ans ?

— Pensez-vous, répliqua-t-elle en hochant la tête. Il y a à peu près deux ans que je suis arrivée de l'Arkansas. Et il y a six mois que je crèche dans cette turne.

— Je vois. Avez-vous des livres ici ? Je veux dire des registres ou des fiches que je puisse consulter ?

Elle me jeta un regard en coin :

— Vous êtes de la police ? demanda-t-elle.

— Non, Maloney. Je suis à la recherche d'une poupée qui a habité ici il y a dix ans. Je ne lui veux rien de spécial… en dehors de ce qu'un homme attend généralement d'une femme. (Je lui adressai un clin d'œil.) J'ai quitté le pays pendant un bout de temps, et j'aimerais bien renouer avec elle. Voilà tout.

Je compris, à son expression, qu'elle avait deviné d'où je sortais :

— Si c'est tout ce que vous voulez, pourquoi vous avez forcé ma porte ?

La question était insidieuse. Je ne m'étais pas trompé. Cette femme ne s'occupait pas uniquement de garder l'immeuble. J'ignorais la nature de ses autres activités, mais elles devaient être illégales.

— Filez-moi cette cibiche, Maloney, dis-je, et je vous raconterai ma triste histoire.

Elle se leva, s'en alla d'un pas traînant dans la petite salle à manger, et ouvrit un buffet d'où elle tira un paquet de Camel et une bouteille de whisky. Ça, c'était chouette, à condition que je sois de la fête. Je crevais de faim mais, faute de mieux, une lampée d'alcool serait la bienvenue.

Elle servit deux verres, et remit la bouteille dans le buffet :

— Ça va, dit-elle en revenant vers moi. De quoi s'agit-il ?

Je me levai, lui pris un verre des mains, le posai sur la table et allumai nos cigarettes.

— Je cherche une cocotte du nom d'Elizabeth Frazer. À moins qu'entre-temps elle ait pris un autre nom, peut-être Johnson, Blodgett ou Isaacs, ou un autre que je ne connais pas. Retenez le prénom, Elizabeth, et ajoutez le nom qu'il vous plaira.

Maloney éclata de rire tout en avalant son whisky. Le rire et la boisson se mêlèrent en un hoquet retentissant. Un peu de liquide coula de ses lèvres. Elle l'essuya du pan de son kimono :

— Vous êtes un fameux numéro, à ce que je vois !

Elle posa son verre sur le bord de la table et me décocha la question suivante avec la force et la précision d'un boxeur professionnel :

— On vous a foutu au trou pour quoi, mon petit ?

Ce coup-là, elle avait fait mouche. Je la regardai l'espace d'un instant, et je décidai qu'à une créature pareille il valait mieux dire la vérité. Je bus mon whisky plus proprement qu'elle, levai les yeux, et répondis :

— Pour meurtre. Je me suis fait embarquer à cause d'une cocotte.

— À cause de cette Elizabeth Frazer ? fit-elle en ricanant.

— Exact.

Elle quitta vivement son fauteuil, s'avança vers moi, prit mon verre, et retourna au buffet. Elle était maintenant tout énergie. Elle se déplaçait avec souplesse, presque avec grâce. Le motif pour lequel je recherchais Elizabeth lui plaisait. Elle me comprenait, sympathisait avec moi, me pardonnait. Un séjour en taule, elle savait ce que c'était !

Elle remplit nos verres une deuxième fois puis, tout en bavardant et en buvant, elle ôta ses bigoudis. Je regardai ses cheveux, et compris que tout espoir de les friser était inutile. Les mèches ressemblaient à des queues de cochon, tire-bouchonnées au milieu, et raides au bout. Elle avait dû les teindre de toutes les couleurs de l'arc-en-ciel dans sa jeunesse. À présent ils grisonnaient, toute sa personne grisonnait, et elle essayait de retrouver une douceur inconnue.

Non, elle ne possédait ni registres ni dossiers ; cependant, il y avait dans l'immeuble une locataire qui habitait là depuis dix ou douze ans. C'était une vieille pie, cancanière comme personne, mais si Elizabeth avait jamais vécu dans la maison, elle s'en souviendrait certainement.

— Suffit qu'elle soit simplement venue en visite, ajouta Maloney, parce que cette vieille bique connaît tous ceux qui entrent et qui sortent. Elle a un appartement côté façade et elle passe son temps à observer les locataires par la fenêtre. Ça finit par porter sur les nerfs. Je voudrais bien lui donner congé, mais je n'ai aucun motif. Elle ne casse rien et ne fait pas de tapage. Elle reste assise à regarder par la fenêtre, c'est tout.

Maloney prit le temps de se peigner et de passer une robe d'intérieur. Elle s'habilla devant moi, ou, plus exactement, elle resta sur le seuil du cabinet de toilette, et je pouvais la regarder si ça me chantait. Je levai les yeux une seule fois ; non par curiosité, mais parce qu'il était tout naturel de lever les yeux vers elle en lui parlant. Elle se pencha pour ramasser ses pantoufles, et je vis qu'elle avait reçu autrefois une balle dans le dos. Elle portait une cicatrice au niveau de la dernière vertèbre. Ç'avait dû être sacrément gênant.

Une fois habillée, elle ramassa son trousseau de clés, et nous gagnâmes la porte.

— Si elle n'est pas chez elle, dit Maloney, j'entrerai quand même pour voir si elle a préparé une litière pour son chat comme je lui ai demandé de le faire. Je lui laisserai un mot, et vous repasserez plus tard. Elle s'appelle Goldie Lewis.

Quand je sortis de l'appartement de Maloney, qui sentait terriblement le renfermé, l'air du vestibule me frappa au visage comme un cyclone. Ces deux verres de whisky m'avaient presque mis K.-O. Un de plus et, Maloney et moi, nous aurions dansé le tango ensemble. Je n'avais pas bu d'alcool depuis des années; l'effet produit sur mon estomac vide était désastreux.

Nous montâmes au deuxième étage et suivîmes le couloir jusqu'à l'appartement de Goldie Lewis. Si cette « vieille bique » était bien telle que Maloney l'avait décrite, et si elle avait habité dans l'immeuble dix ans auparavant, elle se souviendrait sûrement d'Elizabeth, en admettant que celle-ci y soit venue. Aucun des locataires de la maison n'aurait oublié Elizabeth, car, dès le premier coup d'œil, ils auraient compris qu'elle n'appartenait pas au monde des purotins, quand bien même elle aurait revêtu un tablier.

Quand j'entrai derrière Maloney dans l'appartement en pagaille de Goldie, quand je vis cette dernière trôner dans un fouillis de chaussettes trouées, de vaisselle sale, de lits défaits et de poils de chat, bavardant avec son amie « la Comtesse Evelyn », je crus voir la réincarnation de ma belle-mère. Je m'étais sauvé de la maison parce que ma marâtre était exactement du même type que cette créature. La Comtesse et Goldie étaient en train de déchirer à belles dents une de leurs voisines. Elles venaient de terminer les hors-d'œuvre, et s'attaquaient à la colonne vertébrale de leur victime en guise de plat de résistance.

Après la mort de ma mère, mon paternel avait passé près d'un an à errer dans la maison et à boire du gin. Puis, un beau jour, il s'était levé, avait enfilé son complet du dimanche en serge bleue et ses chaussures en daim (cadeau de son patron), s'était gominé les cheveux avec un peu de vaseline, avait avalé une tasse de café, et, sobre comme un chameau, il était sorti. Le soir même, il était de retour avec ma belle-mère qu'il avait tout juste épousée l'après-midi même. Il avait fait sa connaissance trois semaines auparavant, dans un café où elle tenait le vestiaire. Mon paternel était assez bel homme, et elle avait dû lui garder son chapeau gratis.

J'avais une sœur de deux ans plus jeune que moi, qui était morte de la diphtérie quelques années plus tard. Elle et moi, nous nous trouvions à la maison lorsque les nouveaux mariés étaient arrivés. Notre belle-mère était à peine entrée qu'elle nous avait souverainement déplu. Elle nous avait déplu avant même son entrée, car, par la fenêtre, nous l'avions vue descendre du vieux tacot de mon père. Quand elle avait mis pied à terre, on aurait dit qu'elle marchait dans de la boue, et le regard qu'elle avait lancé à notre bicoque délabrée aurait transformé de l'eau bouillante en cubes de glace en moins d'une seconde.

Ma mère, que j'avais perdue à l'âge de dix ans, était une femme épatante, une ancienne infirmière. Elle était douce, gentille et gracieuse, même quand personne n'était malade. Dans le cas inverse, elle était plus douce que jamais. Ceux que maman touchait semblaient aller mieux. Elle était la seule à aller plus mal. Elle aimait trop mon paternel, mais on ne peut guère le lui reprocher. Les dix ou douze années qu'il passa avec elle furent les plus belles de sa vie.

Maman avait reçu une assez bonne instruction et elle voulait qu'il en soit de même pour ma sœur et moi. Elle se disputait souvent avec son mari à ce sujet. Il prétendait qu'il était dangereux de laisser des gosses fréquenter une école administrée par des maîtres obtus, un comité directeur plein de préjugés, et des politiciens tarés. Il n'avait pas tout à fait tort, mais ce n'étaient que des idées en l'air, car il épousa en secondes noces une femme perfide, à l'esprit obtus et pleine de préjugés. Le sexe excuse tout, même le meurtre.

J'avais supporté ma marâtre pendant trois ans avant de me sauver. Elle avait été pauvre comme Job, jusqu'à mettre le grappin sur mon paternel et lui rendre la vie infernale. Elle avait tout chambardé dans la maison, l'avait remplie d'un horrible bric-à-brac, avec plein d'étagères, et de fauteuils où on ne pouvait pas s'asseoir ; bientôt le pauvre type s'était retrouvé criblé de dettes, au point qu'il n'arrivait plus à me payer une paire de chaussures convenables pour aller en classe.

Une fois la maison arrangée à son goût, elle s'était offert quelques vêtements qui auraient mieux convenu à un phoque savant ; puis elle avait invité toutes les chipies du voisinage. Elle recevait pour le thé, des cocktails, et parfois des réunions où on faisait des travaux de dame, mais qui se terminaient presque toujours par une soûlographie générale. La réputation des femmes qu'elle ne recevait pas était démolie par ces harpies en moins de deux.

Un de mes copains avait une mère épatante, une Polonaise. Le jour où ma marâtre avait traîné cette femme dans la boue, j'avais quitté l'école et pris le trimard pour fuir ce que de pompeux érudits se targuent d'appeler la « culture américaine ».

Les gens se ressemblent à travers le monde. La saloperie

humaine ne connaît pas de frontières. L'étroitesse d'esprit n'a rien à voir avec la nationalité.

Goldie Lewis était cent fois pire que Maloney. Elle avait l'air respectable et tâchait de donner le change ; néanmoins, chaque fois que ses yeux reflétaient des passions contradictoires, le masque se soulevait. Avec Maloney on savait à qui on avait affaire. Elle devait protéger une demi-douzaine de forçats, et elle-même n'était pas pure de tout péché, mais elle ne trichait pas. Goldie, en revanche, changeait au souffle du vent. S'il soufflait la vengeance ou la haine, Goldie se mettait au diapason.

Elle eut l'air très contrariée en nous voyant entrer, puis elle m'examina de plus près. Je lui adressai mon plus beau sourire de jeune premier, et elle s'adoucit. La mère Maloney me présenta et exposa à Goldie ma requête.

La « vieille bique » posa son index sur la tache écarlate qui lui servait de bouche et fit fonctionner ses cellules grises :

— Voyons, laissez-moi réfléchir. Dix ans, ça fait une paie, n'est-ce pas ? Mais je me la rappelle très bien. Elle s'appelait Elizabeth.

Elle se pencha vers son amie, la Comtesse Evelyn, la fausse comtesse qui était en réalité une figurante de cinéma :

— Tu t'en souviens, Ev, de cette pépée qui a logé ici avec le gros type que t'avais essayé de soulever ?

Evelyn s'efforça de rougir, mais sans succès, et répondit en fronçant les sourcils :

— Dis donc, espèce de garce, il m'intéressait pas du tout, ce micheton-là. C'était lui qui me faisait du rentre-dedans. Il voulait me conduire en voiture à mon boulot, et tout ce qui s'ensuit. Oui, je m'en souviens, de la fille. Elle avait les cheveux décolorés. Quand elle s'est amenée ici, elle n'avait que les frusques qu'elle portait sur le dos.

Mon cœur se mit à battre à coups redoublés :

— C'était bien Elizabeth, dis-je d'une voix que je m'efforçai de contrôler. Combien de temps est-elle restée ici ? Vous en souvenez-vous, Goldie ?

— Il me plaît, fit la vieille en souriant à Evelyn. J'aime la façon dont il a prononcé mon nom. C'était vraiment très intime.

— Du calme, Lewis, intervint Maloney d'un ton méprisant. C'est pas vous qu'il cherche ce jeune homme… Vous êtes là, pas besoin de vous chercher. Il veut retrouver une môme qui s'appelle Elizabeth.

Goldie prit la mouche :

— Ça va, ça va, faut bien que j'essaie de me rappeler, non ?

Elle se tourna vers moi, et poursuivit d'un ton moins hardi :

— Je ne l'aimais pas du tout. Elle prenait de grands airs. Je la voyais souvent aller et venir. J'étais malade à l'époque ; je devais garder la chambre. Il lui avait acheté des tas de vêtements. Des trucs chers. Des manteaux de fourrure entre autres, et pourtant cet automne-là, il faisait une chaleur d'enfer. Le type n'était pas mal. Je me demande pourquoi il habitait ici. C'était moins moche qu'aujourd'hui, mais c'était quand même pas le grand luxe. Ah çà ! je ne pouvais pas la blairer, et pourtant je ne la connaissais même pas ! C'est marrant, hein ? Elle ne parlait à personne, cette pimbêche. Ils sont restés ici trois mois, à peu près, après ça ils ont mis les voiles.

Goldie inspira profondément et voulut poursuivre, mais j'en avais soupé de ses histoires :

— C'est bon. Je crois que c'est bien la poule que je cherche. Et le type, comment s'appelait-il ? L'avez-vous connu ?

Goldie éclata de rire, découvrant ses plombages :

— Comment diable voulez-vous que je me souvienne après tout ce temps ? Jamais je n'aurais pu dire le prénom de cette môme, si vous ne me l'aviez pas rappelé. Et puis, je ne suis pas un jukebox qu'on peut faire marcher à la demande. Le disque est cassé.

Elle reprit l'ouvrage qu'elle avait laissé tomber derrière son fauteuil à notre arrivée. La Comtesse se leva et gagna la chambre à coucher. J'eus nettement l'impression que la séance était levée.

Maloney foudroya Goldie du regard :

— Écoutez, pauvre andouille, fit-elle, ce type est un copain à moi. Alors ne commencez pas à la ramener. Jusqu'à nouvel ordre, on peut encore se renseigner gratuitement dans ce pays. Dites-lui ce qu'il veut savoir et ne faites pas la maligne, sans ça je vous foutrai à la porte, un de ces jours.

— Non, mais écoutez-moi ça ! fit l'autre en éclatant de rire. À qui vous vous adresserez pour me foutre à la porte ? Au président ? Vous ne pouvez pas me virer, à moins que je fasse du tapage. Ça n'est plus les gens de votre bord qui gouvernent le pays, Maloney. Inutile de vous monter le bourrichon. Le peuple a des droits maintenant.

Maloney renifla, méprisante :

— Vous n'êtes qu'une bourrique, Lewis. On n'a pas idée d'être bête à ce point !

Les deux femmes étaient sur le point de se crêper le chignon ou même de se lancer dans un débat politique. Ça promettait d'être désopilant, mais je jugeai préférable d'intervenir. Je me levai pour prendre congé. Je fis signe à Maloney de la boucler :

— Je ne veux pas vous embêter plus longtemps, Goldie, merci beaucoup. À présent, je sais qu'Elizabeth a habité ici. En tout cas, votre description me paraît assez exacte. Merci mille fois.

Goldie faisait la moue, ruminant encore les insultes de Maloney :

— Je ne vois pas pourquoi vous tenez tellement à retrouver cette Elizabeth, fit-elle, mais vous pourriez essayer Laguna Beach : c'est là qu'ils sont allés en partant d'ici. Je tiens le tuyau de l'employé du garage.

Elle me confia cela à contrecœur, mais elle voulait montrer à Maloney qu'elle savait tout.

La concierge m'adressa un clin d'œil. Moi, je souriais d'une oreille à l'autre. Laguna Beach. Il y avait dix ans de ça. Elizabeth Frazer avait quitté les Hollyjoy Apartments pour aller à Laguna Beach… Mon sourire s'effaça brusquement. Et après ? Comment retrouver sa trace, puisque j'ignorais son nouveau nom d'emprunt et le nom de son compagnon ? Laguna Beach n'était peut-être pas très étendu, mais tout de même…

Maloney essaya de me venir en aide :

— Elle n'aurait pas gardé le nom de Johnson ? Celui qu'elle portait quand elle vous a plaqué ?

— Non, répondis-je amèrement en hochant la tête, car, voyez-vous, elle est morte depuis dix ans.

J'entendis une porte claquer, et je vis la Comtesse rentrer dans la pièce, les yeux saillants. Goldie avait laissé tomber son ouvrage et me regardait fixement comme si j'avais accompli un miracle sous ses yeux. Cette atmosphère tendue me plut. C'était du billard. J'avais un public composé de trois bonnes femmes sur le retour à qui on ne donnait jamais rien gratis. Ma foi, j'allais leur offrir un beau drame à l'œil. La justice avait bel et bien enterré Elizabeth, mais moi, je continuais à la croire vivante. Je leur ferais partager ma conviction.

Dès qu'elles eurent repris leur souffle, je leur racontai toute l'affaire depuis le début, depuis Middletown. Plus tard dans la soirée, tout en buvant un verre, elles allaient avoir un fameux sujet de conversation. D'ici quelques années, leurs petits-enfants scrofuleux se régaleraient en écoutant l'histoire de l'homme-qui-n'avait-qu'une-main.

Quand j'eus terminé, Goldie poussa un léger sifflement :

— Merde alors, s'exclama-t-elle, en voilà une garce !

La Comtesse Evelyn alluma sa huitième cigarette. Dès le début de mon récit, elle était venue prendre place. Aucune d'elles, j'en suis sûr, n'avait de sa vie gardé le silence aussi longtemps.

Maloney, complètement fascinée, avait oublié que les flics recherchaient son homme. Elle s'approcha de moi, et examina ma main artificielle :

— Sacré bordel ! s'exclama-t-elle, on dirait qu'elle est vraie. C'est du beau boulot.

La Comtesse redressa la tête et déclara :

— Goldie, il faut le tirer de là. Si tu essayais, pour une fois, de faire fonctionner tes méninges rouillées, tu te souviendrais peut-être de son nom, au miché d'Elizabeth ?

— Je ne vois pas, Evelyn, non, je ne vois pas, commença Goldie. Attends un peu ! ajouta-t-elle en claquant des doigts. Descends et appelle Norma. Elle a passé une soirée avec cette nana et son type. Je crois même qu'elle a joué au poker avec eux et Russ. Peut-être qu'elle se rappellera.

La Comtesse s'éclipsa. Pendant son absence, Maloney, Goldie et moi, nous célébrâmes cet heureux espoir en avalant un doigt de whisky. Evelyn mit un certain temps à trouver Norma et à lui rafraîchir les idées ; quand elle revint, nous étions passablement noirs.

— Ça y est ! hurla-t-elle en entrant, le visage agité de tics nerveux. Norma croit que la nana s'appelait Elizabeth Denton. Et puis, Goldie, tu ne t'es pas trompée : elle et son type sont bien allés s'installer à Laguna Beach. Trois ans plus tard, un jour que Norma et Russ étaient à Laguna, ils ont rencontré le couple dans un bar. Ils habitaient dans les hauteurs, en amont de la route qui longe la plage, et d'après Norma ils doivent y être encore parce qu'ils s'étaient mariés et qu'ils avaient acheté je ne sais quel fonds de commerce.

Je lançai mon chapeau en l'air :

— Comtesse Evelyn, déclarai-je, si je n'étais pas soûl comme un cochon et si je n'avais pas une autre bonne femme en tête, on se mettrait en ménage, vous et moi, et tout de suite.

Toutes les trois éclatèrent de rire, nous bûmes encore

un coup, je pris congé en remerciant plus particulièrement Maloney, et je partis pour Laguna.

Quand je les quittai, leurs querelles féminines étaient provisoirement noyées dans le whisky. La matinée avait été fort intéressante pour moi aussi. Je possédais maintenant la preuve presque certaine qu'Elizabeth Frazer Denton vivait encore, et qu'elle était dans les parages !

13

Je filai en stop jusqu'à Long Beach et entrai au Star Café sur Peach Street, où travaillait un de mes vieux copains. Je l'avais rencontré à San Francisco ; il m'avait dit que sa mère tenait l'établissement et que, si jamais je me trouvais un jour à Long Beach… Je me fis un devoir de m'y trouver, de suivre par hasard le trottoir de Peach Street, de tomber en arrêt devant le Star Café. Je n'avais pas le choix. J'avais trop faim.

Tout s'efface de votre esprit quand vous êtes affamé. Si vous aviez le mal du pays, vous ne l'avez plus. Si vous étiez fatigué, vous oubliez votre fatigue. L'ambition de votre vie est refoulée à l'arrière-plan ; vous êtes même prêt à y renoncer pour un hamburger. Le moindre caboulot vous fait l'effet d'être la salle à manger du Ritz. Le hot-dog le moins cher du marché, la plus infecte salade de pommes de terre ont le goût de faisan rôti. Pour gouverner le monde il suffit d'affamer une foule pendant un certain temps et de lui donner à manger au moment opportun. Mieux vaut mettre sa liberté à l'abri dans son potager.

Mon copain du café fut très sympa avec moi. Il me

prépara un bon déjeuner, et sa vieille glissa un quarter dans une petite enveloppe qu'elle tira de son sac. Je trouvai l'enveloppe dans l'emballage d'un des sandwiches. C'est tout ce que j'avais comme argent en arrivant à Laguna Beach. Un type accepta de m'y emmener, il me déposa à l'autre bout de la ville, et je dus marcher plus d'un kilomètre en sens inverse. C'était agréable de longer la grand-route en regardant les vagues bleues du Pacifique, mais ce n'était pas ce qui allait me permettre de retrouver Elizabeth Frazer. Avant tout, il me fallait du boulot, et c'était plus dur à trouver qu'à l'époque où on m'avait mis à l'ombre. Du moins à Laguna Beach. La saison touristique n'était pas brillante.

À la fin de ma tournée, j'avais le choix entre deux places : plongeur au Ferguson's Waterfront Café, ou laveur de voitures chez Jim's Combination Gas Station-Garage. Jim, le patron, me dit qu'il n'avait pas besoin de mécanicien car il se chargeait lui-même des réparations. Néanmoins, si je consentais à accepter provisoirement l'humble emploi de laveur de voitures, il me confierait quelques réparations quand il serait débordé.

Jim avait dans les vingt-cinq ans. Il devait subvenir aux besoins de sa femme, de deux gosses et de sa belle-mère, et il n'entendait pas grand-chose à la mécanique. Il le savait mais n'osait pas me mettre à l'épreuve. Il avait reluqué ma main artificielle et s'était sans doute dit qu'étant lui-même peu adroit de ses deux mains, je n'avais pas la moindre chance de faire mieux avec une seule.

Pourtant, il avait l'air d'un bon type; aussi, avant d'accepter son offre, je l'informai que, en sa qualité d'employeur, il devrait signer tous les mois un rapport destiné au service des libérés sur parole.

Il me regarda bien en face pendant un bon moment.

— À vous voir on ne croirait pas que vous sortez de taule, fit-il.

— Je vous remercie, mais ça n'est pas une réponse.

Il haussa les épaules en grommelant :

— Je m'en fous ; il faut bien que quelqu'un vous emploie.

Je lavai des voitures pendant deux jours, puis je fus promu mécanicien adjoint : Jim ayant vasouillé dans une histoire de soupapes sur une Cadillac, je me chargeai de la besogne.

Un jour, on amena au garage un gros coupé Oldsmobile, pour faire vérifier les bougies d'allumage et la batterie. Un type l'avait laissé devant la porte, le matin de bonne heure, avant l'ouverture. (Jim m'avait dégotté une chambre dans un petit garni voisin, et c'est moi qui ouvrais tous les jours.)

Je trouvai l'Oldsmobile en arrivant. Un billet posé sur le capot m'apprit que les clés étaient sous le siège avant. Je fis entrer la voiture dans le garage et décidai d'attendre Jim avant de m'en occuper.

J'examinai tout de même la voiture soigneusement. Elle était couverte de boue et de sable ; à l'intérieur il y avait une couche de poussière suffisante pour y faire pousser des légumes. Je pensai que si le type était un client régulier, il ne verrait pas d'inconvénient à ce qu'on nettoie son tacot, et je me mis au travail. À son arrivée, Jim commença par se moquer de moi, mais il me confirma ensuite que le type serait probablement satisfait.

Quand j'eus terminé mon travail sur la voiture, je passai à deux ou trois petites réparations sur une Ford et j'oubliai l'Oldsmobile jusqu'au milieu de l'après-midi. À ce moment-là, je reçus un coup de téléphone d'une certaine Mrs. Hanley : elle voulait savoir si son coupé était prêt. Je répondis que oui, et elle m'annonça qu'elle venait le chercher tout de suite.

Je raccrochai et fis part de la chose à Jim, qui éclata de rire :

— Cette espèce de cinglée fait toujours le même coup. Elle veut garder la voiture ce soir ; alors elle s'amène au garage avant son mari et prend la bagnole ; lui ne la revoit qu'après le dîner. Ah ! elle est astucieuse.

— Bon sang, les femmes, elles sont toujours astucieuses, répliquai-je. Et nous n'y pouvons rien... Je vais sortir la bagnole.

Mais Jim n'avait pas épuisé le sujet :

— Si, on y peut quelque chose. Il n'y a qu'à les dresser comme j'ai dressé la mienne : je lui dis ce qu'elle doit faire, où elle doit aller, et pas de rouspétance. Elle ne me fait pas marcher.

— Où elles doivent aller, marmottai-je entre mes dents, on peut toujours le leur dire ; mais faut voir encore si ça leur convient. Pour peu qu'elles aient décidé d'aller ailleurs, tu peux être sûr qu'elles y arriveront. Et, des fois, c'est pas marrant.

Jim émergea de sous la voiture qu'il était en train de graisser :

— Je savais bien que c'était une bonne femme qui t'avait fichu dans le pétrin, fit-il en ricanant.

Je me trouvais déjà dans la voiture de Mrs Hanley, et j'avais mis le moteur en marche, si bien qu'il n'entendit pas ma réponse :

— Quand j'aurai retrouvé cette souris, elle n'embêtera plus personne. Pour un bon bout de temps.

Je sortis l'Oldsmobile et la garai devant la pompe à essence. Au moment de descendre, je regardai machinalement la carte grise fixée au volant. Elle portait le nom d'Elizabeth Denton Hanley ! Elizabeth Denton ! Celle que je cherchais. Elizabeth Frazer Denton, le chat aux neuf vies.

La coïncidence est une chose extravagante. Il y a des gens qui n'y font guère attention. Ils se contentent de dire : « C'est une coïncidence. » Après quoi, ils vont s'occuper de leurs affaires et de celles des autres. Pour moi, une coïncidence n'est pas un effet du hasard : elle est explicable. C'est pour une raison précise que j'avais choisi de me présenter dans ce garage et non dans un autre. C'est pour une raison précise que Jim m'avait engagé, m'avait témoigné de la sympathie et trouvé une chambre. C'est pour une raison précise que je sortis cette Oldsmobile du garage. Des gens pieux diraient que cette raison est d'essence divine, d'autres affirmeraient qu'elle est diabolique. Moi, je dis que c'est une raison, car cette entité supérieure que d'aucuns nomment « Dieu », lorsqu'ils font appel à Lui, s'ils font appel à Lui, c'est généralement elle qui nous guide. J'ai été guidé vers ce garage pour une raison précise.

Lorsqu'elle entra dans le garage pour prendre sa voiture, je l'attendais. Je tenais les clés à la main, et quand elle vint à moi, le sourire aux lèvres, je compris pourquoi j'étais là.

C'était un présage, un signe qui m'invitait à renoncer à mes recherches. Un avertissement, non pas de Dieu, mais du diable. Du diable qui se donnait un mal de chien pour me fournir des indices, des coïncidences, des prétextes à déplacements, et qui, ensuite, se payait ma tête : « Voyons, pauvre andouille, cesse de chercher cette femme qui n'appartient qu'à moi. Trouve-toi une autre petite amie. Frazer appartient au diable. »

En effet, la grosse mère de famille aux cheveux décolorés qui vint me réclamer ses clés n'aurait pu être mon Elizabeth – sa poitrine volumineuse et ses formes indésirables étaient surmontées d'un visage qui aurait mieux figuré dans une publicité pour laxatifs – même dans un cauchemar, même défigurée et décomposée par le rêve. De plus, la voix d'Elizabeth Denton Hanley ressemblait à un grondement de tonnerre assourdi, un grondement agréable, aux inflexions chaudes qu'on aurait cherchées en vain dans le soprano éraillé d'Elizabeth Frazer, dût-elle vivre cent ans. Elle n'était chaude qu'au lit.

J'avais échoué une fois de plus, mais je savais qu'au bout du compte ça n'avait guère d'importance. Ça ne m'empêcherait pas de continuer mes recherches. Un échec ne pouvait pas entamer ma résolution. L'insuccès et moi, nous étions de vieux amis, et on n'a pas peur d'un copain. On ne se gêne pas devant un copain. On n'écoute pas ses conseils. Après un instant d'amertume, je décidai de ne plus y penser.

Ma déception fit place à une vive curiosité. J'eus envie de savoir si cette Elizabeth Denton Hanley était bien celle dont Goldie Lewis m'avait parlé. Au moment où elle s'apprêtait à partir, après m'avoir remercié, je lui criai d'attendre un instant. Elle venait d'ouvrir la portière, et elle se retourna vivement pour me regarder d'un œil étonné.

Je courus vers elle :

— Excusez-moi, madame, dis-je, mais je viens de me rappeler brusquement où je vous avais déjà vue.

Elle me regarda avec attention, et ses yeux s'étrécirent, mais je n'y discernai aucune émotion suspecte. Tout comme moi, elle n'éprouvait qu'une simple curiosité. Comme elle se taisait, je dus développer mon entrée en matière :

— C'est aux Hollyjoy Apartments. À Hollywood.

Elle rougit. Comme cela arrive à beaucoup de gens gras, sa rougeur prit naissance au sternum et monta jusqu'au front.

Je compris que j'avais fait mouche, mais elle ne paraissait pas décidée à le reconnaître.

— Il y a environ dix ans, insistai-je. J'ai fait votre connaissance par Norma et Russ… Je ne me rappelle plus leur nom de famille.

La rougeur quitta sa peau pour la laisser blême :

— Je n'ai jamais entendu parler de ces gens-là, fit-elle en hochant la tête.

— Pourtant je suis certain de vous avoir rencontrée aux Hollyjoy Apartments, où j'habitais à cette époque.

Elle se détourna brusquement, et monta dans la voiture.

— Je suis incapable de me rappeler les événements d'il y a dix ans, fit-elle en mettant le moteur en marche.

Je devinai qu'elle ne voulait pas se souvenir pour des raisons très évidentes, qui m'avaient été révélées par Goldie. À cette époque, Elizabeth Denton et Hanley, son mari actuel, vivaient en concubinage, et tous deux devaient avoir des obligations ailleurs.

Craignant de faire perdre une cliente à Jim, je voulus m'excuser :

— Pardonnez-moi, madame ; j'étais de bonne foi. L'erreur est humaine.

Elle me regarda l'espace d'un moment, puis elle eut un léger sourire et dit en embrayant :

— Oui, l'erreur est humaine. Et il y en a certaines qu'il vaut mieux oublier.

Après son départ, je me plongeai dans mes réflexions. Je regrettais d'avoir rouvert une blessure au cœur de cette femme. Elle devait être heureuse maintenant, et, comme elle l'avait dit, il valait mieux oublier certaines erreurs. J'aurais pu apprendre de Mrs. Hanley une excellente leçon.

Cette nuit-là, j'allai me promener sur la plage. Je trouvai un rocher solitaire qui surplombait l'océan. Je m'y installai et rêvai que j'étais assis au sommet du monde, que j'étais maître non seulement de l'univers, mais encore de moi-même. Cela ne dura pas longtemps.

Tout bien considéré, je ne savais vraiment pas quoi foutre. Je ne savais où aller, je n'avais aucune raison d'aller à tel ou tel endroit. J'étais désemparé. J'étais incapable de penser droit comme je l'avais fait pendant mes dernières années de taule.

Le calme est une chose merveilleuse. Un paysage désert est une espèce de paradis. Dans un coin sans journaux, où ne parviennent ni les hurlements des gens ni le grondement sinistre des voitures, on peut goûter à une certaine paix. On arrive à penser clairement. Les pèlerins ont dû s'en apercevoir les premiers. Mais j'avais beau me trouver sur un rocher au bord de l'océan, j'étais loin d'être un pèlerin. À quelques mètres de là, des gens, installés en cercle sur le sable, autour d'un feu, braillaient stupidement. Le fumet de saucisses grillées parvenait jusqu'à moi. Les odeurs et les sons se mêlaient aux relents de graisse et d'huile et au vrombissement des voitures sur la corniche au-dessus de la grève. Au large, les lumières d'un bateau semblaient m'adresser des signaux que je ne comprenais pas. Je n'ai jamais su déchiffrer le sens symbolique des choses. Je frappai le rocher du plat de ma main avec tant de force que pendant deux ou trois minutes ma paume fut brûlante.

— Nom de Dieu ! dis-je à haute voix. Je sais qu'Elizabeth est vivante. Elle est forcément vivante ! Mais où est-elle donc ? Où vais-je la chercher maintenant ?

J'étais dans une impasse. Je ne voyais qu'un seul homme qui puisse me mettre sur une piste : si j'arrivais à joindre William Walker, le mec qui m'avait dépanné dans le Minnesota, peut-être serait-il disposé à me rendre un nouveau service. Si je lui confirmais qu'Elizabeth avait séjourné à Los Angeles il y a dix ans, peut-être parviendrait-il à retrouver dans sa mémoire le nom d'un ami d'Elizabeth dont elle lui aurait parlé. Si Walker était encore vivant, et s'il n'avait pas changé de lieu de résidence, je n'aurais aucun mal à le contacter. Sa firme d'appareillage électrique était toujours basée à Minneapolis : j'avais remarqué les encarts publicitaires dans les magazines.

C'était ma dernière chance : certes, elle était bien faible, mais j'avais quand même une raison d'espérer.

Cette nuit-là, j'écrivis une lettre à Walker, puis la postai.

Quinze jours plus tard, je recevais une réponse de sa secrétaire : Walker était à Los Angeles pour affaires. Il logeait au Biltmore, où il devait séjourner deux semaines.

Je fus bouleversé par cette nouvelle. « Voilà, me dis-je, encore un signe manifeste de la présence d'Elizabeth… » Tout semblait me ramener à Los Angeles ou dans ses environs. Le terrain était brûlant. Walker lui-même s'y trouvait pour affaires !

Je demandai à Jim un jour de congé, pris le bus pour Los Angeles, me rendis au Biltmore, et contactai Walker. Il m'invita à dîner le soir même.

Il se montra extrêmement cordial, comme le jour de notre première rencontre à Middletown. Il m'affirma que j'avais bien meilleure mine qu'à cette époque et me félicita d'avoir été libéré sur parole. Quand je l'eus informé de mes recherches, il m'assura qu'il ferait l'impossible pour m'aider à retrouver Elizabeth. L'espace d'un instant, il me parut un peu trop empressé, j'ignore pourquoi.

— Vous me dites que vous ferez l'impossible : qu'entendez-vous par là ? demandai-je.

Nous étions en train de boire des cocktails au bar du Biltmore, et il y avait entre nous une ambiance assez intime. Je sentais que je pouvais faire preuve de franchise avec lui et qu'il me paierait de la sienne en retour. Du moins, je voulais m'en persuader. Walker était millionnaire, et moi un pauvre mécano amputé d'une main. Il savait des tas de choses que j'ignorais, et je savais des tas de choses qu'il ne connaîtrait jamais. La conversation ne pouvait pas chômer dans ces conditions.

— Eh bien ! Voilà, Walter, commença-t-il en souriant.

Vous croyez qu'Elizabeth n'est pas morte. Vous avez de sérieuses raisons de le croire. Vous possédez une preuve personnelle. Moi, je ne sais rien sauf ce que j'ai lu dans les journaux, et ce que vous m'avez dit : et les deux versions sont contradictoires. Je pourrais vous donner de l'argent et vous ouvrir de nombreuses portes. Je pourrais vous procurer le concours de la police, voire du FBI, et peut-être réussiriez-vous à la retrouver si elle était dans le pays. Mais je me rends très bien compte que ce n'est pas ce genre d'aide que vous voulez.

Il s'interrompit pour boire une gorgée de son cocktail, puis, sans me laisser le temps de répondre, il me fit face et fixa sur moi un regard qui me parut empreint de droiture, de bonté et de franchise :

— J'estime que vous avez besoin de trouver un emploi, Walter, reprit-il. Un emploi qui vous plaise, et qui vous permette, éventuellement, d'accéder à un poste plus élevé. Votre esprit et votre corps devraient être constamment occupés pour vous empêcher de nourrir cette obsession. Car c'est devenu une obsession, sans que vous vous en rendiez compte. Avant peu, elle dégénérera en une véritable psychose. Alors vous ne serez plus bon à rien. Vous ne pourrez même plus trouver votre propre voie.

Je baissai les yeux et serrai mon poing contre mon genou de toutes mes forces. Je mourais d'envie d'abattre mon poing sur la table et plus encore sur le visage de Walker. Mais je ne pus m'y résoudre. Je savais qu'il avait raison, quelles que soient ses arrière-pensées. Je savais aussi que tout ce qu'il pourrait me dire ne servirait à rien, que je poursuivrais mes recherches jusqu'au jour où le désir s'éteindrait en moi, à moins qu'on ne m'ait fourré entre-temps dans un asile d'aliénés.

Walker, voyant mon attitude changer, fit signe au barman. Pendant qu'il réglait l'addition, je restai immobile, comme un ivrogne hébété par l'alcool. Une fois debout, je me sentis mieux. Brusquement le malaise causé par mon désarroi se dissipa et j'eus très faim. En passant dans la salle à manger, je remerciai Walker de sa bonté. Il ne me parla plus d'Elizabeth jusqu'à la fin du repas ; puis il me fit cette proposition surprenante :

— Vous pourriez vous rendre à la succursale que j'ai ici, dans Alameda Street, et consulter les fiches du personnel. Voyez-vous, Elizabeth a déjà travaillé dans mes bureaux ; en supposant qu'elle ait absolument besoin de gagner sa vie et qu'elle vive encore dans la région, elle pourrait postuler à un emploi dans la maison. J'avoue que c'est une hypothèse bien hasardeuse, mais il n'y a rien à perdre à vérifier. Je veux dire, *vous* n'avez rien à perdre, précisa-t-il en souriant.

Je compris ce qu'il voulait dire, et souris à mon tour.

— Je vais donner l'ordre de mettre les archives du personnel à votre entière disposition, poursuivit-il. Vous pourriez aussi interroger ceux de mes employés qui sont là depuis dix ans. Ils sont sûrement nombreux, car en général ils me sont très fidèles. Le service de sténographie a un effectif réduit ; je suis certain que vous y trouverez quelqu'un qui se souvient d'Elizabeth Frazer…

— Si jamais elle a travaillé chez vous, dis-je en achevant sa phrase dans un éclat de rire.

J'avais une excellente raison de rire : je tenais une nouvelle piste, le but de ma vie se précisait.

Le lendemain matin, je téléphonai à Jim pour l'avertir que je prenais un jour de congé supplémentaire ; puis je passai huit heures dans les bureaux de Walker. La boîte était en effervescence pour obliger l'ami du patron. Tout le monde fut très coopératif et essaya de m'aider, mais je ne trouvai personne qui ait connu Elizabeth Frazer. Je commençais à croire que j'étais de nouveau dans une impasse, lorsqu'on me présenta enfin un comptable, un certain Mr. Pritchard, qui m'apprit qu'une femme nommée Elizabeth Neindorf avait travaillé dans les bureaux dix ans auparavant. Elle était partie brusquement pour Chicago, ce qui avait étonné tout le monde, car elle semblait se plaire beaucoup dans la maison. C'était une bonne employée. Elle n'avait averti personne de son départ, même pas le patron.

J'examinai sa fiche. Elle était partie pour Chicago vers l'époque où Elizabeth arrivait à Los Angeles, après l'affaire de Carleton. Je commençai à m'exciter, mais mon enthousiasme dura peu : Pritchard m'apprit qu'Elizabeth Neindorf vivait avec sa mère.

— Vous la connaissiez bien ? demandai-je.

— Assez bien, Mr. Johnson. C'était une fille tranquille, timide, très agréable. Elle me plaisait beaucoup.

— Votre Elizabeth ne saurait être ma femme, Mr. Pritchard, dis-je en hochant la tête. J'en suis navré, mais c'est impossible. En premier lieu, mon Elizabeth à moi n'avait pas de mère. En second lieu, le mot « timide » ne lui convient guère. C'était une belle blonde douée d'un culot monstre. Même si vous ne l'aviez vue qu'une seule fois, vous n'auriez jamais oublié cette première rencontre.

Les yeux de Pritchard, d'un bleu délavé, prirent une expression rêveuse et curieusement ardente :

— Je n'ai jamais oublié ma première rencontre avec Elizabeth Neindorf, déclara-t-il.

Alors je compris pourquoi il se souvenait si bien d'Elizabeth Neindorf :

— Êtes-vous marié ? lui demandai-je.

La lueur s'éteignit dans ses yeux, qui redevinrent mornes.

— Oui, depuis vingt ans, répondit-il. Et si ma femme venait à disparaître comme la vôtre, je ne crois pas que je me lancerais à sa recherche.

Cette déclaration me surprit : je n'avais pas imaginé que ce type puisse être si gonflé. On imagine mal que ces employés, assis sur des tabourets pendant des années, occupés à additionner des colonnes de chiffres, à relever des erreurs et à vérifier les bilans, puissent être gonflés. Mais ils le sont certainement plus que la plupart des gens. Plus que moi, par exemple. Parce qu'ils sont capables de rester sur le même tabouret, une année après l'autre, de rentrer le soir dans la même maison mal tenue et lourdement hypothéquée, d'écouter la même voix de femme déblatérer, crier, gémir, raconter ses ennuis, de coucher dans le même lit froid et de rêver de liberté. Oui, ils doivent avoir plus de cran qu'on ne se le figure.

Je tapotai le dos du bonhomme, d'un geste qui se voulait compréhensif :

— Vraiment, Pritchard, je suis persuadé que votre Elizabeth n'est pas celle que je cherche. Néanmoins, je vais prendre son nom et son adresse. Si jamais je passe à Chicago, j'irai lui rendre visite, et je lui donnerai le bonjour de votre part.

Cette fois, une émotion différente fit briller ses yeux, et je compris qu'il allait me déballer tous ses rêves. Je n'avais ni le temps ni la patience de l'écouter, mais que pouvais-je faire ? Ce pauvre type n'avait sans doute personne à qui parler, à qui se confier sans crainte. J'étais un inconnu qu'il ne reverrait probablement pas. J'en avais vu de toutes les couleurs dans ma vie. J'avais souffert. J'étais capable de comprendre.

Il m'informa qu'il sortait du bureau à cinq heures et demie. Si je voulais bien l'attendre, il serait heureux de boire un verre et de dîner avec moi.

— Entendu, répondis-je. Ma mère était irlandaise. Je n'ai jamais refusé un gueuleton.

Nous allâmes dans un restaurant chinois du centre-ville, et là, Mr. Pritchard me raconta sa vie, le bref intermède qui était toute sa vie : son idylle avec Elizabeth Neindorf.

— Nous avons fait connaissance quelques mois après son arrivée dans la maison. J'avais trente-deux ans, et elle, vingt-sept ou vingt-huit. Je n'étais pas chauve à cette époque. J'avais des cheveux bien fournis et ondulés.

Il passa la main sur ce qui restait de ses cheveux « bien fournis et ondulés » : les dix dernières années s'étaient montrées assez dures envers Horace Pritchard.

— Dès l'instant où je l'ai vue à sa table de travail et où je l'ai regardée dans les yeux, poursuivit-il, nous avons compris tous les deux que nous nous aimions.

Il s'interrompit pour contempler tendrement son chop suey. Puis ses yeux firent le tour de la gargote, se posèrent sur les lanternes de papier peint pendues au plafond et sur la bouteille de sauce de soja qui dégoulinait sur la nappe tachée. Ce restaurant chinois, où ils s'étaient donné rendez-vous autrefois, était à présent devenu son temple.

Leur idylle ressemblait à toutes ces liaisons clandestines et banales qui se nouent à chaque instant dans tous les bureaux, tous les magasins, toutes les usines du pays. Les Elizabeth Neindorf pullulent comme les rats dans le garde-manger d'un restaurant bon marché. Ce sont des blondes décolorées, aux jambes maigres et à la poitrine plate. Des filles très gentilles. Pas très intelligentes. Pas très jolies. Pas très bêtes. Pas très laides. Moyennes. Des filles moyennes, qui sortent d'une famille moyenne, ont une éducation moyenne et mènent une vie moyenne.

Horace Pritchard me raconta les épisodes les plus importants de leur grand amour, et je n'eus aucun mal à lui faire compléter le récit par quelques détails, en tous points prévisibles. Elizabeth Neindorf était restée vieille fille parce qu'elle avait sa mère à sa charge. Le temps qu'elle atteigne ses vingt-sept ans, tous les petits gars qu'elle avait connus s'étaient établis, et avaient fondé un foyer. Ceux qui étaient plus jeunes ne s'intéressaient pas à elle, et les vieux pleins aux as voulaient des filles jeunes et jolies… Que restait-il alors ? Les Pritchard. Les hommes moyens, aux revenus moyens, au logement moyen, mariés à des femmes moyennes. Les Pritchard qui ont renoncé à l'aventure, ce qui ne les empêche pas de la désirer et de chercher dans les cendres. Les Pritchard rencontrent les Neindorf. Résultat : deux cœurs brisés. Parfois, une ou deux vies brisées. L'idylle ne peut avoir que deux issues : ou bien on la rompt pour sauver foyer et enfants, ou bien c'est le foyer qui est détruit. Si les Pritchard et les Neindorf se marient, alors au bout de quelques années Miss Neindorf devient une Mrs. Pritchard, et Mr. Pritchard retombe dans sa routine. Mieux vaut l'idylle : c'est moins monotone, et le souvenir demeure encore vivant. Le souvenir sent toujours la lavande, et les lettres d'amour restent lisibles, nimbées d'une lumière violette.

Je promis à Horace de rendre visite à Elizabeth Neindorf si jamais j'allais à Chicago.

Je suis sûr qu'il ne me crut pas un seul instant. Et il avait bien tort. J'avais la ferme intention d'aller voir Elizabeth Neindorf le plus tôt possible. Naturellement, j'étais persuadé qu'Elizabeth Frazer aurait plutôt fait l'amour avec un matou qu'avec Horace Pritchard ; mais c'était ma dernière piste, et je la suivrais jusqu'au bout. Comme je n'avais aucun autre endroit à prospecter, autant me rendre à Chicago.

Je préférai ne pas perdre de temps à évaluer l'énormité, apparente du moins, de mon erreur. Elizabeth Frazer n'avait pas de mère. À l'en croire (si, toutefois, on pouvait croire à ses paroles), sa mère était morte depuis des années. D'autre part, si, pour un motif quelconque, Elizabeth avait couché avec une nouille comme Horace Pritchard, ce n'est pas pour aller vivre discrètement à Austin, dans une petite banlieue bourgeoise de Chicago, qu'elle l'aurait quitté. Elizabeth voulait du fric à tout prix, et, d'habitude, elle ne reculait devant rien, même pas devant un meurtre, pour réussir sa sanglante carrière. Elle n'était pas encore assez mûre pour finir son existence dans une vieille baraque jaune en préfabriqué, à trimer pour subvenir aux besoins d'une mère infirme.

Je travaillai encore au garage de Laguna Beach pendant deux semaines. Il me fallait attendre l'autorisation de quitter l'État. Je téléphonai à Masters, qui arrangea tout pour moi. Je devais me présenter au bureau des libérés sur parole dès mon arrivée à Chicago. Masters et moi, nous eûmes une longue conversation. C'était chouette d'entendre sa voix de nouveau. Quel que soit votre désarroi, une voix calme qui vous assure avec certitude que tout ira bien semble aplanir toutes les difficultés.

Je ne racontai pas à Masters les raisons de mon départ pour Chicago. Je voulais surtout qu'il sache que j'avais travaillé. Je lui promis de le surprendre un jour, en lui rendant visite, si jamais je parvenais à justifier sa confiance en réalisant quelque chose de valable. Il répondit en riant :

— Ne vous préoccupez pas de cela, Walter. Je ne m'attends pas à vous voir conquérir le monde en quelques mois ni en quelques années. Continuez simplement à marcher droit. Et, si vous rencontrez des ennuis en chemin, n'hésitez pas à revenir sur vos pas. Cela me fera plaisir, Walter.

Revenir sur mes pas ? Sans affronter les ennuis ? Sans les surmonter ? Sans passer au travers ? Sans les accepter ? Il faut s'approcher des ennuis pour s'en débarrasser, pour les mettre à la porte une bonne fois pour toutes. Du moins, c'est ce que je croyais. Mais il y a nombre de choses que j'ai crues justes pendant longtemps et qui par la suite se sont révélées ne pas l'être. La sagesse ne vient pas toujours avec l'âge. Ma tante, par exemple, est morte vieille et sotte.

Quand je quittai Laguna Beach, Jim embaucha un gamin

pour laver les voitures. Il me dit que, si jamais je revenais, il me rendrait ma place. Jim m'aimait bien ; du moins il aimait ce qu'il pouvait comprendre de moi. Mais c'est sur une impulsion qu'il n'aurait pas pu comprendre que je partis pour Chicago.

J'avais toutes les chances contre moi. J'étais comme tous les petit joueurs. On sait qu'on ne peut pas gagner, qu'il nous reste à peine quelques dollars, qu'il y a mille chances contre une pour que le nombre désiré ne sorte pas, pour que les figures ne s'alignent pas. Mais, invariablement, on joue jusqu'au dernier sou. On est sûr de perdre, et pourtant on reste là jusqu'à la fin de la partie ; on espère contre tout espoir, alors que l'équipe adverse totalise soixante-trois points à zéro.

Et on ne gagne jamais. Des types comme Walker gagnent. Est-ce qu'ils trichent, ou est-ce qu'ils jouent honnêtement ? D'une façon ou d'une autre, ils emportent toujours le morceau. Je commençai à me questionner sur un lien potentiel entre Walker et mon pari fou d'aller à Chicago. Jouait-il un rôle plus important que je ne l'en avais soupçonné ?

Peut-être que je me faisais simplement des idées, que j'oubliais la reconnaissance que je lui devais.

14

Je trouvai la maison d'Elizabeth Neindorf dans une rue tranquille, bordée d'arbres, dans la petite ville d'Austin, à quelques kilomètres du quartier du Loop. La voisine des Neindorf me dit que les deux femmes habitaient là depuis dix ans, et que, pendant tout ce temps, Mrs. Neindorf n'était jamais allée à Chicago.

Leur bicoque en préfabriqué, d'un jaune délavé, semblait plus petite qu'elle ne l'était en réalité. Je m'arrêtai devant la clôture en bois brut et me demandai si je devais me présenter à la porte d'entrée, ou sonner à la porte de service, comme l'aurait fait le chemineau dont j'avais toute l'apparence. Mon unique complet était sale et fripé, ma chemise trouée et mon chapeau de feutre, informe et cabossé, ressemblait à une boule de pâte malpropre aplatie sur ma tête. À mon départ de Los Angeles, j'étais encore présentable. Mais le voyage avait duré plus longtemps que je ne l'aurais cru. Ça devient très difficile de faire du stop aujourd'hui.

J'allai frapper à la porte de derrière. La vieille dame descendit l'escalier clopin-clopant, et entrouvrit le battant juste assez pour révéler son visage flétri.

J'effleurai mon feutre du doigt :

— Est-ce qu'Elizabeth est là ?

Elle me lança un regard torve et repoussa la porte. Je ne voyais plus de son visage qu'un seul œil.

— Non, elle n'est pas là, dit-elle. Qu'est-ce que vous lui voulez ?

Je souhaitais qu'elle puisse voir mon sourire :

— Je suis un de ses amis, dis-je. J'ai travaillé avec elle à Los Angeles. Horace Pritchard m'a demandé de venir la voir.

La porte claqua sèchement, et j'entendis la clé tourner dans la serrure. De toute évidence, la vieille dame n'aimait pas Pritchard.

Faute de pouvoir la convaincre, je gagnai le devant de la maison. Je sentais la mère Neindorf m'épier, son œil méchant fixé sur moi. Je regardai la fenêtre du deuxième étage et vis frémir le store tiré.

Je restai immobile devant la porte. Non loin de moi, une horloge sonna quatre heures. Si Elizabeth Neindorf avait un emploi, elle ne rentrerait pas avant six heures. Qu'est-ce que j'allais bien pouvoir foutre jusque-là ? Et, surtout, pourquoi étais-je venu dans ce bled ? J'avais la certitude de suivre une fausse piste ; pour la première fois, j'étais sûr de me tromper. Toutes les apparences me le prouvaient. Cette ville, cette maison, cette vieille femme bizarre qui m'observait de sa fenêtre, Horace Pritchard, l'ardeur au travail, la stabilité : rien de tout cela ne cadrait avec Elizabeth Frazer. Pourtant je restai là. Au cours de mes précédentes expériences, j'avais toujours été plein d'espoir. Mais cette fois je n'espérais rien. Pourtant je restai là. Faute de mieux, je donnerais à Elizabeth le bonjour de son Horace.

Je me dirigeai vers le drugstore du coin, mais, en passant devant la maison voisine, j'entendis une voix de femme qui m'appelait :

— Hé, monsieur, monsieur, voulez-vous attendre un instant ?

Je m'arrêtai net, et me tournai vers la baraque. Une créature de quarante-cinq ans environ, penchée à sa fenêtre, m'adressait de grands signaux. Elle portait un bonnet démodé et une blouse de guingan.

Je poussai la porte de la clôture, pénétrai dans la cour, et montai à la véranda pour me trouver face à un bonnet surmontant un visage aimable. La bonne femme devait être d'un naturel très confiant ; sans quoi, elle ne m'aurait pas invité à m'asseoir sous la véranda pour attendre l'arrivée d'Elizabeth.

— Je vous ai vu monter chez les Neindorf, me dit-elle ; j'étais dans la cour. Je n'avais pas l'intention d'écouter, mais j'ai entendu tout ce que vous disiez, et j'ai vu la mère Neindorf vous claquer la porte au nez. Elle n'a pas de très bons yeux, et, par-dessus le marché, elle est un peu dérangée ; alors je me suis dit que je ferais bien de vous appeler pour vous mettre au courant. Vous ne voulez pas attendre Elizabeth ici ? Elle ne rentre pas avant six heures et demie, et je suis sûre qu'elle sera contente de vous parler. J'en suis d'autant plus sûre que vous êtes un ami de Horace, vous saisissez ?

Elle débita sa tirade d'une seule haleine et, quand elle

eut fini, je respirai profondément, comme si c'était moi qui avais prononcé son discours.

— Vous connaissez Horace ? demandai-je.

— Elizabeth et moi, nous sommes de très grandes amies, répondit-elle en souriant.

— Il fait frais ici, dis-je en ôtant mon chapeau et en m'essuyant le front du revers de la manche.

On était en novembre, mais Chicago crevait encore de chaleur. Bientôt, le vent allait se lever sur le lac, et l'hiver s'abattrait sur la ville avec son cortège de neige, de glace, de grésil et de boue, qui ne disparaîtraient qu'au mois d'avril. Je commençais à regretter la Californie.

La bonne femme, qui se nommait Davis, m'offrit de la limonade. Je n'en avais pas bu depuis que j'étais tout gosse, mais j'en avalai deux verres avec plaisir, après avoir dûment remercié mon hôtesse. Elle m'apporta le journal local, et je m'endormis en le lisant. Mrs. Davis alla reprendre son repassage. Vers six heures, elle me réveilla pour me proposer de faire un brin de toilette sous la véranda de derrière.

J'avais à peine fini de me laver la figure et les mains et de me peigner qu'elle m'annonça l'arrivée d'Elizabeth Neindorf.

Je voulais me comporter comme si je la connaissais, je me hâtai donc de gagner le devant de la maison et scrutai la rue. Mrs. Davis m'observait. Normalement, j'aurais dû courir à la rencontre d'Elizabeth. C'est ce qu'elle espérait. Mais je décidai qu'il valait mieux l'attendre et l'aborder calmement.

De mon poste d'observation, je ne pouvais pas distinguer son visage. Elle avait à peu près la taille de mon

Elizabeth, était vêtue d'un tailleur et d'un chapeau de feutre, un sac de cuir pendait à son épaule, et elle avait les bras chargés d'articles d'épicerie. Impossible d'imaginer Elizabeth Frazer trimbalant des paquets chez elle, après une dure journée de travail. En tout cas, pas à ce stade de sa vie. Elle ne ferait certainement pas la cuisine pour une vieille mère malade « un peu dérangée ». Elle l'aurait faite plutôt pour un vieux miché mal en point, un pauvre couillon de richard dont elle aurait vivement souhaité la mort pour hériter. Oui, pour un type comme ça, elle aurait préparé un dîner tous les jours. Elle lui aurait servi tous les jours huit plats à chacun des trois repas quotidiens si elle avait eu la garantie qu'il crèverait d'indigestion.

Elizabeth Neindorf n'était pas pressée d'arriver à ma hauteur. Je commençais à m'énerver. J'avais les paumes moites. « Merde, alors ! pensai-je. C'est complètement grotesque : cette grande jument insipide qui vient vers moi ne peut pas être mon Elizabeth. À moins que je me trompe ?… »

Mais je ne me trompais pas : Miss Neindorf mesurait quelques centimètres de plus qu'Elizabeth Frazer. Ses cheveux jaunes, gris, châtains et roux tout à la fois étaient coupés au carré. Des lunettes sans monture aux verres octogonaux troublaient ses yeux myopes. Elle ressemblait à n'importe quelle binoclarde. Sa peau terreuse était aussi indescriptible que ses cheveux. Sur son nez et son menton, des rougeurs marquaient les endroits où elle avait gratté ses points noirs.

Sa poitrine était plate, et son derrière inexistant. Elle aurait été beaucoup plus grande si on n'avait pas gaspillé pour ses pieds une telle quantité de matière première. Un tailleur en tweed pendait sur elle comme un vieux complet sur un épouvantail. Son col blanc était tout chiffonné, et je compris qu'elle s'en voulait terriblement d'avoir mis des vêtements si lourds par une journée si chaude.

Quand elle fut assez près de moi, j'allai à sa rencontre. Elle me dévisagea intensément de son regard myope. Je ne voulais pas qu'elle me prenne pour un insolent et qu'elle me jette ses paquets à la figure, c'est pourquoi je lui adressai un léger sourire et attaquai mon histoire sans plus tarder. Dès que j'eus prononcé le nom de Horace, son visage ingrat s'éclaira comme sous l'effet d'un projecteur. Je lui pris ses paquets des mains, puis, tout en l'accompagnant jusqu'à sa porte, je lui racontai comment sa mère m'avait accueilli.

— J'arrangerai ça, dit-elle en riant. Maman a dû vous prendre pour Horace. Elle ne l'aime pas, voyez-vous !

— Je sais, je m'en suis aperçu, fis-je en hochant la tête.

Si Horace lui était apparu en chair et en os, elle n'aurait pas été plus heureuse. J'attendis devant la porte pendant qu'elle expliquait à sa mère que j'étais un ami de Horace et non pas Horace lui-même ; ensuite, elle m'invita à dîner.

Je redoutais la corvée du repas chez les Neindorf, mais je ne pouvais guère faire autrement que de l'accepter, car pour l'instant je ne savais où aller. J'avais besoin d'un peu de temps pour réfléchir. Après cette déception, à laquelle je m'étais pourtant attendu, je me sentais comme engourdi. Dans des cas pareils, des gens comme les Neindorf sont très utiles. Avec des Neindorf, pas besoin de penser, de se montrer brillant, intelligent, fin ou astucieux. Ils vous prennent tel que vous êtes.

Pendant tout le dîner, la vieille dame ne m'adressa pas la parole, mais Elizabeth bavarda aussi gaiement qu'un singe à l'heure du goûter. Le repas terminé, je l'aidai à laver la vaisselle ; puis nous allâmes nous installer sous la véranda pour fumer une cigarette. Je me trouvais bien, dans la nuit calme et paisible, à regarder cette vieille rue si caractéristique du grand Middle West, solide et lourd, et j'aurais souhaité prolonger cette sieste indéfiniment. J'aurais voulu rester là, nuit après nuit, à rappeler uniquement les souvenirs agréables, oublieux du présent immédiat, refusant de m'appesantir sur l'avenir incertain.

Nous restâmes sous la véranda jusqu'après minuit. Elizabeth, frileuse, alla chercher un châle et revint avec du café chaud et des sandwiches au fromage.

Elle parlait de Horace sans arrêt. Elle me raconta exactement le même récit que lui, mais je m'efforçai de l'écouter avec attention. Cette Elizabeth me plaisait. Elle était sans beauté, frustrée de toute espérance, prodigue en phrases banales ; cependant, il y avait en elle beaucoup d'honnêteté et de stabilité. Angoissée, malheureuse, terriblement solitaire, elle possédait une bonté naturelle et une infinie patience. Il faut beaucoup de patience en vérité pour attendre sans amertume pendant des années qu'un événement se produise dans votre existence.

Il y avait une chambre d'amis, et Elizabeth m'invita à rester. J'aurais pu m'incruster dans cette maison jusqu'à la fin de mes jours si j'avais voulu. Elizabeth me trouvait à son goût. Je n'étais pas un Adonis, mais je possédais certains avantages. J'étais encore beau gosse, en bonne forme physique et capable de sympathiser avec quiconque avait aimé aussi passionnément qu'elle. J'avais des yeux marron enfoncés dans leurs orbites et des cheveux gris ondulés. Mon attitude de tranquille indulgence et mon air blasé ne pouvaient manquer de la séduire. J'aurais pu habiter cette maison pour le restant de mes jours et épouser Elizabeth Neindorf, si j'en avais été capable; elle aurait même accepté que je ne travaille pas. Il y avait en elle un élément paysan. Elle était prête à travailler pour l'homme qu'elle aimait.

Mais je ne pouvais pas rester. J'aurais mené une vie facile, malgré la présence de la vieille dame, mais je n'aimais pas Elizabeth Neindorf. Un beau jour, j'aurais quitté la maison, laissant la pauvre fille dans un état plus lamentable qu'à son départ de Los Angeles. Je ne pouvais pas torturer une créature humaine. Elizabeth Frazer peut-être, mais pas Elizabeth Neindorf.

En fait, je restai chez elle environ deux semaines. J'étais assez fatigué, et je pus prendre un bon repos. Elizabeth voulait me trouver un emploi; je refusai net. Je lui dis que je préférais bricoler dans la maison : j'allais nettoyer la cour, arranger la rambarde de l'escalier de derrière, et plâtrer les fissures des cloisons intérieures. Je paierais ainsi ma nourriture et mon logement; puis, quand tout serait remis en état, il faudrait que je reprenne la route. J'étais obligé de partir. Où, je n'en savais rien. Mais il fallait que j'aille quelque part, pour chercher ce quelque chose, ce quelqu'un qui devenait de plus en plus illusoire. Elizabeth était persuadée que j'essayais de retrouver mon ex-femme parce que j'éprouvais à son égard les mêmes sentiments qu'elle-même éprouvait pour Horace. Elle comprenait mon impatience.

Je suis certain que, sans la présence de sa mère, elle aurait fait son baluchon et m'aurait suivi.

Le jour de mon départ, elle m'offrit un complet d'occasion qu'elle avait acheté pour moi à Chicago, me prépara un paquet de sandwiches et me remit quelques dollars. D'abord je refusai les billets, mais elle commença à pleurer, et les larmes enlaidissaient tellement son visage huileux que j'acceptai le fric pour la faire taire. Je lui promis de renvoyer la somme et les intérêts, dès que j'aurais trouvé un emploi.

— Ne me rendez pas cet argent, Walter, fit-elle en reniflant. Et si jamais vous en voulez d'autre, vous n'avez qu'à m'écrire. Ma maison est votre foyer, Walter, un foyer où vous pourrez toujours revenir quand vous voudrez.

— Merci, Elizabeth, vous êtes vraiment gentille.

La vieille mère Neindorf elle-même se montra fort aimable ce jour-là : elle me serra la main, et me remercia d'avoir bouché les fissures de sa chambre à coucher pleine de courants d'air. Je crois qu'elle était contente de me voir filer : elle allait désormais avoir sa fille pour elle seule. Cette vieille rosse était le type même de la mère abusive, et, à mon avis, il aurait mieux valu pour Elizabeth qu'elle crève rapidement. Ça n'était pas une bonne pensée, mais j'avais envie qu'Elizabeth soit heureuse : elle était si peu exigeante.

Elle sortit dans la rue avec moi, me tendit la main et ses larmes se remirent à couler. Je compris que je devais filer en vitesse sous peine d'être submergé. Je me penchai et l'embrassai sur la joue.

— Oh ! Walter ! balbutia-t-elle en sanglotant.

Je fis demi-tour et descendis la rue d'un bon pas. En

passant devant la maison de Mrs. Davis, je l'aperçus à sa fenêtre, en train d'agiter la main en signe d'adieu. Puis j'arrivai au coin, et avec moi disparut, aussi vite qu'elle était venue, l'agitation qui s'était momentanément emparée des habitants des 202 et 204 Elm Street, à Austin.

Je m'arrêtai un instant pour regarder en arrière. Elizabeth était toujours debout devant la porte, une main sur la joue que je venais d'embrasser, et je fus tout heureux de ne pas voir ses larmes.

Je me sentais très à l'aise dans ma chemise fraîchement lavée et repassée par Elizabeth, et dans mon complet d'occasion. Jusqu'à mon arrivée au Loop, j'éprouvai une merveilleuse sensation de liberté. Mais quand je parvins à la ville basse et me rendis compte que je n'avais pas d'endroit où aller, je fus pris d'un cafard épouvantable.

Je m'arrêtai à la station des cars Greyhound, pris un dépliant, et m'assis pour étudier les itinéraires. Las Vegas, Reno, Santa Fe : les dernières forteresses de l'Ouest sauvage. J'étais déjà allé dans l'Ouest, et ça ne m'avait pas réussi. Détroit, Ann Arbor, Charlevoix, le lac Michigan. Les grandes forêts du Michigan… Mais j'étais déjà perdu en pleine forêt. Saint-Louis, Kansas City, l'Arkansas : les plaines du fertile et stérile Middle West. Elizabeth Frazer n'aurait sûrement pas aimé ces grands espaces libres. Elle aurait eu peur devant les immenses étendues plates du Kansas. Pendant notre fameux voyage en Californie, elle avait frissonné en traversant le désert qui s'étendait à perte de vue. Elle avait besoin que les choses soient à sa portée, pour pouvoir les toucher de la main, les tenir, les détruire.

Le Sud. La Nouvelle-Orléans. Oui, ça c'était un endroit pour elle. Le Vieux Carré. Derrière une grille à l'espagnole, au fond d'un patio de brique, terrée dans une pièce sous les combles. Une pièce sombre où résonnent à peine les murmures des voix. Nul visage n'y est visible. Et pour toute couleur ? Du noir, du blanc, du jaune, auxquels se mêle la fumée bleutée de la volupté. Non ! Je n'imaginais pas Elizabeth là-dedans. Je ne la voyais pas dans le quartier français, ni sur Left Bank ou à Greenwich Village… Greenwich Village !… New York. Bien sûr. New York ! New York était un terrain de chasse digne d'elle : Park Avenue. Beekman Place. The Drive. Ou bien alors, le Connecticut. Je jetai le dépliant.

Quand on n'a pas d'idées, une intuition est un bon substitut.

Je téléphonai au bureau des prisonniers libérés sur parole, à Chicago. Je parlai au type qui s'occupait de mon affaire et lui demandai de me recevoir le plus tôt possible. Il me fixa un rendez-vous pour le jour même.

Une fois en sa présence, je lui expliquai ma situation :

— Je ne peux pas trouver d'emploi convenable à Chicago et je désire me rendre à New York. Mr. Masters, le directeur de la prison, m'a donné l'adresse d'un de ses amis de Long Island qui doit me procurer du travail. Il m'a assuré qu'on pouvait transférer mon dossier à New York si j'avais l'intention de m'y installer définitivement.

Le type, un certain Ed Hammond, était en train d'examiner mon dossier et fit semblant de ne pas m'écouter. Finalement, il leva les yeux et déclara :

— Je ne sais rien de précis à ce sujet, mais les formalités prendront certainement quelques jours.

Je commençai à m'énerver. Je ne voulais pas retourner chez Elizabeth Neindorf, et je n'avais pas assez d'argent pour séjourner à l'hôtel.

— Je suis trop fauché pour rester en ville, dis-je. Vous ne pourriez pas éventuellement téléphoner ou télégraphier à Masters ?

Hammond m'observait de biais. Il avait de tout petits yeux qui disparaissaient presque complètement lorsqu'il plissait les paupières. J'eus l'impression d'être devant un visage aveugle, et détournai la tête pour cacher mon malaise. Il tapota le bureau de la pointe de son crayon, jeta un coup d'œil rapide sur mon dossier, puis m'examina de nouveau. Il avait dû prendre une décision, car, lorsque je me risquai à lever de nouveau les yeux, il me regardait bien en face.

— Quel travail comptez-vous faire à New York ? demanda-t-il. Depuis votre sortie de prison, vous avez eu deux places : employé de bureau dans un garage de San Francisco et mécanicien dans un garage de Laguna Beach. Vous n'avez absolument rien fichu depuis votre arrivée ici. Quel est votre véritable métier, Johnson ? Quelle sera votre occupation définitive ?

Je perçus une note sarcastique dans sa voix, mais je répondis sans me troubler :

— Le jardinage. J'espère me faire engager comme jardinier par cet ami de Masters, à New York.

— Vous avez appris le métier pendant vos dix ans de réclusion, hein ?

— Oui, et il me plaît beaucoup.

— Bon. Je vais vous dire ce que je peux faire, Johnson : je peux envoyer un télex. Je vais me mettre en rapport avec mes collègues de San Francisco.

— Il vaudrait mieux joindre Masters. Il arrangerait tout.

— Je dois d'abord joindre mes collègues : c'est le règlement. Si vous avez vraiment l'intention de vous établir à New York, et si vous êtes sûr d'y trouver un emploi, rien ne s'opposerait en principe au transfert de votre dossier. Mais il est temps de choisir une résidence fixe. Je trouve qu'on a été très coulant avec vous jusqu'à présent.

— Masters…, répétai-je.

Hammond finit par changer d'expression et grimaça un sourire. Ce ne fut pas un rayon de soleil dans les ténèbres, mais je me sentis un peu réconforté.

— Vous êtes un excellent agent de publicité pour les prisons, dit-il, et probablement le premier prisonnier de ma connaissance qui se soit épris de son directeur.

— C'est un type épatant, répliquai-je en éclatant de rire.

— Oui, à ce qu'il paraît. C'est bon, Johnson, revenez vers quatre heures. Nous saurons alors ce que le destin vous réserve.

Je le remerciai, me retirai, et réfléchis quelques instants au destin. Le destin… ce mot qui peut servir d'excuse à toute une vie d'erreurs stupides.

J'entrai dans un drugstore, commandai une tasse de café, achetai un magazine et essayai de lire. Mais ça ne servit à rien. J'étais aussi énervé que le jour où Masters m'avait annoncé ma libération probable. Qu'est-ce que j'allais faire, bon sang, si on me renvoyait à Los Angeles ? Attendre que le destin se manifeste ?

Je décidai de ne plus me casser la tête et d'aller me promener pour me rafraîchir les idées. Je marchai dans Chicago jusqu'à en avoir mal aux pieds. Je passai devant plusieurs bars miteux et me demandai si je devais y entrer pour me taper deux ou trois verres. Mais je me rappelai que les fonctionnaires du service des libérés sur parole n'aimaient pas que leurs protégés boivent d'alcool ; en conséquence, je retournai au même drugstore où je pris un Coca-Cola. J'étais sur le point de devenir fou, lorsque, consultant la pendule, je constatai qu'il était quatre heures moins dix.

Quand je pénétrai dans le bureau de Hammond, il souriait :

— Le destin m'a été favorable, dis-je, ou alors vous avez l'esprit cruel.

— Ça va. Tout va bien. Voici votre autorisation. (Il me remit une lettre.) D'autre part, dès votre arrivée à New York, vous vous présenterez à mon collègue Steve Elliot. (Il me tendit un bout de papier portant un nom, une adresse, et un numéro de téléphone.) Votre affaire sera confiée à un fonctionnaire compétent, et, si vous vous fixez dans cette ville, on procédera au transfert de votre dossier.

Je rangeai la lettre et le bout de papier dans mon portefeuille :

— Jamais, dans toute l'histoire des États-Unis, dis-je, des formalités administratives n'ont été réduites à ce point. Merci mille fois, Mr. Hammond.

Il approuva d'un signe de tête, puis, au moment où je me retirais, me lança une dernière remarque facétieuse :

— Avec les amis influents que vous possédez, vous devriez aller loin.

— Pas plus loin que New York, répliquai-je en souriant.

Je crois qu'il ne saisit pas très bien la remarque, et je ne tentai pas de m'en assurer.

Quand je pris la route en direction de New York, je m'imaginais que mon voyage serait de courte durée. J'avais des vêtements convenables, l'esprit clair, quelques dollars et quelques cigarettes. Naturellement, je me trompais. Je me trompais totalement. Dès la première nuit, je tombai malade. Un trimardeur me trouva couché au bord de la route, me porta dans une grange abandonnée, et me veilla toute la nuit. Je suppose que je devais avoir un accès de grippe, en tout cas, j'étais malade à crever.

Le lendemain matin, le trimardeur s'en alla en me laissant un vieux manteau qu'il avait jeté sur moi et deux cachets d'aspirine. Je dormais encore au moment de son départ. À mon réveil, je m'aperçus qu'en échange du manteau et de l'aspirine il avait emporté presque tout mon pèze et toutes mes cigarettes sans exception. Je dois dire qu'il m'avait très probablement sauvé la vie.

Je restai couché dans cette grange toute la journée, en souhaitant du fond du cœur que personne ne me découvre. Quand on est malade (pourvu qu'on ne le soit pas trop), on ressent un désir de vivre beaucoup plus fort. On passe son temps à se chercher des raisons de vivre un peu plus longtemps.

La nuit venue, je me sentis mieux. Je réussis à me lever et à me traîner jusqu'au bord de la route. Un camionneur me ramassa. Il vit que j'étais mal en point, me donna de la soupe et du café, et me laissa dormir dans son camion. Le lendemain, quand il me déposa, j'étais assez en forme pour continuer mon chemin. J'avais exposé à Dieu mes raisons de vivre un peu plus longtemps.

15

J'arrivai à New York au plus fort de sa première tempête de neige de la saison. Seigneur!... New York en hiver, tout blanc de neige et du gel qui tord les tripes du pauvre clochard. New York, avec ses lumières flamboyantes, si lointaines que leur chaleur ne peut vous atteindre quand vous êtes tout en bas, dans un caniveau de Broadway. New York, avec son mélange inextricable d'hermine et de vermine. New York, avec ses premières nuits et ses nuits d'autrefois, et ses nuits gâchées qui se terminent au fond du lit rocheux de l'East River, dont les eaux d'un noir d'encre lavent votre visage barbu de toutes ses impuretés et accablent votre âme d'un suprême péché.

J'ai connu New York dans toutes ses humeurs, sous tous ses visages. Et même quand il se cherche en vain un visage pour affronter le jour nouveau ; quand il se cache sous les couvertures grises d'un lit de camp, dans une chambre d'hôtel infestée de punaises, au plancher couvert de poussière et de mégots, où courent deux souris neurasthéniques, où traîne un vieux nickel.

Je l'ai connu sous son aspect le plus charmant, quand les

lumières annoncent du champagne, des draps de satin, des toits en terrasses et des traversées clandestines sur le ferry en provenance de Weehawken.

Je l'ai connu par un froid matin de novembre, à l'heure où la Cinquième Avenue semble n'être pas assez longue, alors même qu'elle longe le plus beau parc au monde, avec son lac central où nage un cygne qu'on attend avec ferveur de voir se transformer en princesse.

Enfin, je l'ai connu via la Seconde et la Troisième, la Dixième et la Neuvième, quand un brouhaha de voix étrangères s'élève au point que les souks d'Arabie paraissent en comparaison aussi calmes que la tombe pillée d'une momie égyptienne.

Il y a des milliers de mondes et de pays à New York, et aussi des milliers de visages, de gens, de bâtiments, de chiens, de chats, de marchandises, de bars. N'oublions surtout pas les bars.

Mais le jour de mon arrivée, je vis New York comme je ne l'avais jamais vu auparavant. Je le vis à travers une lanterne magique éteinte, renversée, dépouillée de toute magie. Je le vis comme un mort aux paupières étroitement closes. En fait, je ne le vis ni ne le sentis, et il ne me vit pas.

J'étais encore malade, et la foule heurtait de tous côtés mes pauvres membres brûlants de fièvre. Les klaxons m'assaillaient de leur bruit nasillard, tel un troupeau d'oies. Je ne pouvais ni m'en éloigner, ni passer au travers, ni l'accepter.

Je me sentais fébrile et malade. Malade d'un vieux désir longtemps refoulé, malade aussi, plus simplement, de faim et de souffrance. Le seul feu qui brûlait encore en moi était alimenté par une faible étincelle de vengeance. Mais cette flamme elle aussi était sur le point de s'éteindre.

Quand je débarquai à Broadway, j'avais dans la poche un dime que je venais de trouver près d'une grille d'égout, dans la 42e Rue. Un dime dans la poche de mon pantalon, deux papiers dans la poche de mon veston. Sur l'un d'eux, tout sali et déchiré par deux années de vagabondage, se lisait un nom : Arthur August Henaston, Woodmere, Long Island – le nom de l'homme qui, s'il fallait en croire Masters, aurait peut-être besoin d'un jardinier. L'autre portait l'adresse donnée par Hammond. Je me proposai d'entrer en contact avec les autorités un peu plus tard.

En débouchant dans Broadway, je décidai de jouer à pile ou face avec ma pièce. Face – j'irais voir Mr. Henaston immédiatement, et lui transmettrais, avec un peu de retard, les amitiés de Masters. Pile – j'attendrais une semaine, ou deux, ou trois… Peut-être même que je renoncerais à ma visite, que je déchirerais le bout de papier en mille morceaux. Ce n'est pas drôle d'être découragé. Mais quand, en plus de ça, ou à cause de ça, on est malade et fauché, alors, c'est la fin de tout. Face !… J'allais donc me rendre chez Henaston et lui demander du travail. De toute façon, il fallait bien que je demande de l'aide à quelqu'un avant que la mort me fasse signe et qu'on m'étende dans une tombe sans fleurs. Attention, les Elizabeth Frazer de ce monde vous en feront baver ! Même toutes assemblées, elles ne formeraient pas une cape assez grande pour dissimuler la bosse de haine qui déforme votre dos.

Je remontai Broadway jusqu'à la 45e Rue, que je suivis ensuite jusqu'à la Huitième Avenue. Je me dirigeai vers un restaurant au milieu d'un pâté de maisons, et j'y entrai pour téléphoner. Je m'adressai au barman impassible, avec une feinte désinvolture :

— Où est le téléphone, mon vieux ?

Il se pencha au-dessus du comptoir pour me montrer l'arrière-salle. À ce moment, un ivrogne, debout près de moi, se retourna brusquement ; le verre de bière qu'il tenait à la main heurta le bras du barman, et son contenu jaillit, inondant le devant de mon veston. Je ressemblais à un chien errant qui sort de l'eau. Peut-être cet accident fut-il opportun. J'avais l'air encore plus débraillé que de coutume, mais mon état se trouvait justifié. Il se peut également que le destin dont on m'avait tant parlé m'ait suivi pas à pas. C'était la deuxième fois que j'entrais dans un bar depuis ma libération, et cela au moment précis où je devais y être. Le long bras de la coïncidence se tendait de nouveau vers moi.

L'ivrogne se trouvait être un brave type, un de ces soûlards supportables pour lesquels on éprouve même un peu de sympathie, surtout quand ils vous offrent un verre de bière.

Il tapa sur le comptoir en rigolant, et commanda :

— Une bière pour le monsieur arrosé de bibine !

Le barman lui adressa un aigre sourire, me tendit un chiffon pour éponger la « bibine », et me versa un verre de brune bien mousseuse. Rien ne m'avait jamais paru meilleur. Je trouvai ça plus plaisant encore qu'une paire de draps propres après quarante jours de bateau sur la mer Rouge.

J'avalai deux ou trois bières et oubliai mon appel téléphonique, les directeurs de prison au grand cœur, les jardins pleins de mauvaises herbes ; j'oubliai même que le thermomètre marquait presque zéro et que je n'avais pas de pardessus. Je venais de trouver un endroit bien chauffé et un ami, le genre d'ami que je pouvais comprendre : j'avais doublement chaud.

Chaque fois que l'ivrogne reprenait à boire, il me commandait une nouvelle consommation. Finalement, nous nous retrouvâmes assis à une table devant deux verres de whisky, en train de chanter d'une voix rauque.

Ma première nuit à New York ne s'annonçait pas si mal que ça. À huit heures, j'étais aussi bien loti que tant d'autres hommes : j'avais un toit au-dessus de la tête pour me protéger, une bonne chaleur au creux de l'estomac, la tiède haleine d'un ami sur mon visage.

Mieux encore, j'étais engagé dans une conversation animée avec ce nouveau copain qui m'avait promis de partager son lit avec moi. Il brûlait d'amour pour une mulâtresse de Harlem, et j'écoutai ses confidences avec beaucoup de sympathie. Je ne cessai pas d'entretenir sa flamme, si bien qu'à neuf heures et demie nous étions au comble de l'intimité : il m'avait laissé commander du café noir pour lui et de quoi dîner pour moi.

Qu'attendre d'autre dans la vie, je vous le demande, hormis une femme qu'on aime ou qu'on hait ? Il aimait la sienne, et j'avais oublié de haïr la mienne l'espace d'un instant. Il faut cesser d'attendre, et alors ce que vous désirez vous est accordé ou refusé à jamais.

Peut-être aurait-il mieux valu que mon désir ne soit pas exaucé.

Le restaurant se trouvait non loin du quartier des théâtres. Il y en avait deux ou trois au coin de la rue, et deux ou trois autres un peu plus haut. Mon nouveau copain, Brigadier Jones, m'informa que le meilleur spectacle qu'il ait jamais vu se donnait au théâtre du coin.

— Un spectacle de qualité, ajouta-t-il, est une bonne chose, car ça vous fait oublier vos chagrins.

— Et moi qui croyais que tu les avais oubliés en ma compagnie ! dis-je en le regardant, les paupières mi-closes.

Il me jeta un coup d'œil en coin, et son visage se plissa comme s'il allait pleurer. Puis il fouilla dans sa poche et en tira, non pas un mouchoir, mais deux billets pour cette fameuse représentation. Il s'était proposé d'y emmener sa poule, mais elle lui avait fait faux bond.

J'étendis le bras et pris les billets : deux places à quatre dollars pour voir une comédie intitulée *You Asked for It.*

J'éclatai de rire et jetai les billets sur la table :

— C'est bien fait pour toi, dis-je, reprenant le titre de la pièce, et il est trop tard. Trop tard pour toi, trop tard pour moi, et une heure et demie trop tard pour la représentation.

— Oh ! fit le Brigadier. Oh ! Ça, c'est triste ! Trop tard, hein ? Alors y a plus qu'à payer l'addition et à rentrer. Tu restes avec moi puisque j'suis trop seul et que…

— Je ne sais pas où aller, m'empressai-je de conclure en faisant signe au garçon.

Brigadier me passa son portefeuille en me disant d'y prendre la somme nécessaire. Quand je vis tous les billets qu'il contenait, je fus tenté de chiper quelques dollars en vue du lendemain. Mais je me rappelai Arthur Henaston et mon emploi. Je me rappelai également que c'était moche de voler et que ça pouvait attirer des ennuis.

Au moment où je me préparais à payer, le restaurant, jusque-là presque désert si l'on excepte Brig et moi, se remplit d'un grand vacarme. Une troupe de femmes jacassantes et d'hommes au rire gras se précipita vers le bar comme une bande de fascistes s'emparant d'une brasserie à Munich. Brig, dont la tête lasse reposait sur ses bras croisés, releva légèrement le front en entendant les voix joyeuses, jeta un coup d'œil vers le bar, murmura « Entracte », et se laissa retomber sur la table qui lui servait d'oreiller.

Je tendis un billet au garçon en tablier sale, et m'apprêtais à remettre le portefeuille dans la poche de Brig quand j'entendis un son bien connu.

J'avais quitté mon siège et contourné la table pour ne pas déranger Brig avant le retour du garçon. Ce que j'entendis me pétrifia sur place, le bras levé, le portefeuille encore à la main. C'était un rire, le plus abominable rire que j'aie jamais perçu. Je l'avais entendu tout éveillé et il avait hanté mon sommeil. Je l'avais entendu au milieu du désert et au sommet d'une montagne. Je l'avais entendu au Texas, en Arizona, au Nevada, en Californie. Un jour, j'avais même cru l'entendre dans une gargote de San Francisco. Mais, cette fois-ci, je l'entendais pour de bon dans un restaurant au coin de la Huitième et de la 45e Rue, à New York, par une froide nuit d'hiver.

Quand j'eus repris mon sang-froid, je me tournai face au bar. Sept clients, rutilants de diamants, étaient assis sur les hauts tabourets. Ils étaient tous en tenue de soirée. Trois hommes et quatre femmes plus très jeunes : aucun n'avait moins de quarante ans.

À l'extrémité du comptoir se trouvait celle qui venait de

rire, j'en étais certain : le sourire qu'elle avait encore sur les lèvres ne pouvait dissimuler le mal embusqué dans ses prunelles. Personne d'autre que moi ne s'en serait peut-être aperçu, mais je le reconnus immédiatement. Dans ces yeux bleus ne brillait aucune lumière. C'étaient des yeux froids, calculateurs, où on ne lisait pas la moindre émotion.

Dès que je pus détourner mon regard, j'examinai son allure générale. C'était une matrone élégamment vêtue. Elle avait une robe de soirée en dentelle noire, qui cachait ses jambes. Elle portait de longs gants noirs, et, par-dessus les gants, deux bracelets de diamants aussi larges que des galons de sous-officier. Sur ses épaules était jetée une cape en renard argenté assortie à la couleur de ses cheveux. Elle avait beau être bien habillée, bien massée, bien couverte de cosmétiques, rien de tout cela ne dissimulait son âge, ses quarante années terribles, ni ses quatre-vingts et quelques kilos, ni son visage sans âme couronné par une crinière d'argent artificielle. Elle était bien déguisée pour quelqu'un qui l'aurait connue moins que moi, qui ne l'aurait pas recherchée avec autant d'acharnement que moi-même, je ne l'aurais peut-être pas reconnue si elle n'avait pas éclaté de rire. Mais il n'y a rien de caché qui ne soit révélé un jour ou l'autre. Du moins c'est ce qu'un type bien a dit un jour. Un type qui a vécu il y a maintenant trop de milliers d'années pour être encore influent.

J'avais donc trouvé ce que j'avais tant cherché. La nuit même où je renonçais à ma quête, voilà que je me retrouvais face à face avec Elizabeth Frazer Isaacs Blodgett, qui portait de multiples noms dont aucun ne lui appartenait. Et moi ? Je restais là sans bouger, comme une andouille, avec cette seule idée en tête : « Comment pourrais-je lui adresser la parole puisque j'ignore son nom actuel ? » Que les hommes sont donc stupides ! C'est un autre type qui a dit cela, mais il y a moins longtemps.

Si j'avais été malin, j'aurais attrapé une chaise par le dossier et je la lui aurais jetée à la tête. Ou bien je serais sorti pour aller chercher un flic… Non, en fait, ça n'aurait pas été tellement malin : les flics ne me croyaient jamais. Peut-être qu'en restant sur place, immobile, je fis ce qu'il y avait de mieux à faire ; seulement, avant que j'aie eu le temps de remuer ou de parler, ils avaient déjà avalé leur consommation et s'apprêtaient à retourner au théâtre.

Quand je vis l'un d'eux aider Elizabeth à descendre de son tabouret, je m'avançai vers elle comme un somnambule. À peine m'étais-je éloigné d'un pas que Brig se réveilla et s'écria :

— Hé ! Dis donc, où tu vas comme ça ? Reviens, t'as mon portefeuille !

Je me retournai vivement, juste le temps de lui jeter son portefeuille et de lui dire :

— Je te retrouverai plus tard. Le garçon te rapporte la monnaie.

Mais quand de nouveau je me tournai vers la porte, le joyeux groupe avait disparu.

Au moment où je me lançai à sa poursuite, ce cochon de garçon me barra le passage pour me remettre la monnaie.

— Portez ça au poivrot là-bas ! hurlai-je en fonçant vers la sortie.

Je remontai la 45e Rue à toute allure, en écartant les gens pour essayer de l'apercevoir. Mais j'avais dû me tromper de rue, ou de ville, ou de monde, car je ne la vis nulle part. « Comment diable, me dis-je, ont-ils pu disparaître si vite ? »

Je m'arrêtai devant le théâtre pour lequel Brig avait deux billets. L'entracte était terminé et la foule commençait à rentrer. Je me frayai un passage à travers le flot des spectateurs, les contournai, les dépassai, mais en vain.

Je ne pouvais pas entrer dans la salle. Il aurait fallu pour cela que je retourne au restaurant et que je demande les billets à Brig ; mais, si j'y retournais, il insisterait pour m'accompagner, et on se ferait foutre à la porte tous les deux.

Elizabeth, en admettant que ce soit Elizabeth (car, après le premier choc, je commençais à douter de mes yeux), ne m'avait pas vu, et moi je ne tenais pas à ce qu'elle me voie… pas encore.

Je restai donc en sentinelle devant le théâtre jusqu'à la fin de la représentation. Quand la foule se précipita au-dehors, j'étais si gelé et si raide que je ne me serais pas reconnu moi-même dans une glace.

L'objet de mes fiévreuses recherches se trouvait à ma portée, et je ne pouvais pas étendre la main.

16

Comment se fait-il que, par amour ou par haine, les hommes éprouvent plus de joie à préfigurer la réalisation de leur désir qu'à la vivre – et qu'ils y trouvent même un apaisement beaucoup plus certain, l'apaisement de la mort ? Ne me répondez pas : votre réponse ne serait valable que pour vous seul.

Cette nuit-là, je dormis dans un asile de nuit de la Bowery. Oui, je dormis. Pour la première fois depuis ma sortie de cellule, je dormis du sommeil innocent d'un nouveau-né ou d'une meurtrière richement entretenue.

Sans doute parce que les recherches étaient terminées et que la vengeance n'avait pas encore commencé.

Le lendemain, je changeai totalement de tactique. Au lieu d'écumer les routes et les chemins pour revenir toujours à mon point de départ, je consultai l'annuaire du téléphone et y trouvai le numéro d'Arthur Henaston. Il avait un bureau dans Lexington Avenue, et une usine à Brooklyn, la Henaston Washing Machine Company. L'appareil qu'il commercialisait, je l'appris plus tard, s'appelait la Laveuse pratique Henaston, et il possédait trois ou quatre usines dans le pays.

C'était une entreprise prospère. Henaston en était le président et le principal actionnaire.

Pendant deux heures, j'essayai d'emprunter cinq cents à un clochard mais ne pus en tirer que deux et une médaille de sainte Thérèse. C'est pourquoi j'en fus réduit à mettre une épaisseur supplémentaire de papier journal dans mes chaussures et à gagner à pied Lexington Avenue.

Si Henaston acceptait de me prendre à son service pendant quelque temps, je pourrais enfin marcher sur mes deux pieds et non sur deux feuilles de chou de la Presse Hearst, je pourrais acheter des vêtements, glisser quelques pièces d'argent dans ma poche, et fouiller tous les lieux où j'avais une chance de trouver Elizabeth : théâtres, bars chics, restaurants de l'East Side, boutiques de la Cinquième Avenue, allées de Park Avenue. Je me rendais compte qu'il me faudrait peut-être des années pour réussir, et que tout l'argent que je pourrais gagner risquait d'y passer, mais j'étais résolu à ne pas renoncer.

Pendant tout le trajet de la Bowery au bureau de Henaston, je gardai le sourire. Je ne pouvais m'ôter cette image de l'esprit : celle de mon Elizabeth actuelle vêtue d'un chandail ! On peut s'accommoder des rides mais, quand on a un gros derrière et qu'il est moulé dans une jupe fendue, on doit avoir du mal à s'asseoir.

Ce que je vais dire vous paraîtra sans doute idiot mais, dans le temps, il m'est arrivé de caresser un rêve, une ambition. Ces rêves ont toujours été de courte durée.

La première fois, j'avais onze ans. Un soir où je m'étais particulièrement mal comporté au dîner, mon père m'avait ordonné de monter dans ma chambre. Mais, au lieu de lui obéir, j'étais allé m'asseoir dans le hall d'entrée, dont les murs étaient ornés de peintures à l'huile, des croûtes qui rendaient mal hommage à la nature. Je les ai déjà évoqués, ces tableaux. L'un d'entre eux représentait un bateau naviguant sur une mer trop bleue pour être réelle. J'avais contemplé cette peinture pendant si longtemps que je m'étais retrouvé sur le pont du bateau, voguant sur ces flots bleus aux reflets de verre. L'atmosphère était si paisible, si authentique. Depuis le pont, j'apercevais la jetée ainsi que les petites maisons de pêcheurs qui parsemaient le front de mer. Et tout au fond, au pied d'une colline, se trouvait ma maison. Je savais qu'il s'agissait de la mienne car c'était la seule dont la cheminée laissait échapper de la fumée. Pour moi, c'était signe de prospérité, car il n'y avait ni cheminée ni chaudière dans la maison que j'habitais vraiment. Seulement un poêle à charbon qui ne chauffait qu'une seule pièce.

Poursuivant mon songe, je m'étais vu entrer dans la maison avec la cheminée, où trônaient une multitude de chevalets. Je me trouvais dans un atelier d'artiste et j'étais le peintre. Je peignais l'âme des choses. On venait voir mes œuvres, et ça faisait un peu frissonner car je peignais l'âme des choses… Ce songe était-il une sorte de vocation en gestation ? Ou bien un présage ?

Puis j'avais eu une deuxième expérience similaire. Peu de temps avant de quitter l'école, je fus chargé de lire à haute voix un conte à mes camarades. C'était un récit assez poignant qui devait être fort bien écrit car, s'il fallait en croire le maître, il avait obtenu un prix. Tandis que je lisais, je sentais que toute la classe était avec moi, que le maître était avec moi, et, avant d'être arrivé à la fin, je me pris au jeu. J'étais un grand acteur devant de fervents spectateurs. Pendant que je parlais, leurs corps se balançaient au rythme des phrases que je débitais, leurs yeux s'emplissaient de larmes au son de ma voix harmonieuse, et leur âme, pénétrée de la puissante signification des mots, prenait son envol vers le ciel… Quand je me rassis à mon pupitre, je ne savais plus trop où j'étais.

J'eus exactement la même impression en entrant dans le grand bureau d'Arthur Henaston. Pendant quelques instants, je fus incapable de parler. La secrétaire me dévisagea : elle croyait sans doute que je m'étais trompé d'adresse. Elle faillit me dire : « Prenez le couloir et tournez à gauche », mais elle s'en abstint car elle dut deviner que je n'étais pas dans mon assiette.

Mes genoux se mirent à trembler, mon visage se couvrit de sueur, et je fus obligé de m'asseoir. C'était peut-être la faim, ou la gueule de bois. Mais non. Ce devait être, une fois de plus, ce rêve, cette ambition frustrée. Les grands bureaux à hautes fenêtres, garnis de meubles solides et confortables, où règne une atmosphère d'activité facile, m'ont toujours fasciné. Et, ce jour-là, en pénétrant dans le bureau le plus somptueux que j'aie jamais vu, je compris la raison de cette attirance. Je voulais devenir quelqu'un. Je voulais accomplir une chose si éclatante que les gens auraient le souffle coupé en entendant prononcer mon nom, en regardant ma photo, en écoutant réciter mes poèmes, ou, tout simplement, en entrant dans mon bureau.

Je voulais devenir quelqu'un ! Eh bien ! J'étais quelqu'un : j'étais un prisonnier libéré sur parole, âgé de quarante ans, ne possédant rien au monde que l'esprit de vengeance. Brillante carrière en vérité...

Mr. Henaston me reçut immédiatement. Le nom de Masters produisait un effet magique. Les deux hommes avaient dû être de très bons amis. Naturellement, en voyant mes joues hérissées de poils et mon complet froissé, il eut un léger sursaut, mais dès que je commençai à parler, l'atmosphère se détendit.

D'abord il s'informa de Masters ; puis il me demanda depuis combien de temps je n'avais pas fait un vrai repas, et si j'avais besoin de vêtements (ce qui sautait aux yeux). Il voulut savoir également si je désirais travailler tout de suite, et si je consentirais à occuper une chambre, dans l'appartement du maître d'hôtel, au-dessus du garage, en attendant que le logement de la gardienne soit repeint. Finalement, bien sûr, il me demanda pourquoi on m'avait mis à l'ombre.

— Pour meurtre, répliquai-je en le regardant bien en face. Sur preuves indirectes. Vingt ans. Je n'en ai tiré que dix.

Drôle de type, ce Henaston. Il avait sursauté en voyant ma tenue, mais il ne broncha pas quand je prononçai le mot « meurtre ». L'espace d'un instant, je crus qu'il allait me dire : « Parfait. Signez ici. » Néanmoins, il se contenta de déclarer :

— Pas de veine... Mais, que voulez-vous, tout le monde peut faire des bêtises. Vous toucherez cent dollars par mois, logé et nourri. J'aimerais aussi vous payer votre premier complet neuf, une séance chez le coiffeur et un bon dîner...

Il me tendit un billet de cent dollars et ajouta en souriant :

— Voici votre premier mois de salaire. Les vêtements seront à mes frais. J'ai un compte chez Saks. Je vais leur téléphoner.

Je marmonnai quelques remerciements et fis mine de me lever.

— À propos, dit-il en se penchant sur son bureau, je n'ai pas très bien saisi votre nom. C'est Johnson, je crois ?

— Walter Johnson, répondis-je vivement, mais j'aimerais mieux prendre le nom de ma mère : Lukens. Johnson Lukens. Je ne veux pas porter un nom de taulard toute ma vie.

Mr. Henaston se cala dans son fauteuil. C'était un homme corpulent. Je ne l'avais pas encore vu debout, mais je pensai qu'il devait être grand. Il avait des cheveux clairsemés sur le sommet du crâne, et assez fournis sur les côtés. Il portait des lunettes sans monture, pourtant je ne distinguais pas bien ses yeux, que je me plaisais à imaginer très bienveillants. Il portait un veston croisé bleu marine et un gilet bordé d'un liséré blanc. On aurait dit le portrait d'un grand brasseur d'affaires – et c'en était un.

— Je vous comprends, dit-il. Les gens sont trop curieux. Lukens, hein ? Hollandais ?

— Je le suppose. Ça devait être Van Lukens il y a longtemps.

Il griffonna quelques mots sur un bloc-notes :

— Johnson Lukens. C'est bon, Mr. Lukens.

— Il y a encore la question des formulaires à remplir pour le bureau des libérés sur parole. Il me faut la signature de mon employeur.

— Envoyez-les-moi. Ma secrétaire s'en occupera.

Je le remerciai, puis, au moment de partir, je me retournai :

— Ah, j'allais oublier, fis-je. Est-ce que votre jardin est très grand ? Est-ce qu'il y a des essences et des fleurs rares qui exigent des soins spéciaux ? En ce cas j'étudierais la question.

Il sourit. Ses dents étaient trop blanches et trop régulières pour être vraies, et elles avaient dû lui coûter cher. Ça me rappela qu'il fallait que je m'en fasse arranger quelques-unes. Je serais obligé de payer le dentiste cette fois-ci : jusqu'à présent, l'État s'en était chargé…

— Pour aujourd'hui occupez-vous seulement de la pelouse. Je vous ferai visiter le jardin en rentrant. Mrs. Henaston sera contente d'avoir quelqu'un de compétent pour l'aider. Voyez-vous, notre jardinier nous a quittés la semaine dernière. Aujourd'hui c'est notre jour de chance – le vôtre aussi bien que le mien.

— Merci, répondis-je. Alors, à plus tard.

Je sortis de son bureau en proie à ce qu'on appelle des sentiments contradictoires. Les coïncidences s'entassaient les unes sur les autres. Les gens étaient trop gentils, aussi bien les ivrognes que les richards. New York me témoignait beaucoup de sollicitude. « Pourquoi ? Pourquoi ? » me demandai je sans cesse ; car, tout au fond de moi, je sentais que je ne méritais pas cela. J'étais encore sur la mauvaise voie, mais, pour je ne sais quelle étrange raison, le train fatal n'arrivait pas.

Mais quand il est arrivé, l'aiguillage était prêt. Pas de voie de garage pour moi, c'était la voie principale qui me souriait.

17

J'ai cru autrefois qu'on pouvait apprendre beaucoup de choses en observant les oiseaux et les abeilles ; que ceux qui avaient souffert et tout gâché dans le monde des humains pouvaient découvrir une existence nouvelle en pénétrant dans le monde des bêtes et des plantes. J'avais dû lire ça dans un livre pour enfants, pourtant je n'ai pas acquis beaucoup de sagesse en travaillant au contact de la terre. Peut-être parce que je n'y ai utilisé que mes mains.

Après un rapide coup d'œil sur la propriété des Henaston, j'eus bonne envie de jeter mon baluchon sur mon épaule et de prendre le premier train de marchandises en partance. Les bâtiments étaient gigantesques : trente-quatre chambres, huit salles de bains, trois patios, une piscine, des courts de tennis, une volière, des écuries. Le parc couvrait une immense superficie de terrain : si on voulait aller s'y promener, il fallait presque se munir d'une hachette et marquer les arbres pour trouver le chemin du retour.

Mes deux pièces avec salle de bains dans la loge du jardinier valaient une suite au Waldorf : du moins, telle fut l'impression du vagabond aux pieds meurtris que j'étais.

La gouvernante me dit de ne pas me laisser impressionner par l'étendue du parc : j'étais jardinier en titre, et j'aurais deux ou trois aides à ma disposition. En d'autres termes, pour la première fois de ma vie, j'étais patron.

Je m'apprêtais à demander pourquoi mon prédécesseur avait quitté sa place, mais je n'eus pas à me donner cette peine.

— Je n'ai qu'un conseil pour vous, me dit la gouvernante ; tâchez de vous faire bien voir de la patronne. Elle est difficile.

— J'essaierai, fis-je en opinant de la tête, sans perdre une bouchée du déjeuner qu'elle m'avait fait préparer par la cuisinière.

— On ne la voit pas souvent se balader ; mais le jour où elle aura décidé d'inspecter votre travail… attention !

— Y a des gosses dans la maison ? J'ai vu trois chevaux et un poney.

— Personne ne monte plus Bessie. Les enfants sont grands. Alys, le plus jeune, est en pension. L'autre est à Yale. Ce sont les fils de Mr. Henaston.

— Je vois. Et Mrs. Henaston ? Comment est-elle ? Je veux dire : qu'en pensez-vous, Mrs. Strap ?

Elle me regarda fixement, mais sans colère, par-dessus ses lunettes à double foyer, et répondit :

— On me paie pour faire marcher la maison aussi bien que possible. Je ne touche pas de prime pour communiquer mon opinion.

Sur ces mots, elle se retira.

Tels furent mes débuts chez les Henaston. Je passai la fin de l'après-midi avec le patron qui me fit faire le tour du parc. Il ne m'apprit pas grand-chose, en dehors de la nature de mes fonctions, mais cela n'avait aucune importance. En fait, je ne tenais pas à mieux connaître les Henaston. Tout ce que je désirais, c'était travailler seul, vivre seul, préparer seul ma vengeance. J'avais une mission à remplir, qui m'avait été confiée par le diable.

Et, un jour, ma mission fut accomplie.

J'occupais mon poste depuis quatre mois, et tout marchait très bien. Henaston, que j'avais vu deux ou trois fois, semblait satisfait de mon travail. Le parc n'était ni mieux ni plus mal tenu que le jour de mon arrivée. Mais Henaston aimait particulièrement deux rosiers Cécile Brunners qui étaient quelque peu rabougris : je fis appel à mes faibles connaissances en matière de roses et, grâce à ma main verte, les deux arbustes prospérèrent. Henaston en parut satisfait.

Au cours de notre troisième entrevue, je découvris qu'il aimait les bateaux. Nous parlâmes navigation pendant quelques minutes. Il possédait un yacht sur lequel il s'embarquait chaque fois qu'il en trouvait l'occasion, et il me promit de m'emmener un jour. Je sentais que Mr. Henaston éprouvait beaucoup de sympathie pour moi, mais j'ignorais pourquoi. Ce n'était sûrement pas en raison de mes talents de rosiériste, ni à cause de notre commun amour de la mer. J'avais l'impression que mon séjour en taule y était pour quelque chose. À vrai dire, Henaston ne me plaignait pas d'avoir passé les meilleures années de ma vie derrière les barreaux; mais il comprenait certaines formes de souffrances que j'avais endurées. C'était vraiment un drôle de type. Il gardait souvent le silence, mais non pas pour mieux réfléchir. Bien que ses manières soient parfaites, il me semblait parfois que sa réserve d'homme du monde n'était pas innée, mais acquise. Et que, très longtemps auparavant, il avait dû être un tout autre type. Je savais qu'il occupait une place importante dans le monde des affaires, mais ça ne prouvait rien. J'ai connu dans le temps un voyou de Brooklyn qui possédait onze hauts-de-forme et une femme appartenant à la meilleure société : pourtant il conservait sa mentalité de voyou. Quand on se fait faire un lifting, ça ne change rien à l'état de notre âme.

Je n'avais pas encore rencontré Mrs. Henaston. Elle n'était sans doute pas pressée de faire son tour d'inspection dans le parc. Toutefois, j'avais appris plusieurs choses sur son compte par la cuisinière et le chauffeur. Le chauffeur la trouvait belle, la cuisinière la trouvait laide. (J'ignorais l'opinion de la femme de chambre.) D'après la cuisinière, elle était intelligente ; d'après le chauffeur, c'était « une poule pas très maligne ». (La gouvernante ne portait jamais aucune appréciation sur ses capacités intellectuelles.) Le chauffeur prétendait qu'elle avait un chic fou ; la cuisinière prétendait qu'elle avait très mauvais goût. Le palefrenier disait qu'elle n'approchait jamais des écuries, de peur de se crotter.

En conséquence, je me faisais une idée très vague de Mrs. Henaston. Mais, je l'ai déjà dit, ça m'était bien égal tant qu'elle me fichait la paix.

Mon jour de liberté était le mercredi. Or, ce mercredi-là, j'étais parti à New York le matin de bonne heure pour battre le pavé à la recherche d'Elizabeth Frazer, selon mon habitude.

Il faisait un temps de mars assez aigre. Ne me sentant pas très bien, je décidai de rentrer à Woodmere au lieu de passer la nuit en ville comme à mon habitude.

Je crois que je commençais à prendre goût à mon existence, si bien que ma soif de vengeance se faisait moins intense.

Je m'installai dans le train pour Long Island, et, sentant en moi ce besoin de rentrer au logis, je me rendis compte que j'avais bougrement changé. Je suivais un nouveau chemin, un de ces chemins tout tracés que suivent les petites gens. Ça me plaisait. J'étais fier de moi.

Je souris au contrôleur. Je souris aux visages penchés sur les journaux du soir. Je me rapprochai de mon voisin, un habitué en costume de tweed. Je sentais la chaleur de son âme routinière, et j'aimais cette chaleur. Il rentrait chez lui, comme il le faisait trois cent soixante-cinq jours par an. Mais une seule chose comptait : il rentrait chez lui. Je ne faisais qu'un avec cet homme. Je ne faisais qu'un avec tous ces gens. Moi aussi j'habitais une maison dont la cheminée fumait. Je pouvais parler à ces gens d'arbres, de jardins, de chemins tout tracés. Je pouvais leur parler de rosiers, d'hortensias, de jacinthes et des différentes sortes de lierre. Et des chevaux qui m'appartenaient, du moins par moments. Ils m'appartenaient quand j'étais avec eux. Si vous contemplez une chose assez longtemps, elle finit par vous appartenir. Elle vous appartient tant que vous la contemplez.

Je pouvais parler de gosses, également. La cuisinière en avait un, et le chauffeur aussi. J'étais arrivé à les connaître assez bien. Ils venaient me voir dans ma maisonnette. Et ils m'appartenaient, eux aussi, tant qu'ils étaient là.

Un jour, il n'y aura plus de possessions personnelles dans ce monde. Aucune. Nous ne posséderons plus que ce que nous serons en train de contempler. Et si on continue dans cette voie, notre espace ne sera nôtre que pour la durée où nous l'occuperons. Quant au temps, si on en a, il ne sera pas nôtre bien longtemps non plus. Tout va terriblement vite. Agrippez ce que vous pouvez avant qu'il ne soit trop tard.

Le comportement d'un meurtrier dépend de sa personnalité. Un type de personnalité produit un type de criminel qui commet par conséquent un certain type de crimes.

Il y a celui qu'on appelle le monstre, avec ses manières sournoises. Il commet les meurtres les plus abominables, presque en dépit des lois existantes. Il vous défie de résoudre son énigme sanglante. Peut-être que s'il n'était pas obsédé par le crime on le trouverait plongé dans un puzzle, un roman policier, ou bien en train d'écouter des quiz à la radio.

Il y a aussi un tas de monstres qui ne quittent jamais leur fauteuil, et c'est tant mieux pour le reste du monde. Jouer est une activité toujours très amusante. Pour tous types de personnes. La plupart, en fait. Le jeu du meurtre ne déroge pas à la règle. D'ailleurs, aux yeux de certains, c'est le plus stimulant des défis. Surtout pour les penseurs les plus aguerris.

Puis il y a l'idiot de criminel avec ses crimes idiots : petits braquages, cambriolages, vols à l'arraché. Il tue, poussé par des peurs idiotes, effrayé d'être attrapé, blessé, tué.

Il pourrait facilement devenir un meurtrier de sang-froid, un gangster, si jamais son ego prenait de l'ampleur.

Et, si c'était le cas, ses crimes aussi prendraient de l'ampleur. Ses peurs deviendraient des bravades, et il tuerait tout et n'importe quoi sur son chemin.

Le crime passionnel est le plus difficile à détecter car il peut être l'œuvre de votre meilleur ami, de la sœur de votre femme, de votre propre frère ou de la jeune veuve qui vous sert de voisine, de cet individu qui roule déjà l'idée du meurtre dans sa tête et qui un jour, voyant ses émotions exacerbées, perd le contrôle. Sa femme le trompe peut-être avec un autre, ou bien il perd son argent au poker, parce que les autres joueurs trichent ou volent. À moins que ce ne soit l'inverse, que ce ne soit lui qui trompe sa femme. S'il est médecin, il entretient peut-être une relation avec une infirmière ou sa secrétaire, et si sa femme le découvre un jour, elle s'enflamme, embrasée par ses émotions, et tout est fini, les voilà effacées d'un coup de couteau à pain ou de tout autre objet plus pratique. Nombreuses sont les disputes ordinaires au sein de couples ordinaires que l'on voit se solder par un meurtre. L'instinct animal, du moins ce que l'on nomme ainsi, vous crie de vous protéger… tue-le avant qu'il ne te tue, et voilà, un meurtrier de plus! L'envie de sexe, la soif d'argent et de liberté fournissent de nombreux mobiles.

Mais où était ma place à moi quand il n'y en avait plus sur la liste?

Je ne rentrais dans aucune de ces catégories. Je n'avais rien d'un archidémoniaque. J'ai toujours détesté les quiz et autres sports violents du même genre. Je n'avais pas les flics à mes trousses après avoir braqué une banque. J'avais traîné dans des petites magouilles mais je n'avais jamais pensé à m'enfuir quand j'avais été sur le point de me faire prendre.

Mes émotions ne m'avaient jamais fait « voir rouge ». D'autre part, après avoir passé dix ans à attendre la liberté, je n'avais plus besoin de la désirer.

Alors ? Je voulais simplement refaire les comptes, pour obtenir un total exact. Le tribunal m'avait convaincu de meurtre ; eh bien ! j'allais justifier son verdict. J'allais refaire les comptes, soigneusement, et prouver qu'après tout mes juges avaient eu raison. J'allais justifier cette condamnation à vingt ans de taule, et, du même coup, débarrasser l'humanité d'un monstre.

Or, je me trompais entièrement. Et je n'aurais pas pu me tromper davantage si j'avais décidé de courir nu dans une rue animée de la ville en coupant la tête des piétons avec un hachoir à viande émoussé.

Le jour où, pour la première fois depuis douze ans, je tournai la tête et la vis debout à côté de moi, je ne pensai pas au meurtre. Non... simplement à la vengeance... à toutes sortes de vengeances, en commençant par les plus anodines.

Ce mercredi-là, dès mon retour au logis, j'allai dans la cour pour faire quelques bricoles : désherber près des écuries, examiner les arbres fruitiers (car il avait fait assez froid), vérifier que le type préposé aux serres avait bien exécuté mes ordres.

D'habitude, je ne travaillais pas pendant mon jour de liberté, mais c'est lorsque nous rompons avec la routine quotidienne que les choses arrivent.

J'étais à genoux, en train d'arracher des mauvaises herbes près d'une allée cimentée, quand je sentis une présence à côté de moi. Croyant que c'était un palefrenier, je n'y prêtai guère attention avant d'entendre la voix… une voix qui retentit comme le suprême appel de la trompette du jugement dernier. Je m'interrompis si brusquement que je faillis m'enfoncer la bêche dans la main.

— Vous travaillez toujours pendant votre jour de congé ? demanda la voix.

Cette voix ! Cette voix que j'espérais entendre depuis si longtemps, que j'avais si longtemps cherchée, je l'entendais enfin ! Ça me semblait presque injuste : je me trouvais dans l'état d'esprit d'un type qui aurait trompé la mort trop souvent.

Je respirai profondément deux ou trois fois, puis je me relevai et la regardai bien en face avant de parler. Et voici ce que je lui dis :

— Non, Elizabeth, ce n'est pas mon habitude. Mais, comme toujours, le destin est intervenu. C'est pas la première fois…

Je crois qu'elle n'entendit qu'un seul mot : « Elizabeth ». Je la vis blêmir, puis vaciller sur ses talons, on aurait dit le personnage de Humpty Dumpty. L'espace d'un instant, je crus qu'elle allait tomber. Je ne l'aurais pas retenue. Je ne lui aurais pas fait obstacle. Je me serais écarté pour la laisser choir tout à son aise. Si je l'avais vue entraînée dans une chute mortelle, je n'aurais pas levé le petit doigt de ma main artificielle pour l'aider, sauf pour la faire mourir plus vite.

Néanmoins, elle ne tarda pas à retrouver son sang-froid. Elle abaissa ses paupières comme des stores, pour effacer tout souvenir du passé, mais elle s'y prit un peu trop tard.

— N'essaie pas de me feinter, Elizabeth, lui dis-je. Maintenant, j'ai réponse à tout. Tu joueras la grande dame, et moi, je jouerai le jardinier. On est trop vieux, tous les deux, pour bouleverser l'ordre des choses.

Je pris le temps de réfléchir et ajoutai :

— Je vous demande simplement de ne pas vous mettre en travers de mon chemin, Mrs. Henaston. (Je désignai ma maison.) Je possède en effet un petit chez-moi qui renferme toutes sortes d'instruments de torture : des couteaux, par exemple, et autres outils du même genre.

Elle pinça fortement les lèvres, comme si on lui avait appliqué un élastique sur la bouche, puis elle fit demi-tour et se dirigea à pas lents vers la maison.

Mais j'avais vu ses yeux s'ouvrir et se refermer vivement : ils avaient reflété le passé et ajouté une nouvelle image à l'avenir.

Je suivis du regard la silhouette aux formes rebondies qui s'éloignait dans l'allée, et criai :

— Je n'ai pas manigancé cette rencontre, Mrs. Henaston. Jusqu'à ce jour, j'ignorais que vous étiez l'hôtesse de cette belle propriété.

Après avoir marqué une hésitation presque imperceptible, elle se remit en marche et disparut parmi le feuillage des arbres touffus qui bordaient l'allée.

Je regagnai ma loge. Une fois installé chez moi, au lieu de spéculer sur l'événement stupéfiant qui venait de se produire, en frémissant de joie à l'idée d'avoir atteint mon but, je chassai l'épisode de mon esprit. Ou plutôt, je le rangeai soigneusement dans un compartiment de mon cerveau afin de l'en tirer un peu plus tard. Après avoir dîné, tisonné le feu, enfilé des pantoufles qu'elle n'avait pas placées au pied de mon fauteuil, je m'assis confortablement, bourrai ma pipe dont je ne devais plus attendre le moindre apaisement, et parcourus les journaux du soir que j'abandonnai bientôt pour évoquer enfin le coup de théâtre qui venait de se produire.

Les gens ne croient jamais aux faits réels de l'existence. Ils lisent des histoires inventées et y croient dur comme fer ; mais, s'ils lisent des histoires vraies, ils déclarent que « ça n'arrive jamais dans la vie ». Dans ma vie à moi, on trouverait plus d'une histoire invraisemblable.

Assis dans mon fauteuil au coin du feu, je m'imaginais Elizabeth. Elle devait maudire le long bras de la coïncidence, imprégnant de haine l'atmosphère de sa chambre.

Après tant et tant de changements, la situation était exactement la même. Mrs. Elizabeth Frazer Isaacs Blodgett Henaston allait être obligée de se secouer et de venir me régler mon affaire. Un meurtre ne suffisait pas. Son erreur n'était pas d'avoir tué, mais bien de n'avoir tué qu'une seule fois. Elle aurait dû m'assassiner, moi aussi, et m'étendre à côté du gros lard. Pourtant, même alors, quelque chose serait arrivé, quelqu'un d'autre serait intervenu. On ne peut pas échapper à ce qu'on est réellement. Échapper ?

Je me redressai dans mon fauteuil. Échapper ? Bien sûr, elle s'imaginait pouvoir m'échapper de nouveau. Il n'y avait qu'à me supprimer. La dernière fois, elle avait gâché la besogne, mais il n'était jamais trop tard pour une femme de son acabit. Pour peu qu'elle me trouve seul une nuit, n'importe quelle nuit, toutes les nuits… cette nuit !… Je me levai d'un bond, courus à la porte, et la fermai à clé. Je fermai aussi le loqueteau des fenêtres et éteignis toutes les lumières sauf une.

Il y avait pas mal d'endroits dans la propriété où elle pouvait enterrer mon cadavre. Qu'avait-elle à perdre ? Toute son existence dépendait de ce geste et, moi, je ne représentais rien dans son existence.

On change beaucoup en dix ans. Elizabeth avait beaucoup changé physiquement. Mais l'expression de ses yeux restait la même, et sa voix était toujours aussi glaciale.

Qu'y avait-il dans son cœur et dans sa tête, maintenant qu'elle possédait tout ce qu'elle avait désiré jadis, tout ce pour quoi elle avait menti, volé, assassiné ? Était-elle prête à risquer un autre meurtre ? Ou, si elle reculait devant un nouveau crime, parviendrait-elle à garder ce qu'elle possédait ? Surtout sa tranquillité d'esprit. Sa tranquillité d'esprit… Est-ce qu'elle s'en souciait toujours aussi peu ? Est-ce qu'elle continuait à vivre uniquement dans le présent ? Et quel présent ! Mrs. Arthur August Henaston III, femme d'Arthur August, millionnaire, président de la Henaston Washing Machine Company. Pauvre richard !

Holà ! Minute, mon vieux !… Peut-être que Henaston n'ignorait rien au sujet d'Elizabeth. Peut-être qu'il m'avait engagé justement pour cette raison. Il avait sûrement reconnu mon nom. Elle, en revanche, ne s'était pas doutée de ma présence jusqu'à ce jour : l'expression de son visage en faisait foi.

Je me levai et arpentai la pièce. Je dus parler à haute voix. Mais les questions que je me posais restèrent sans réponses.

Ces réponses, comment allais-je les trouver ? Pas en réfléchissant, je le savais. Je les trouverais quand le moment serait venu. Ah, oui ! je les trouverais !

Des preuves indirectes !

Quand le moment serait venu.

18

Je ne revis pas Elizabeth pendant deux semaines. Mais je n'étais pas encore prêt à la revoir. J'avais certaines recherches à faire, et, tout d'abord, je voulais connaître le passé d'Arthur August Henaston.

Je trouvai une courte biographie de mon patron à la bibliothèque municipale. Il valait près de trois millions, qu'il avait gagnés au cours des vingt-cinq dernières années. Ça voulait dire qu'il n'avait commencé à entasser les pépettes qu'à partir de trente ans.

La biographie était très sommaire en ce qui concernait les trente premières années de sa vie. J'appris qu'il était né à Montréal. Fils de fermiers pauvres, mais honnêtes, il avait suivi les cours de l'université McGill, sans obtenir de diplôme. À vingt ans, il était venu travailler dans une compagnie d'assurances aux États-Unis. À trente ans, il réalisait des opérations en Bourse et gagnait assez d'argent pour acheter le brevet de la machine à laver qu'il s'était dès lors mis à exploiter.

Il avait épousé une certaine Elaine Hammermill, qui lui avait donné deux enfants avant de mourir. Quelques années plus tard, alors qu'il commençait à faire beaucoup d'argent, il s'était marié avec une Californienne, Elizabeth Winfield... Winfield... Où diable avait-elle déniché ce nom-là ? À moins que ce ne soit le sien, mais j'en doutais.

Deux faits m'intéressaient plus particulièrement : en premier lieu, on ne savait presque rien de la vie de Henaston entre vingt et trente ans ; d'autre part, il s'était remarié le jour même où j'avais commencé à purger ma peine pour le meurtre d'Elizabeth Winfield.

Si j'avais été journaliste, ou si j'avais eu assez d'influence pour être autorisé à consulter les archives d'un grand quotidien, j'aurais sans doute trouvé plus tôt ce que je voulais découvrir. Mais je le découvris malgré tout, et sans me donner la peine de le chercher.

J'étais en très bons termes avec Steve Elliot, le fonctionnaire du bureau des libérés sur parole. Le jour où j'allai à New York pour poursuivre mon enquête, je lui portai mon rapport mensuel en sortant de la bibliothèque. Je ne pensais qu'à Henaston et au moyen d'obtenir le renseignement que je désirais.

Steve Elliot examinait mon rapport et me posait les questions habituelles sur mon travail. Je lui répondais machinalement, comme on répond à des questions familières en songeant à autre chose. Tout d'un coup, je m'aperçus qu'Elliot me parlait de Henaston.

— C'est un très brave type, ce Henaston, disait-il. Je n'oublierai jamais notre première entrevue.

Je sursautai, et enchaînai aussitôt :

— Oui, c'est un brave type. Il a été sympa avec moi. Vraiment sympa.

Je regardai Elliot, et mon cerveau se remit à fonctionner. Il semblait bien connaître Henaston. C'était la deuxième ou la troisième fois qu'il me parlait de lui. Il n'avait rien dit de très significatif jusqu'à présent et n'avait mentionné son nom qu'à propos de mon travail, mais comment le connaissait-il ? Où leurs chemins s'étaient-ils croisés, alors qu'il n'y avait aucun point de contact entre eux ? J'observai Elliot pendant un moment. Il devait avoir dans les soixante-cinq ans. Henaston était son cadet de huit ou dix ans. Elliot semblait occuper ses fonctions depuis très longtemps. Du moins, il possédait cette patience imperturbable, machinale, des fonctionnaires qui voient défiler des échantillons d'humanité de toutes catégories, pendant toute leur existence. Il offrait un contraste frappant avec Henaston. Ce dernier semblait toujours sous pression : on sentait que c'était l'homme des grosses affaires, des décisions rapides, des idées impulsives qui rapportaient beaucoup d'argent. Elliot, lui, donnait l'impression de n'avoir jamais connu que les détails, les statistiques cumulatives, qui révèlent la force et la faiblesse de l'humanité… Il y avait quelque chose à gratter là-dessous. Il fallait que je trouve ce que c'était, car, à peine Elliot avait-il mentionné Henaston que j'avais entrevu un fil conducteur. À l'instar d'une balle rebondissante, le flot intense de mes pensées au sujet de Henaston me revint d'un seul coup.

Je me levai pour partir, d'un air décidé, tout en disant d'un ton désinvolte :

— Je transmettrai vos amitiés à Henaston.

— Non, n'en faites rien, répondit-il vivement. Ce n'est pas la peine. Il y a si longtemps que nous ne nous sommes vus. Il ne se souviendrait sans doute pas de moi et il n'aurait d'ailleurs aucun plaisir à évoquer ces souvenirs. Il a fait son chemin depuis cette époque… Inspirez-vous de son exemple, Johnson, ajouta-t-il en souriant.

— Je n'y manquerai pas. Depuis combien de temps… a-t-il cessé de venir ici ? demandai-je, en espérant de tout mon cœur ne pas m'être montré trop présomptueux.

— Oh ! Ça doit faire dans les vingt-cinq ans. Moi aussi, j'étais jeune en ce temps-là. Nous avions l'habitude de bavarder de choses et d'autres. Il était très intelligent.

— Il l'est toujours.

— C'est ce qui lui a valu des ennuis avec cette compagnie d'assurances. J'ignore à quel point il était coupable, mais, vol et escroquerie… (Il haussa les épaules.) Il a récolté dix ans et n'a purgé que trois ans et quatre mois de sa peine. Ce devait être le minimum, il me semble, en comptant ce qu'on lui avait déduit pour bonne conduite. Naturellement, il a dû faire son rapport mensuel pendant sept ans.

— Oui, je sais.

— Je suis ici depuis pas mal d'années, reprit-il en souriant, et j'ai vu Henaston grandir comme un champignon. Le jour où il m'a apporté son dernier rapport était le plus beau de sa vie. Maintenant, regardez-le : il est multimillionnaire. Et on prétend que l'Amérique n'est plus le pays de toutes les chances. Ailleurs, il serait encore à l'ombre.

— On peut donc toujours espérer que le passé sera oublié, hein, Elliot ?

— Bien sûr. Personne ici ne connaît l'histoire de Henaston. Lui aussi est venu de Californie. Il s'est fait de nouveaux amis, une vie nouvelle. C'est épatant. On n'est pas plus de trois à partager son secret. Et ça ne compte pas. Si je vous en ai parlé, c'est que je savais que vous étiez au courant, vu que vous travaillez chez lui, sans parler du reste.

Il se leva à son tour. J'aurais aimé lui poser mille questions, mais je n'osais pas. D'ailleurs, je n'avais pas besoin d'en apprendre davantage. J'en savais assez sur Arthur August Henaston pour taper du poing sur la table quand le moment viendrait.

Dans le train qui me ramenait à Woodmere, je me mis à reconstruire toute l'histoire. À sa sortie de taule, Henaston était allé à New York. Il avait épousé Elaine Hammermill six ou sept ans plus tard. Il avait vécu avec elle un peu plus de cinq ans. Pendant cette période, il avait boursicoté et acheté le brevet de la machine à laver. Puis, alors que tout marchait bien, la première Mrs. Henaston était morte, lui laissant deux gosses sur les bras. Un peu plus tard, il avait dû rencontrer Elizabeth Frazer, très probablement dans le Minnesota, puisqu'il possédait une fabrique à Minneapolis. Ce gros bouffi d'Isaacs avait dû travailler pour lui après s'être fait virer par Walker. Henaston et Elizabeth avaient alors connu le coup de foudre. Malheureusement, Elizabeth, une fois débarrassée d'Isaacs, n'avait pu se débarrasser de moi pendant un bon bout de temps. Mais, quand elle y était enfin parvenue, elle était allée rejoindre Henaston et ne l'avait plus jamais quitté.

Tiens, tiens, tiens… Ainsi Arthur August était un taulard comme moi, et il sortait de la même cabane. Voilà pourquoi il connaissait mon ami Masters. Lui aussi avait des choses à oublier. J'ignorais si les méfaits d'Elizabeth s'ajoutaient aux souvenirs personnels qu'il voulait oublier, mais, le cas échéant, il n'avait pas fini de les expier.

Il ne me fallut pas longtemps pour dresser mon plan. Lorsqu'on arrive, en effet, au point où on peut enfin consommer sa vengeance, surtout après dix ou douze ans d'attente, on est bouillant d'impatience. On veut agir immédiatement. C'est comme quand on rêve qu'on désire quelque chose ou quelqu'un : juste au moment de mettre la main dessus, on est tellement pressé qu'on bousille tout, ou peu s'en faut. Autrement dit, si on désire quelqu'un furieusement, on oublie parfois d'être subtil, on devient frénétique, on perd la tête, on perd sa lucidité, et, au bout du compte, on perd la personne qu'on aurait pu avoir. Il en est de même pour la vengeance ; il en fut de même pour la mienne. Ayant retrouvé Elizabeth, je voulus me venger sans plus attendre. Il faut dire que je n'étais pas assez intelligent pour faire de ma haine un instrument formidable (du moins, je n'étais pas aussi intelligent qu'Elizabeth) ; c'est pourquoi je choisis une méthode très simple : le vieux truc de la goutte d'eau. Il y a bien deux mille ans qu'elle a fendu la pierre en deux à force de l'user ; pourquoi ne serait-elle pas tout aussi efficace aujourd'hui ? J'allais exaspérer Elizabeth par de petits moyens, par des détails accumulés, jusqu'à ce que sa vue en soit obscurcie et qu'elle soit contrainte de démolir l'édifice.

Je commençai à mettre mon plan à exécution en lui envoyant tous les jours une rose. Chaque matin, je cueillais une rose d'un rouge vif dans sa serre personnelle, et quand j'apportais à Mrs. Strap les fleurs qu'elle avait commandées pour la journée, je veillais à ce que cette unique rose soit placée dans le vase de cristal de la maîtresse de maison et montée dans sa chambre.

Tout d'abord, Elizabeth n'en saisit pas la signification. Néanmoins, un fait qui se répète finit par paraître bizarre. Un beau jour, à son réveil, elle regarda la rose et s'étonna. Puis elle se rappela qu'elle en voyait une, au même endroit, depuis quelques semaines ; mais toujours sans se rende compte que l'apparition des roses avait coïncidé avec notre rencontre. Naturellement elle interrogea Mrs. Strap, qui lui apprit que cette idée venait de moi. Quand la gouvernante me raconta la scène un peu plus tard, je lui demandai d'un ton indifférent comment la patronne avait pris la chose.

— Elle n'a pas prononcé un traître mot, répondit Mrs. Strap. Elle s'est contentée de me jeter un de ces coups d'œil qui vous glacent comme le vent de Chicago pendant l'hiver. Ensuite, elle a pivoté sur ses talons hauts, et a quitté la pièce.

— C'est bon, Mrs. Strap, fis-je en riant. Puisque mes petites attentions ne sont pas appréciées, n'y pensons plus. À partir de demain, à son réveil, elle ne verra plus que son visage dans la glace. Ça sera un foutu début de journée pour elle.

Mrs. Strap fut ravie de cette dernière remarque. Encore aujourd'hui je peux entendre son rire gras, semblable au hi-han d'un gros âne de bât en train de braire au bord d'un précipice. Mrs. Strap avait peur d'Elizabeth. Elle tenait beaucoup à garder sa place et elle n'avait pas souvent l'occasion d'entendre formuler par quelqu'un ce qu'elle-même pensait depuis cinq ou six ans.

Pendant les deux semaines qui suivirent, j'essayai le

coup des lettres. Chaque jour, je lui envoyai une missive, postée d'un endroit différent. Parfois c'était Woodmere, parfois Port Chester, Westchester, Manhattan, Brooklyn, le Bronx : un jour, je pris le ferry jusqu'à Staten Island exprès pour y poster ma lettre. C'est effrayant de voir à quel point l'esprit de vengeance peut s'emparer de tout votre être. Votre humour même n'y échappe pas : il est entaché de malignité.

Naturellement, je ne vis jamais Elizabeth recevoir un de mes billets doux. Mais je me représentai facilement le tableau, au moins les deux premières fois. Elle connaissait mon écriture ; donc elle avait dû décacheter les enveloppes furtivement, derrière une porte bien close. Peut-être s'était-elle attendue à trouver une déclaration d'amour, une menace ou une demande d'argent. Mais, dans les trois ou quatre qu'elle ouvrit (car je suppose qu'elle n'alla pas plus loin), elle ne trouva rien de ce qu'elle attendait. Elle ne trouva jamais rien, parce qu'il n'y avait rien à trouver. Pas de longue épître, ni de court billet, ni une ligne, ni un mot. Un bout de papier blanc. Vide comme sa tête ; indéchiffrable comme ses yeux ; froid et stérile comme son âme.

Finalement, les fleurs et les lettres ne me suffirent plus. Je passai aux coups de téléphone. Je commençai à l'appeler le matin pour la tirer de son sommeil. Je disais « Allô, Elizabeth » ; puis j'attendais. Les premiers jours, elle ne reconnut pas ma voix. Elle était simplement furieuse d'avoir été réveillée. Moi, devinant sa colère, je raccrochais sans lui laisser le temps de répondre autre chose que « Allô ». Un matin, elle comprit. Elle raccrocha brutalement, et, si j'avais été près de sa fenêtre, je suis sûr que je l'aurais vue mordre ses lèvres sensuelles pour s'empêcher de hurler, jeter à bas du lit son corps alourdi mais encore plein d'attrait et arpenter la chambre comme une tigresse éventrée aux entrailles pendantes.

Je laissai passer quelques jours ; ensuite, je l'appelai au cours de la nuit : à huit heures, à dix heures, à minuit, à deux heures et à trois heures du matin, et, une fois, à l'aube, « cette aube, Elizabeth, que nous avons connue quand nos deux corps n'en faisaient qu'un ». L'aube, c'était le seul moment où je me croyais autrefois près de la comprendre : elle était dans mes bras, ses paupières battaient rapidement pendant quelques secondes, puis le désir latent s'enfiévrait, s'exacerbait, et, au cours d'une brève extase, il se transformait en quelque chose d'indéfinissable qui me semblait pouvoir devenir un jour de la compréhension. Mais le néant était toujours là, dans sa tête et dans son cœur, ce néant qui lui était particulier et qui prenait des formes différentes selon les situations.

Bientôt le jeu du téléphone perdit son intérêt. Pour moi, naturellement, car nous n'arrêtons la partie que si elle nous embête, nous. L'objet de notre convoitise, en effet, que nous croyions pouvoir saisir, est toujours aussi loin de nous, et nous tournons en rond. Nous tournons en rond… Alors, suffit ! Changeons de jeu !

Je décidai, pour varier les plaisirs, d'envoyer un télégramme à Mrs. Henaston, un télégramme dont les termes ne seraient pas à son goût, mais qu'elle lirait avec attention, car j'envisageais de lui proposer un rendez-vous. Je n'en eus pas l'occasion. Au moment même où je tendais la main vers le téléphone pour dicter le télégramme, j'entendis frapper à la porte et je reçus ma première visiteuse de marque.

J'aurai du mal à oublier ce visage. Quand je le revois à l'heure actuelle, il n'a plus sa dimension tragique, mais je le distingue nettement. Comme une photographie en noir et blanc qui ne laisserait rien deviner de ce qui se passe à l'intérieur, derrière les yeux indéchiffrables. Ou comme le tableau d'un peintre qui ne saurait pas représenter l'intérieur, qui se cantonnerait à la surface. Et quel portrait ce serait, entre les mains d'un peintre sachant projeter l'intérieur à l'extérieur ! J'aurais voulu le réaliser pour l'accrocher ensuite dans la galerie de la postérité.

Le visage qui apparut devant moi exprimait la haine et l'espoir. Le désespoir et la souffrance aussi. L'absence de désespoir aussi. Il avait cette pâleur que laisse l'expérience tragique, quand la tragédie s'est épuisée pour faire place à la torpeur.

Dès que j'ouvris la porte et que je vis Elizabeth Frazer debout sur le seuil, je compris qu'elle avait bougrement changé, et ce avant même les récents événements et leur lot de tragédie ; son genre de tragédie à elle. Elle avait bien changé en dix ans, et ma présence dans sa vie, telle une mauvaise conscience, lui avait finalement donné un semblant de conscience.

J'ouvris la porte en grand. Elle pénétra dans la pièce et s'assit. Nous n'avions pas prononcé un mot. Quand elle passa devant moi, craintivement, comme quelqu'un qui se hâte de passer à côté d'un cadavre, je constatai un autre changement, physique celui-là : Mrs. Henaston n'avait pas beaucoup mangé au cours des trois dernières semaines, je prélevais aussi une partie de mon dû en livres de chair.

Aussitôt la porte refermée, elle me regarda bien en face, et je lus dans ses yeux l'image des nuits d'insomnie, des cachets de somnifère, des cigarettes et des petits verres de whisky avalés à la hâte. Ses yeux n'avaient plus le bleu de la mer calme, mais celui de l'océan démonté. Son visage était maigre et blême, et les longues ombres au creux de ses joues semblaient avoir été dessinées au fusain par une main incertaine.

— Walter, commença-t-elle, cette situation n'est plus tenable. Que veux-tu ? Qu'attends-tu de moi ? Pourquoi ne t'en vas-tu pas ? Tu ne peux donc pas me laisser tranquille ?

Elle tripota nerveusement la fermeture de son portefeuille, l'ouvrit et en tira une liasse de billets qu'elle me tendit :

— Tiens, dit-elle, c'est tout ce que j'ai pu me procurer ; ça fait plus de deux mille dollars.

Je la regardai fixement jusqu'à ce qu'elle détourne les yeux, puis je répondis :

— Garde ça, Elizabeth. Ça ne suffirait pas à payer une seule nuit de ces dix années.

Alors je vis quelque chose que je n'avais jamais vu pendant la durée de notre existence commune. Je vis Elizabeth fondre en larmes comme n'importe quel être humain qui sent le filet se resserrer sur lui, ne lui laissant aucune issue.

Je l'observai pendant quelques minutes sans la moindre sympathie, sans la moindre émotion, avant de reprendre la parole :

— Ça ne servira à rien, Elizabeth. Il a coulé beaucoup d'eau sous les ponts depuis ce temps-là. Reprenons à aujourd'hui. Deux mille dollars, c'est beaucoup pour moi, c'est peu pour toi. Si nous devons jouer à ce jeu, il me faut beaucoup plus que ça. Je veux autant d'argent que tu pourras t'en procurer, et aussi souvent que possible. Mendie, emprunte, vole. Ça ne te ferait pas peur de voler, n'est-ce pas ? Du moins, de voler ton mari. Je veux une somme suffisante pour me dédommager de toutes les heures que j'ai passées à payer ton bien-être.

Elle cilla, et arrêta de pleurer comme si on avait brusquement fermé un robinet. Elle voulait parler, mais ne savait quoi dire ; je poursuivis donc :

— Je ne vais pas bouger d'ici jusqu'à ce que j'aie l'argent. Je sais ce que tu as enduré pendant ces dernières semaines. Je n'éprouve et n'ai jamais éprouvé aucune sympathie pour toi. Pourtant, chose étrange, en ce moment tu m'inspires du respect. Pour la première fois depuis que je te connais, j'éprouve à ton égard un curieux sentiment de respect. Parce que je t'ai vue souffrir un peu, parce que je te sais enfin capable de souffrir. Depuis longtemps déjà, tu vis dans un monde neuf que tu t'es taillé dans ton univers pourri. Tu t'y plais, bien sûr, c'est tout naturel. Faudrait être difficile pour ne pas s'y plaire. Tu es censée être une femme respectable, charmante, riche.

« Et voilà qu'en une seconde, la seconde qu'il a fallu pour me faire accuser de meurtre ou pour assassiner John Isaacs, tout ce que tu possèdes, tout ce que tu as acquis par tes combinaisons immondes, tout cela risque de t'être arraché : c'est même plus que probable ! Mais le pire, vois-tu, c'est qu'on pourrait t'arracher, toi, à ce que tu possèdes, et te pendre tout en haut de la potence que tu as fait construire pour les autres. T'y pendre par le cou jusqu'à ce que mort s'ensuive !

« Bien sûr, cette perspective ne te plaît pas. Cependant, ni les larmes ni les autres simagrées que tu pourrais inventer ne te serviront à rien, car c'est moi qui suis au volant et je roule à tombeau ouvert. Et tu n'es pas mon unique passagère ! Pas plus que toi Mr. Henaston ne trouvera la promenade à son goût !

Quand elle m'entendit prononcer le nom de son mari (je me demande si elle avait écouté le reste de mon discours), elle se leva si brusquement qu'elle dut s'accrocher aux bras du fauteuil pour ne pas tomber.

— Non, je ne veux pas ! hurla-t-elle. Je t'en supplie, ne fais rien contre lui ! Tu l'as suffisamment tourmenté avec ces horribles lettres et ces coups de téléphone. Je t'en supplie, Walter !

— Ah ! m'exclamai-je, en m'approchant tout près d'elle, si près qu'elle dut reculer. Ainsi, il est au courant, hein ? C'est pour ça que tu me sors le grand jeu ? Il a découvert un de tes vieux péchés ? Il a toujours été au courant, n'est-ce pas, Elizabeth ? Il sait qui je suis depuis le jour de mon arrivée. Qu'est-ce qu'il compte faire ? Qu'est-ce qu'il compte faire, en ce qui me concerne ?

Son visage prit une expression incrédule et elle répondit d'un ton surpris :

— Il ne sait rien. Il ne sait absolument rien, Walter. (Ce n'était plus de la comédie, j'en étais sûr. Je savais toujours quand elle mentait.) Qu'est-ce qui te fait croire ça, Walter ?

— Il connaît mon nom, mon vrai nom. Il le connaît depuis mon arrivée.

— Ça n'a aucune importance, répliqua-t-elle d'une voix calme, désireuse de me convaincre.

D'une sérénité subite, elle détachait clairement chaque mot :

— Il n'a jamais rien su de toi. Il n'a jamais su qui tu étais.

— Je n'en crois rien ! m'écriai-je.

— C'est pourtant vrai ! Nous n'étions pas ici quand ton… ton procès a eu lieu. Nous étions en Amérique du Sud. Nous sommes partis tout de suite, et je ne lui ai jamais parlé de toi. Nous sommes restés là-bas pendant deux ans. Il y était allé pour installer une succursale, et je l'ai poussé à y rester le plus longtemps possible. J'espérais qu'il ne saurait jamais rien de toi. Je continue à le vouloir. Mais il commence à se demander ce qui se passe. Et je ne veux pas de ça, Walter ! Je ne veux pas ! Je ne veux pas ! Je ne le permettrai pas !

Cette abominable voix criarde, ce crissement de craie sur le tableau noir… Je serrai les poings. Son visage était enflé comme un gros ballon rouge prêt à crever. Mieux valait s'éloigner d'elle. Je n'étais pas disposé à recevoir une gifle. Je ne pouvais accepter une insulte aussi vulgaire alors que la partie touchait à sa fin.

Quand je la vis désenfler et blêmir à nouveau, je repris le jeu. J'adoptai un ton plus modéré, mais tout aussi lourd de sous-entendus. Il devint plus intense à mesure que mes paroles prenaient de l'importance. Du moins pour moi. Pour elle, plus rien ne comptait, je le savais. Tout était immobile, stagnant. Ou mort, puisque c'est ce qu'elle voulait.

— Ainsi donc, Elizabeth, tu as rencontré quelqu'un que tu aimes vraiment ? Tu l'aimes pour ses qualités, au moins, cet homme ? Je ne le crois pas. Je pense que tu l'aimes pour son argent. Si j'allais le trouver, si je lui racontais tout ça, il te foutrait à la porte, et comment ! N'est-ce pas, Elizabeth ? Il ne pourrait pas s'offrir le luxe d'ajouter tous tes scandales aux siens. Mais oui ! J'ai aussi quelques tuyaux sur le mec que tu aimes, Elizabeth. Ne te frappe pas. Tu n'as qu'une chose à faire : me procurer autant d'argent que tu pourras, chaque fois que je t'en demanderai. Un point c'est tout. Tu vois comme c'est simple.

Elle s'avança vers moi, et je reculai pour la laisser passer, car je savais qu'elle allait gagner la porte, en silence. Quand elle y arriva, je l'avais devancée et j'ouvris le battant :

— Dis donc, à propos des deux mille dollars. Je veux bien les accepter comme premier versement.

Elle se tourna vers moi et tendit la main qui étreignait encore la liasse de billets. Au moment où j'allais la saisir, elle ouvrit les doigts, et l'argent tomba sur le plancher. J'éclatai de rire et poussai les billets du pied :

— Merci, Elizabeth, et viens me voir souvent. Frappe, car la porte sera fermée à clé de l'intérieur.

Elle pivota sur les talons, sortit, et remonta l'allée qui menait à la maison. Pas une fois elle ne se retourna ni ne s'arrêta pour me lancer un au revoir.

L'entrevue avait pris fin. Soudaine. Rapide. Décevante. Exactement comme elle avait commencé. Décevante. Comme tout ce qui commençait par Elizabeth ; comme tout ce qui finissait par elle.

Qu'allait-elle faire à présent ? Qu'allait faire son mari ? Était-ce vrai qu'il ne savait rien de moi ? J'avais du mal à le croire, et pourtant j'étais persuadé qu'Elizabeth ne mentait pas. Et Isaacs dans tout ça ? Ne savait-il rien non plus du meurtre de John Isaacs à Middletown ? Ni de la vie d'Elizabeth avant sa liaison avec lui ? Si elle ne lui avait rien dit jusqu'à présent, est-ce qu'elle allait tout lui avouer maintenant ? Sur moi ? Sur Isaacs ? Sur elle-même ? Quelle importance si elle le faisait ? Et si elle ne le faisait pas ? Et si… Ah ! non, la barbe ! Jamais je n'ai été fort en calcul. Je me trompe dans mes additions quand les chiffres deviennent trop élevés. Deux et deux ? Pour sûr que ça fait quatre ! Mais qu'est-ce qu'il y a après quatre ? Le type qui gère les grosses opérations, tout là-haut, au-dessus de vous et de moi, c'est à Lui que je laisse ces calculs désormais.

Je refermai la porte, tournai la clé dans la serrure, et me baissai pour ramasser les deux mille dollars. Je contemplai la liasse de billets dans ma main et, brusquement, je me demandai ce que je pourrais bien acheter avec.

19

Il existe dans la Bible une citation de saint Paul dont voici le contenu : « Le renouveau c'est … l'attente de l'adoption, afin de voir s'accomplir la rédemption de nos corps. »

Que vous ayez ou non lu la Bible, que vous l'ayez feuilletée dans un moment de perdition et n'en croyiez ou n'en compreniez pas toujours le contenu, les mots que je viens de citer sont ceux de saint Paul. Et lorsqu'une vie semble prendre fin et qu'une autre peut débuter à tout moment, croyant ou non, on se tourne bien souvent vers la Bible.

On y cherche de l'aide, et c'est ce que j'ai fait. Non pas parce que j'étais en train de brûler vif dans la cale d'un navire ou de m'écraser en avion, ni parce que j'étais dépourvu de travail, d'argent, de toit, ou parce que j'étais malade et sans moyens ou bien seul et à bout de forces. Je l'ai fait parce que j'étais en proie au doute. Le genre de doute où se glisse l'idée d'une fin. Je sentais que ma fin était proche, que j'allais mourir… je ne savais comment… d'une façon ou d'une autre.

Pourtant, je jouissais d'une santé parfaite, d'une sécurité

relative, et je possédais un compte en banque de dix mille dollars.

Elizabeth m'avait remis ces derniers en espèces en l'espace de quelques mois.

Pourtant, un jour, je me réveillai avec ce doute au fond du cœur. D'abord je compris que je ne recevrais plus un sou. Ensuite je me rendis compte que le jeu du chat et de la souris était terminé : il fallait que l'un de nous deux disparaisse.

J'aurais pu m'enfuir, évidemment. J'en avais la possibilité, et je disposais du fric nécessaire. Mais l'argent ne représentait plus rien à mes yeux ; quant à la possibilité... elle n'ouvrait sur rien de plus qu'un autre voyage à la recherche de ce qu'avait été jadis Walter Johnson. Or, j'aurais tout aussi bien pu redécouvrir Walter Johnson sans bouger de mon fauteuil, si seulement j'avais su comment le chercher... Si j'avais été prêt à le découvrir.

Je restai donc dans mon fauteuil et j'essayai de lire la Bible, d'en tirer un sens qui éclairerait mon cas. Il me sembla entendre la douce voix de ma mère lisant un verset des Psaumes, comme elle avait coutume de le faire quand j'étais trop petit pour percevoir autre chose que la chaleur de sa voix. Je pensai à Masters et à sa bonté, au yogi qui avait vécu au Tibet, au calme de certaines gens. Au calme et à la paix... et...

Voilà donc à quoi je pensais, assis dans mon fauteuil, quand elle vint me rendre visite pour la deuxième fois.

C'était le printemps. Il y avait eu plusieurs orages au cours des journées précédentes. Pendant que j'essayais d'interpréter les paroles du Livre saint et de voir comment elles pourraient s'appliquer à moi au cas où je viendrais à mourir, je m'aperçus qu'il pleuvait de nouveau. La pluie, qui était tombée toute la matinée, s'était arrêtée à midi.

Je me levai pour fermer les fenêtres. L'une d'elles donnait sur un espace découvert entouré d'arbres, derrière lesquels on apercevait les écuries. J'allais m'en éloigner, lorsque, baissant les yeux, j'aperçus des traces de boue sur le plancher non loin du mur. Des traces de boue ! Des empreintes boueuses qui n'étaient pas les miennes… Je regardai au-dehors et aperçus d'autres empreintes de pas dans la terre molle. Des empreintes de pieds beaucoup plus petits que les miens, et chaussés de souliers à talons hauts.

Je me tournai vivement vers le centre de la pièce. Il n'y avait de boue nulle part ailleurs que sous la fenêtre. Je restai immobile puis embrassai du regard tout le séjour, et plus particulièrement la porte de ma chambre à coucher. Elle était ouverte et laissait voir non seulement la pièce, mais aussi la porte du placard. Celle-ci était ouverte également. Je la regardai si longtemps et si fixement que je crus la voir bouger ; au bout de quelques minutes, je me rendis compte que c'était une simple illusion d'optique. Néanmoins, si quelqu'un se cachait dans ce placard, il ne pourrait manquer de sentir ma peur.

Je devais donc lui faire croire d'urgence que je n'avais pas peur.

J'éteignis les trois lampes du séjour, mais laissai allumée celle de la chambre à coucher. Je m'avançai vers le seuil, en simulant un bâillement qui résonna dans toute la maison.

Comme je passais devant le placard du séjour, mon regard fut attiré par la poignée de la porte, sur laquelle se reflétait la lumière de la chambre. Je vis le bouton tourner très lentement, puis revenir à sa position première dans un léger déclic. Si je n'avais pas entendu ce déclic presque imperceptible, j'aurais juré que c'était encore une illusion. Mais je l'avais bien entendu.

Parfait : ma visiteuse était dans le placard du séjour. Ça me laissait un peu de temps.

J'entrai dans la chambre et me déshabillai, en me mettant bien en vue, devant le placard du séjour. Si celle qui s'y était enfermée regardait par le trou de la serrure, elle avait droit à un beau spectacle pour son billet resquillé : je me mis complètement nu, m'approchai du lit, rabattis les couvertures, me couchai et éteignis. Puis, après une seconde d'hésitation à peine, je roulai à bas du lit, fourrai l'oreiller sous les draps et me précipitai dans le placard que je refermai en ménageant une ouverture suffisante pour pouvoir jouir du spectacle. Moi, j'étais aux premières loges, place réservée.

Au bout de dix minutes environ, j'entendis le déclic du bouton de la porte, et je vis Elizabeth se dresser sur le seuil de ma chambre. Du moins je vis son ombre lever le bras et tirer trois balles dans l'oreiller de plumes, fourré sous les couvertures de mon lit.

Je savais qu'avant de quitter les lieux elle devrait s'arrêter pour tourner la clé de la porte d'entrée, ou pour ouvrir la fenêtre si elle avait décidé de s'en aller comme elle était venue ; cela me donna le temps d'enfiler ma robe de chambre et de saisir la seule arme à ma portée : une torche électrique que je gardais sur ma table de nuit précisément en vue d'une telle éventualité… la visite impromptue d'une dame.

Lorsqu'elle m'entendit, elle était déjà à la fenêtre. Elle fit rapidement volte-face et me vit debout sur le seuil du séjour. Elle dut me prendre pour un fantôme car elle leva la main droite, toujours armée du pistolet, mais n'acheva pas son geste : sa main resta en suspens, et son corps se figea pendant quelques secondes, comme si elle était paralysée par un choc soudain. Je levai alors un bras qui ne tremblait pas et lui jetai la lourde torche au visage : elle la reçut entre les deux yeux, et bascula contre la fenêtre. Le pistolet tomba au sol. Je plongeai en avant et m'en saisis pendant qu'elle s'écroulait au pied du mur.

J'allumai une lampe, puis je revins vers le tas de chair effondré sous la fenêtre. Elizabeth avait au front une coupure d'où le sang s'écoulait goutte à goutte sur son négligé gris perle. Elle respirait difficilement, et ses paupières frémissaient, comme si elle allait revenir à elle d'un instant à l'autre.

Je me tenais près d'elle, comme un bourreau qui attend, la hache en main, qu'une tête maladroitement tranchée se détache enfin du tronc. Tout en observant ses efforts pour reprendre connaissance je ne songeais pas au présent, ni à l'avenir. Je pensais à un événement qui s'était passé longtemps auparavant, et dont les images m'apparaissaient beaucoup plus nettement que je ne les avais vues dans la réalité.

En effet, je répétais une scène que j'avais déjà jouée, et la répétition rend les choses plus nettes. Une nuit pluvieuse, une petite pièce confortable, un homme vêtu d'une robe de chambre (au lieu d'une veste d'intérieur) munie de deux poches. Dans une poche, une main de bois; dans l'autre un pistolet, pas un couteau, cette fois, mais un pistolet.

Le public ne pouvant pas voir l'intérieur de la poche, peu importait qu'il s'y trouve un couteau ou un pistolet. Le final restait le même.

Dans la pièce confortable, il y avait encore un autre personnage. Une femme en négligé gris perle taché de sang. Non pas à l'ourlet cette fois, mais tout en haut, près du cou. Et le corps que recouvrait le négligé était plus vieux, plus gras ; l'épaule blanche qui émergeait du tissu avait perdu de son attrait.

L'homme était plus vieux, lui aussi, et plus maigre. Il portait une robe de chambre, au lieu d'une veste d'intérieur, qui recouvrait sa virilité d'antan. Néanmoins la scène était la même. Les petites différences n'étaient presque pas perceptibles à distance ; et puis on aurait oublié les détails depuis longtemps.

Le cercle s'était refermé, comme toujours.

Elle revint à elle en quelques minutes. Je la relevai et la fis asseoir dans le fauteuil où j'avais passé le début de la soirée. Puis, sous la menace du pistolet, je l'obligeai à écrire ce qui suit sur la page de garde de la bible qui se trouvait encore sur la table où je l'avais posée. (Je lui fournis le thème de sa confession, sans lui en dicter les termes.)

« *Je soussignée Elizabeth Frazer, alias Winfield, Blodgett et Henaston, reconnais avoir tué John Isaacs, à Middletown, il y a seize ans de cela. Trois ans plus tard, à Carleton, j'ai simulé mon propre meurtre, causant ainsi la condamnation de Walter Johnson (Blodgett), accusé de ce crime. Cette nuit, j'ai essayé de tuer Walter Johnson, alias Johnson Lukens, parce que j'estime que j'ai suffisamment expié. J'ai toutes les raisons possibles de vivre, et lui n'en a aucune.* »

Elle s'arrêta pour me jeter un regard de haine.

— Signe donc, Elizabeth, dis-je en souriant.

« *Signé : Elizabeth Frazer Henaston, le 3 avril.* »

Le 3 avril ! J'éclatai de rire en montrant du doigt la dernière ligne :

— Regarde, Elizabeth. C'est la même date. T'en étais-tu rendu compte ? Est-ce pour ça que tu l'as ajoutée ? C'est un 3 avril que nous nous sommes rencontrés, il y a seize ans. Le 3. Mon chiffre porte-malheur, d'habitude. Mon chiffre porte-bonheur, cette fois-ci.

Sans attendre sa réaction, sans même la regarder, je levai le bras, mon bras gauche, et la main valide qui étreignait fermement le pistolet. Je l'entendis chercher son souffle, je vis son visage maculé de sang se pétrifier comme si on lui avait fait tomber brusquement de la glace sur la tête jusqu'à l'immobiliser. Elle avait la frousse. Une frousse bleue. Elle n'était plus qu'une pauvre créature humaine, abêtie de frayeur. Pour la première fois de son existence, elle avait trouvé plus terrifiant qu'elle-même : sa propre mort ! Elle ne voulait pas mourir.

— Je ne veux pas mourir, Walter, dit-elle. Non, je ne veux pas mourir.

Sa voix semblait lointaine. L'écho revint la frapper au visage.

— Je ferai n'importe quoi… pourvu que je n'aie pas à mourir !

— N'importe quoi ? Si je te promettais la vie sauve à condition que tu tues Arthur Henaston, est-ce que tu tuerais le seul être que tu aies jamais aimé, le seul être que tu prétends avoir aimé ? Est-ce que tu ferais ça, Elizabeth ?

Elle me regarda sans changer d'expression, comme si, une fois de plus, elle n'avait perçu dans mon discours que les mots qu'elle voulait entendre.

— Je ferais n'importe quoi pour ne pas mourir, répéta-t-elle.

Je ne pus m'empêcher de rire. Je n'aurais pu m'en empêcher, même si ma vie et non la sienne avait été en jeu :

— Ma foi, la vérité finit toujours par se révéler, dis-je en hochant la tête. Ne t'en fais pas, Elizabeth. Je ne vais pas te tuer. Non, je ne vais pas te tuer. On ne tue que les gens qu'on aime trop ou qu'on déteste trop. Je n'éprouve plus aucun sentiment à ton égard. Pas l'ombre d'un sentiment. Et tu sais quand je m'en suis aperçu ? À l'instant même. Il y a une seconde. Une minute. Un jour. Une semaine. Un an. Une vie entière. Oui, j'ai appris trop de choses pour tout anéantir d'une décharge de plomb. Je le sais maintenant. J'ai vraiment appris trop de choses.

J'hésitai un instant, attendant quelque signe qui m'aurait indiqué qu'elle m'avait compris.

Je plongeai mon regard dans ces yeux bleus au reflet glacial, et je me rendis compte qu'ils étaient devenus plus froids encore, car l'épouvante en avait disparu, l'épouvante devant la mort, la seule qu'elle ait connue.

Son cerveau recommençait à fonctionner. Son pouls

retrouvait sa norme. Doucement, ma petite, tu n'es pas encore tirée d'affaire…

— Mais je pourrais te tuer, Elizabeth, ajoutai-je. Si je le voulais, je pourrais te faire sauter la cervelle, et personne ne s'en soucierait. Pas même la justice. Car, vois-tu, tu es déjà morte depuis des années…

J'éclatai de rire de nouveau, mais les trois détonations qui retentirent, coup sur coup… coup sur coup… ces trois détonations se posèrent en points de suspension pour clore une phrase interrompue. Elles mirent fin à toute parole, à toute pensée ; elles éteignirent tout bruit autre que le leur, toute vie autre que la mienne.

Je regardai Elizabeth : sa tête retomba sur sa poitrine, la bible s'échappa de ses doigts et, derrière moi, une voix prononça ces paroles :

— C'est mieux que de loger des balles dans un oreiller, n'est-ce pas, Johnson ?

Je me retournai et vis Arthur Henaston debout sur le seuil, un calibre .38 à la main.

20

Je vois encore Henaston, debout sur le seuil, immobile comme un mort, comme Elizabeth morte. Je le vois encore entrer dans ma maison ; comme s'il y entrait pour la première fois. Je le vois s'asseoir à côté d'elle, sans bruit, comme s'il craignait que le crissement de la chaise ne l'éveille de son dernier sommeil… À ce moment-là, j'ai eu pitié de lui. Il devait l'aimer vraiment, malgré le mal qui l'habitait. Peut-être même qu'il l'aimait à cause de ce mal, et alors ce qui venait d'arriver était inévitable.

Il n'ignorait rien de l'affaire John Isaacs. Depuis le jour de son mariage il en avait porté le poids dans son cœur. Elizabeth avait rencontré Henaston alors qu'elle était à la colle avec Isaacs. Elle avait essayé de quitter ce dernier pour rejoindre Arthur, mais Isaacs s'était si bien cramponné qu'elle avait dû l'assassiner. C'est alors que j'étais entré en scène, incarnant la vengeance. J'avais été sa grande erreur. Elle aurait dû quitter l'appartement en y laissant pourrir le gros lard tout à son aise ; mais elle avait un sens dramatique trop poussé : elle avait entrevu un moyen de me faire endosser le crime. En apercevant un pauvre trimardeur debout sous la pluie, le long de la voie, elle s'était dit : « Tiens, voilà un corniaud qui n'a rien au monde. Je vais lui donner ce mort, lui léguer ce cadavre. » Mais elle avait mal joué. Elle avait surjoué le drame, et nous étions sortis de scène ensemble.

Pendant ce temps, Henaston l'attendait, comme un pauvre couillon. Bien sûr, il avait appris le meurtre d'Isaacs par les journaux. Il connaissait suffisamment Elizabeth pour deviner que c'était elle qui l'avait tué, et non moi, clochard anonyme avec qui elle avait pris la fuite. De la lecture des journaux, il déduisit immédiatement qu'elle avait monté le coup, mais il ne l'attendit pas moins avec patience. Il attendit trois ans, jusqu'au jour où, enfin, elle réussit à me fausser compagnie. Lui aussi était fasciné par le mal.

Elle aurait pu s'échapper beaucoup plus tôt, mais Henaston lui avait sans doute conseillé de ne pas brusquer les choses, d'attendre que le crime soit tombé dans l'oubli. Il ne voulut pas le reconnaître, et pourtant c'est lui, j'en suis sûr, qui avait suggéré à Elizabeth de se tenir peinarde pendant quelque temps. Lui non plus n'était pas tout blanc. Il portait le mal au fond de son cœur.

Elizabeth avait correspondu avec lui durant l'entièreté de notre vie commune. Même la mère Hargraves était au courant. La veille du départ d'Elizabeth, elle l'avait laissée téléphoner à Henaston de chez elle. Mattie avait été plus garce encore que je ne le croyais. Mais elle avait emporté son secret, le secret d'Elizabeth, dans la tombe. En fait, elle était, sans doute, convaincue que j'avais assassiné Elizabeth après avoir découvert sa relation avec Henaston. Je veux bien lui accorder ça.

Henaston, lui, savait qu'Elizabeth vivait avec un bonhomme à Carleton. Il avait attendu le jour où elle pourrait le rejoindre sans danger. Il avait alors pris l'avion de New York à Los Angeles pour la retrouver aux Hollyjoy Apartments. Je ne pense pas qu'ils aient jamais été repérés par Goldie Lewis, la Comtesse Evelyn ou ses amis.

Dans ma petite maison, à côté du cadavre d'Elizabeth, Henaston me jura solennellement qu'ils étaient partis sans tarder pour l'Amérique du Sud, et qu'il avait jusqu'à cette nuit tout ignoré de mon passé et de la mise en scène de meurtre de Carleton. J'eus du mal à avaler cette histoire, car tout le monde lit les journaux. On peut les acheter en Amérique du Sud comme ailleurs. On les imprime même en braille.

Il m'expliqua qu'il avait suivi Elizabeth jusqu'à ma maisonnette parce qu'il avait vu les lettres et surpris les coups de téléphone. Il était jaloux, mais ne savait pas de qui, jusqu'au moment où il avait vu Elizabeth se glisser hors du placard, puis s'arrêter sur le seuil de la chambre et tirer trois balles dans l'oreiller qu'elle prenait pour moi.

Il était resté caché dans les buissons près de la fenêtre. Cette cachette, sous la pluie battante, manquait de confort, néanmoins il avait pu suivre toute la représentation. Il n'avait pas voulu intervenir avant de connaître le dénouement de la partie… Mais comme il était plus fort en calcul que moi, il avait vite fait d'établir le bilan.

Il était venu dans l'intention de tuer le type qu'elle allait retrouver et il était resté pour la tuer, elle. Après tout, je n'aurais peut-être pas dû avoir pitié de lui.

Avant de le quitter, je le regardai une dernière fois. Il avait les yeux fixés sur le cadavre d'Elizabeth, et il geignait comme un enfant gâté qui aurait tordu le cou de son chat favori pour un coup de griffe malencontreux. Henaston avait descendu Elizabeth car il avait été accablé par le poids de tous les faits que j'ai énumérés plus tôt. Chaque petit fait était venu s'ajouter à un amas, jusqu'à former une montagne obstruant sa vision.

Il me dit enfin :

— Je pouvais tout supporter, sauf ne pas être aimé d'elle.

« Bien sûr, mon pauvre Arthur, pensai-je, nous en sommes tous là. » C'est le meilleur mobile de meurtre qui soit au monde.

— Bien sûr, Henaston, dis-je à haute voix. Je vous comprends.

Il leva les yeux vers moi comme s'il sortait d'un cauchemar :

— Allez vous habiller, Johnson, dit-il. Pour recevoir la police…

Je regardai ma robe de chambre. Captivé par ses explications douloureuses, l'exposé de ses regrets et de ses mobiles, j'avais oublié que je n'étais pas en tenue pour recevoir les flics.

— Allez vous habiller, répéta-t-il, et téléphonez à la police.

Je passai dans la chambre où j'enfilai un pantalon, des chaussures, une chemise et un veston. Puis je me souvins du pistolet et le tirai de la poche de ma robe de chambre. Je revins dans le salon, et dis :

— Voilà le pistolet d'Elizabeth.

— Donnez-le-moi, fit-il en tendant la main.

Je le lui remis. Il sortit son mouchoir et essuya l'arme soigneusement :

— Inutile de vous compromettre une nouvelle fois.

Pendant qu'il glissait l'arme dans sa poche, je me dirigeai vers le téléphone, mais sa voix m'arrêta en chemin :

— Allez chercher Ronnie, mon chauffeur. Dites-lui de venir me trouver ici. Vous pourrez téléphoner de la maison.

J'hésitai un instant sur le seuil de la porte d'entrée, attendant d'autres instructions. Mais il ne prononça plus un mot. Il ne se tourna même pas vers moi. Je le laissai devant le corps d'Elizabeth, telle Salomé méditant devant la tête de Jean le Baptiste.

Dehors il pleuvait toujours. La pluie était fine et glaciale. Je relevai le col de mon veston et me mis à courir vers le garage. Tout en courant, je me rappelai une autre nuit pluvieuse, une piste le long des voies ferrées, le coup de sifflet d'une locomotive lointaine, et une femme penchée à sa fenêtre, qui me faisait signe.

Je montai quatre à quatre l'escalier qui menait au logement du chauffeur, au-dessus du garage. Il n'était pas encore couché.

— Il y a du vilain chez moi, dans ma loge, lui dis-je. Mr. Henaston vous demande d'aller le retrouver là-bas immédiatement.

Il eut l'air intrigué, mais laissa tomber le livre qu'il lisait, éteignit la radio, et prit sa veste.

— Je vais téléphoner, dis-je.

— Que se passe-t-il ? Est-ce que le vieux est malade ?

— Non, ce n'est pas ça. Mrs. Henaston est morte.

Ses yeux s'étrécirent, et je crus voir sur son visage le reflet d'un sourire, mais je n'aurais pu en jurer.

— Téléphonez d'ici, vous connaissez le numéro ?

— Inutile. Je demanderai simplement au central de me brancher sur la police.

Il était déjà sur le seuil, mais il s'arrêta et me jeta un coup d'œil interrogateur. J'opinai de la tête. J'ignore s'il comprit le sens exact de ce geste, mais il ne s'attarda pas à me poser des questions. Il fila comme une flèche et atteignit le bas de l'escalier avant que j'aie eu le temps de décrocher le récepteur. Et ce fut une fameuse veine, car il arriva à la loge juste à temps pour voir Henaston se suicider.

Le billet que Henaston avait rédigé avant de se tuer me disculpait entièrement. L'un des deux cadavres qui encombraient ma maison me fit recouvrer à tout jamais ma liberté.

Aujourd'hui, je vis à quelque trois mille kilomètres de cette maison. Et, en esprit, j'en suis encore plus éloigné. Je me suis remis à travailler la terre, à faire pousser des plantes. Dans un sol dur, cette fois, un sol sec et stérile. En plein désert. C'est tout différent. J'aime le désert. Il n'existe rien de plus stimulant. Il y a de la place ; on s'y sent libre. Je suis devenu un jardinier formidable. Regardez comme ça pousse !

Et je ne veux pas savoir ce que font les gens dans le vaste monde…

DE LA MÊME AUTRICE

Chez d'autres éditeurs

L'ÉTÉ DE CALIFORNIE, Librairie des Champs-Élysées, Le Masque, 1981 (nº 1635)

Composition : APS-ie.
Impression Novoprint
à Barcelone, le 5 mai 2025.
Dépôt légal : mai 2025.

ISBN 978-2-07-310056-6 / Imprimé en Espagne.

648480